La rebelle et le Yankee

KIT GARDNER

La rebelle et le Yankee

HARLEQUIN

LES HISTORIQUES

Cet ouvrage a été publié en langue anglaise
sous le titre :
ARABESQUE

Traduction française de
JOËLLE SIMIAN

83-85, boulevard Vincent-Auriol, 75013 Paris — Tél. : 45 82 22 77
ISBN 2-280-16126-5 — ISSN 1159-5981

Kit GARDNER

La rebelle et le Yankee

En 1823, deux ans après la mort de Napoléon, la Grande-Bretagne est considérée comme la plus grande puissance mondiale, avec ses nombreuses colonies aux quatre coins de la planète. Derrière cette apparence florissante, se cache cependant une situation intérieure moins enviable. Après des années de guerre, l'industrie et l'agriculture n'ont pu s'adapter du jour au lendemain aux nouvelles données économiques : le chômage et la misère se développent, la famine apparaît et les émeutes se multiplient. A côté de cela, l'aristocratie anglaise conserve toute sa superbe: non seulement, elle n'a rien perdu de son influence au sein de la société, mais elle continue de mener grand train, inconsciente de la misère qui l'entoure. *La rebelle et le Yankee* permet de découvrir les différents aspects de cette époque tout en contraste, et les dessous du règne de George IV, un roi qui entretient à la cour une atmosphère de faste - et de débauche.

Prologue

Londres, avril 1823

Son pardessus serré autour de lui, l'homme agrippa son chapeau comme une nouvelle rafale de vent menaçait de le lui arracher. Tête baissée sous la pluie battante, il poursuivit son chemin en rasant le mur. Eût-il été moins pressé, sans doute aurait-il remarqué les deux voitures noires rangées le long du trottoir. Rares étaient les équipages à se trouver dans la rue de si bonne heure — surtout deux équipages de cette élégance. Mais le temps étant ce qu'il était, notre homme ne leva les yeux qu'une fois devant un certain établissement. Tirant une clé de sa poche, il batailla un instant avec la serrure et s'engouffra à l'intérieur. Puis il ôta manteau et chapeau et s'employait à ranimer le feu lorsque la cloche de la porte d'entrée tinta. Il jeta un coup d'œil étonné à sa montre de gousset et, sourcils froncés, alla recevoir ce matinal client.

Surprise, ils n'étaient pas un, mais deux, dans l'antichambre, l'eau dégoulinant de leurs manteaux. Le plus jeune, dont la présence semblait emplir la pièce, retint aussitôt l'attention de l'homme. Même sans le haut-de-forme qu'il tenait à la main, il était d'une stature impressionnante, encore que ce fût moins sa taille ou la largeur de ses épaules que son attitude, qui intimidât. De fait, il avait l'air prêt à bondir, ses yeux bleus empreints d'une rage difficilement contenue. L'espace d'une seconde, ces mêmes yeux se plissèrent, incitant le maître de céans à se tourner vers son compagnon. Le cheveu blanc et le trait aristocratique, celui-ci l'observait, une main noueuse crispée sur le pommeau de sa canne.

Aucun des deux ne s'était encore exprimé. Mal à l'aise, leur hôte laissa son regard aller de l'un à l'autre et prit la parole.

— Puis-je quelque chose pour vous, messieurs ? demanda-t-il.

Se penchant vers lui, le plus âgé le dévisagea avec un regain d'intérêt.

— Vous n'êtes pas Sleeth, décréta-t-il, l'intonation révélatrice de la meilleure éducation.

— Non. Vous voulez parler d'Oswald Sleeth, j'imagine ?

Le vieillard acquiesça.

— Lui-même. Je pensais qu'il officiait ici, quoiqu'il y ait de nombreuses années que je l'ai perdu de vue.

— C'était bien ici, en effet, mais je crains qu'Oswald ne nous ait prématurément quittés depuis une quinzaine de jours.

A cela, le grand brun marmotta entre ses dents, avant de jeter un coup d'œil en direction de la fenêtre. Réprimant un sentiment de malaise, le maître de céans reporta son attention sur le gentleman aux cheveux blancs.

— Mais peut-être pourrai-je vous être utile car j'exerce moi-même en tant qu'avoué, reprit-il.

Agitant une main tremblante, le vieil homme fit un signe de dénégation.

— L'affaire qui m'amenait ici était strictement personnelle, mais j'ignore ce qu'il en est en ce qui concerne monsieur.

Il esquissa un geste en direction de son compagnon, au grand étonnement de l'homme de loi qui les avait, à tort, crus ensemble.

Le grand brun se retourna.

— Qui a repris les dossiers de Sleeth ? demanda-t-il. Vous ?

A son expression, l'avoué se sentit plus qu'un tantinet soulagé d'avoir à répondre par la négative.

— Non ! Il faut vous adresser à son frère, Archibald Sleeth. Il est venu deux jours après la mort d'Oswald et a tout emporté. Il vous renseignera peut-être, mais c'est un homme du monde, il n'y entend rien. D'autre part, je n'ai pas la moindre idée de l'endroit où le joindre.

— Et vous-même ?

L'homme brun dévisagea fixement l'avoué.

— Vous semblez bien placé pour être au courant des affaires de Sleeth.

— Oh non ! Je ne partageais son bureau que depuis peu — afin de l'aider à payer le loyer, du fait qu'il traversait une mauvaise passe. Je le connaissais à peine et je ne m'occupais pas de ses clients.

Les yeux bleus s'étrécirent un instant jusqu'à ce que, apparemment satisfait, l'homme brun mette son chapeau et tourne les talons. Il avait déjà la main sur la poignée de la porte lorsque l'avoué l'arrêta dans son élan.

— Si jamais Archibald Sleeth passait, dois-je lui faire part de votre visite, monsieur? demanda-t-il.

— Dites-lui que Brennan est venu. Nicholas Brennan. Bonne journée, monsieur.

Et, le col de son pardessus levé, ledit Brennan sortit.

Il n'avait pas encore atteint sa voiture que la sonnette tintait de nouveau; des bruits de pas retentirent derrière lui et quelqu'un le tira par la manche. Levant les yeux, il aperçut le vieux gentleman.

— Excusez-moi, Brennan, mais j'ai l'impression que nos affaires avec Sleeth sont de même nature. Accepteriez-vous de venir vous réchauffer devant une tasse de thé? Je connais un endroit à deux pas d'ici.

Un instant, Brennan observa le vieil homme avant de donner sa réponse.

— D'accord, acquiesça-t-il enfin.

Puis, ayant prié son cocher de l'attendre, il suivit le gentleman jusqu'au pub.

Mal éclairé, l'établissement était pratiquement désert à l'exception de deux ou trois clients et d'une serveuse qui s'approcha. Une lueur d'intérêt brilla dans son regard sitôt qu'elle eut vu Brennan, ses longues jambes étirées sous la table. Non sans un certain amusement, le vieux monsieur la regarda faire étalage de ses charmes plantureux sans pour autant réussir à attirer l'attention de l'homme brun. En fait, celui-ci l'ignora complètement et, vexée, la fille retourna dans la cuisine chercher leur thé.

Ils attendirent en silence qu'elle le leur ait apporté, puis, les yeux rivés à ceux de son compagnon, le vieillard leva sa tasse.

— Inutile de chercher cet Archibald Sleeth, monsieur Brennan, déclara-t-il sans préambule. Il n'est pas votre homme.

— Vraiment?

— Je comprends votre scepticisme. Toutefois je vous assure que notre rencontre n'est que le fruit du hasard — même s'il s'agit là du plus heureux des hasards.

Au regard circonspect de Brennan, le vieux gentleman se fit persuasif.

— Vous verrez, mon ami. Je crois que nous pourrons nous rendre mutuellement service.

— Dans ce cas, je vous écoute.

— Je ne suis plus tout jeune, monsieur Brennan, mais si mes jambes ne me soutiennent plus toujours très bien, j'ai l'esprit aussi vif qu'il y a vingt-six ans lorsque j'ai, pour la première fois, rencontré Oswald Sleeth. A cette époque, Oswald cultivait un sérieux penchant pour le cognac, le bon et le moins bon, ce qui aura sans doute précipité sa mort. Ce penchant le rendait également assez loquace et, dans ses moments d'ébriété, il se laissait aller à me confier ses exploits. C'cst ainsi que j'ai appris la faillite de votre entreprise familiale, la Trent Shipping, et le nom de celui qui avait causé ce drame.

Sleeth m'en a parlé bien après ces événements, mais il gardait toujours une grande fierté de la mission qu'il avait exécutée et de la généreuse rétribution que cela lui avait valu.

Le vieil homme eut une moue sarcastique.

— Mais Sleeth n'était pas l'instigateur de cette triste affaire, Brennan. Le responsable de cette tragédie est encore là, en ce moment même, à Londres.

Tendu à l'extrême, Nicholas Brennan se souleva presque de sa chaise.

— Qui est-ce ? Dites-moi son nom ! ordonna-t-il d'un ton brusque.

Le vieillard secoua tristement la tête.

— Le désir de vengeance vous ronge. Ce n'est pas forcément une bonne chose.

— Ce n'est pas à vous d'en juger, rétorqua Brennan d'un ton sec. J'ai subi un préjudice considérable. J'estime ma cause juste et fondée.

— De cela, je suis absolument convaincu. Vous êtes toujours dans le commerce maritime ?

— Oui.

Ses larges épaules de nouveau calées contre le dossier de la chaise, Brennan scruta attentivement son compagnon.

— Je suis arrivé hier soir des Etats-Unis. Pour régler cette histoire avec Sleeth, ainsi que certaines autres affaires. Et pour m'occuper de la propriété ancestrale des Trent.

— Oui, l'esprit de famille... Une valeur dont j'ai pris conscience trop tard, hélas !

— Et que proposez-vous, monsieur... ?

— La nature de mon problème nécessite que je garde l'anonymat — y compris avec vous, Brennan.

Nicholas Brennan fixa sur son interlocuteur un regard glacial.

— Je n'ai pas pour habitude de traiter avec ceux qui font mystère de leur identité, monsieur. C'est ce qui a en partie causé la perte de ma famille. Pardonnez-moi, mais je ne saurais avoir confiance en vous.

Vif comme l'éclair, l'homme agrippa la manche de Brennan au moment où celui-ci s'apprêtait à se lever.

— Brennan, je vous en prie ! Ne soyez pas stupide !

— Je le serais certainement encore plus de rester.

De l'impatience, mêlée d'agacement et de désespoir, s'inscrivit dans les yeux du vieillard.

— Je vous le demande, Brennan. Je respecte vos réticences, elles sont la preuve de l'importance que vous accordez à cette affaire. Néanmoins, ne vous laissez pas aveugler par la méfiance. Peu importe que vous me fassiez confiance ou non — il faut du temps, pour cela. Une seule chose compte : je connais celui sur qui vous prendrez votre revanche. Et si nous devons nous aider, je vous répète qu'il me faut à tout prix conserver l'anonymat.

Un long moment, Brennan jaugea le vieillard. Puis il se détendit quelque peu.

— Comme vous voudrez. Mais c'est à l'encontre de ce que me souffle ma raison.

— Je vous promets que vous ne regretterez pas de m'avoir rencontré !

— Cela, seul l'avenir me le dira. En échange de l'identité de cet homme, qu'espérez-vous de moi au juste ?

— Il vous sera plus facile qu'à moi d'évoluer dans son cercle, car je doute que votre nom lui rappelle quelque chose. En revanche, pour ne pas éveiller les soupçons de notre homme, il faudra dissiper toute idée d'une éventuelle parenté avec les Trent.

— Comment pouvez-vous affirmer que mon nom ne lui évoquera rien, quand vous avez tout de suite deviné qui j'étais ?

— C'est très simple. Quand Sleeth m'a raconté cette histoire en me dévoilant le nom du coupable, j'ai voulu prendre contact avec votre famille. A ce moment-là, cependant, Trent Shipping n'existait plus, votre grand-père Trent était mort et son unique descendante, votre mère, partie aux Etats-Unis avec son mari, Jason Brennan. Je vois que vous commencez à me croire... En tout état de cause, la confession de Sleeth me pesait, monsieur Brennan. Au point que j'ai usé de tous les moyens possibles pour retrouver la trace de vos parents. Grâce à mes nombreuses relations, je n'ai guère eu de mal à y parvenir — par le biais de l'avocat des Trent, en fait, lequel se trouvait me devoir un service.

— Et si Sleeth avait usé des mêmes méthodes ?

Le vieil homme secoua la tête.

— Non, monsieur. Sleeth n'avait rien d'un saint, mais l'intérêt qu'il portait à votre famille n'allait pas au-delà de la conclusion de la transaction. Nul doute que son associé était encore moins bien renseigné que lui.

— Il n'y a, sur les documents en ma possession, que la signature de Sleeth et celle de mon grand-père. Sleeth détenait sûrement les mêmes, et peut-être d'autres accusant directement son commanditaire.

De nouveau, le vieillard secoua la tête.

— Si ce sont des preuves que vous cherchez, autant y renoncer. Je suis à peu près certain que tous les papiers compromettants ont été soit détruits, soit placés entre des mains sûres. Le gentleman qui nous préoccupe jouit en effet d'un statut et d'une position qui le mettent à l'abri de toute action judiciaire ordinaire.

— Il vous préoccupe aussi, si j'ai bien compris.

— En effet. Il me tient grandement à cœur de le démasquer. Pour des raisons personnelles, quoique je l'aurais volontiers fait uniquement par amitié pour vous, Brennan.

— Votre visite chez Sleeth ne cesse de m'intriguer, cependant. A en juger par votre réaction, il semblerait que vous ignoriez sa mort.

— J'avoue que la nouvelle m'a surpris. Il y a peu de temps, j'ai eu connaissance de certains événements m'incitant à agir contre l'homme que vous recherchez vous-même. J'avais trouvé utile de reprendre contact avec Sleeth, ne serait-ce que pour savoir s'ils étaient toujours associés.

— Oswald Sleeth aura emporté la réponse dans sa tombe. Mais peut-être son frère sera-t-il en mesure de nous apprendre quelque chose.

— Peut-être.

Une lueur malicieuse dans le regard de son interlocuteur piqua la curiosité de Brennan.

— Vous, vous avez un plan!

Si le vieil homme haussa les épaules, l'éclat de ses yeux démentit toutefois l'apparente désinvolture de sa réponse.

— Peut-être.

A cela, et ce pour la première fois depuis le début de la conversation, Nicholas Brennan parut se radoucir. Un sourire éclaira même son beau visage quand il ôta son manteau, comme en prévision d'une conversation prolongée.

— S'il vous plaît! lança-t-il à la serveuse. Apportez-nous de la bière. Et la meilleure que vous ayez! Le thé nous a laissés sur notre soif.

Sur quoi, les deux hommes s'installèrent confortablement et restèrent ainsi un long, très long moment à discuter.

1.

Oxfordshire, avril 1823

— Epouse-moi, Trista.

— Peter, tu veux rire, j'espère!

Avec un coup d'œil inquiet à son compagnon, Trista Fitzgerald le poussa du coude.

— Tu es comme un frère, pour moi. Mieux, mon meilleur ami! Pourquoi tout gâcher?

Allongée sur l'herbe, en pantalon et bottes de cuir, la jeune fille se dressa sur un coude et parcourut des yeux la campagne; tout n'était que verdure autour d'eux. En cette saison, la nature renaissait après un long et rigoureux hiver. Et quel silence! Seul le hennissement des chevaux attachés plus loin venait le troubler par intermittence.

— Le mariage est une idiotie, reprit-elle d'un ton sans appel.

A côté d'elle, Peter s'agita.

— C'est ce qui t'attend à Londres, et tu le sais aussi bien que moi. Tu es en âge de fonder un foyer, Trista.

Etonnée par l'intonation pressante de son ami,

elle se tourna vers lui. Le soleil accrochait des reflets lumineux dans les cheveux blonds et la fine moustache de son compagnon. En dépit de ses vingt et un ans, Peter semblait incroyablement jeune, bien trop jeune, en tout cas, pour gérer l'exploitation de toute une ferme et assurer la subsistance de six frères et sœurs. Sans parler des soucis que lui causait un père alcoolique. Le visage de Peter exprimait déjà l'amertume, la lassitude. Sa peau était tannée, ses yeux noirs mélancoliques ; depuis qu'ils se connaissaient, Trista devinait que Peter avait traversé de rudes épreuves. Leur amitié était basée sur la franchise et malgré toute l'inquiétude qu'elle éprouvait pour lui, Trista ne le ménagea pas.

— Je ne suis pas tout à fait sotte, Peter ! J'ai parfaitement conscience que l'invitation de tante Esmée pour la saison n'est qu'un prétexte. A coup sûr, elle veut me présenter à l'un de ces blancs-becs juste capables de se pavaner et de faire des ronds de jambes. Elle doit s'ennuyer à périr dans sa grande demeure et avoir besoin de se distraire.

Trista partit d'un rire sans joie.

— La pauvre, si elle se doutait de ce qui l'attend ! Sa nièce va la décevoir !

Elle tira la manche de Peter dont l'attention semblait s'être égarée.

— Sa lettre parle de son nouveau mari... ce comte avec un nom italien. Un homme à qui ses affaires ne laissent pas de répit et qu'elle voit à peine. Elle doit se sentir très seule. Nul doute que Paris et Gaston lui manquent.

— Son premier mari est mort depuis quoi — à peine six mois ?

— A peu près. Force m'est de dire que père n'a guère montré de tact lorsqu'il a appris qu'elle s'était si vite remariée. Evidemment, père est toujours un peu cynique lorsqu'il est question d'amour et de sentiments.

— Pas étonnant qu'il soit resté veuf.

Les yeux levés vers le bleu du ciel, Trista s'allongea sur l'herbe avec un petit soupir.

— Les avoués sont des gens très pris, Peter, même à la campagne. De plus, Maggie s'occupe très bien de nous depuis le décès de mère. Pourquoi diable mon père aurait-il besoin d'une femme ?

— Alors pourquoi vas-tu à Londres si tu redoutes tant d'y séjourner ? demanda Peter d'une voix assourdie.

— Si seulement j'avais pu trouver une bonne raison pour ne pas m'y rendre ! Mais père ne m'a guère laissé le choix. Le voyage qu'il entreprend coïncide avec le congé annuel de Maggie. Et d'après lui, je suis trop jeune et trop impétueuse — quoique si j'étais vieille et impétueuse, je suppose que ce serait encore pire — pour rester seule à la maison pendant trois mois. Tu sais, la lettre d'Esmée est si bien tombée que je serais presque tentée de croire qu'elle a tout manigancé.

Nerveusement, Peter tordit un brin d'herbe entre ses doigts.

— N'y va pas, Trista. Si tu pars, tu ne reviendras pas. J'en mettrais ma main à couper !

Trista se mit à rire.

— Je t'en prie, ne prends pas ce ton mélodramatique ! J'ai *horreur* de Londres et de toutes ses mondanités. Franchement, tu m'imagines, habillée comme je suis en garçon d'étable, au milieu d'un troupeau de coquettes en pâmoison devant le gandin du jour ? Jamais je...

— Epouse-moi.

— Ça suffit, Peter ! Cesse cette plaisanterie.

Il se pencha brusquement sur elle, les mains de chaque côté de ses épaules.

— Epouse-moi, Trista. Ce n'est pas une plaisanterie. Sois ma femme et tu n'auras plus à aller à Londres.

L'insistance de son ami décontenança Trista.

— Enfin, Peter, je ne peux tout de même pas me marier avec toi.

Le jeune homme eut une expression tourmentée, l'émotion altérait sa voix quand il reprit :

— Bon sang ! Comment oses-tu dire cela quand... quand je suis amoureux de toi depuis le jour où je t'ai rencontrée ? J'ai toujours voulu faire de toi ma femme, toujours rêvé de t'avoir à jamais à mon côté !

Peter ne plaisantait pas, elle en prit subitement conscience. La gorge nouée, Trista l'implora du regard.

— Je t'en prie, Peter. Tu sais très bien que je n'ai aucune envie de me marier. Que t'arrive-t-il ? Tu as de la fièvre ? Tu ne te sens pas bien ?

— Pour l'amour du ciel, Trista ! Comment diable ne t'es-tu pas rendu compte de ce que j'éprouvais ? Comment ne t'es-tu pas aperçue que j'étais en adoration devant toi, que j'avais toutes les peines du monde à garder mes distances ? Que... que je te désirais comme un fou ?

— Peter ! Tu divagues ! Tu es mon meilleur ami, la seule personne en qui j'ai toute confiance ! De quel droit te permets-tu de me trahir de cette façon ?

— Te trahir ! s'écria-t-il. Je t'aime ! Je veux t'épouser. Je ne supporte pas l'idée de te savoir avec quelque... quelque... Quelque maudit riche, reprit-il, le souffle court. Un dandy qui aura davantage d'argent dans sa bourse que je n'en verrai jamais de toute mon existence !

— Non, Peter, je t'assure que je n'ai absolument rien à faire d'un mari. Toi, mieux que tout autre, devrais être bien placé pour le savoir.

— Seigneur, es-tu complètement bornée ? Regarde-toi, Trista. Crois-tu les hommes aveugles à ta beauté ? Me crois-tu *moi*, également aveugle ? Même si tu es vêtue de haillons, ils te désireront tout comme je te désire. Tes cheveux sont comme de la soie, ta peau est si douce, et tes yeux...

— Assez !

Trista se tortilla, et connut un début de panique lorsque son ami resserra son étreinte et se pressa sur elle.

— Lâche-moi, Peter ! Je ne te veux aucun mal.

— C'est trop tard, le mal est déjà fait, Trista. Cette idée que tu as de rester célibataire est ridicule ! Pourquoi mener une vie de recluse quand tu pourrais être à moi ? Tu vas finir par devenir aussi solitaire et blasée que ton père !

— Je te défends de le critiquer! Et je n'appartiendrai à personne d'autre qu'à moi — surtout pas à un homme qui me sera imposé ou que je n'aimerai pas. A présent, lâche-moi!

L'eût-elle giflé, Peter aurait sans doute eu l'air moins stupéfait. Il resta quelques secondes à la dévisager, le regard fixe et glacial.

— Ainsi, tu ne m'aimes pas, déclara-t-il d'un ton morne.

— Oh! Mon Dieu, Peter, je...

Sa voix s'étrangla lorsqu'elle le vit baisser les yeux sur ses lèvres, d'abord, puis sur sa poitrine qui se soulevait au rythme saccadé de sa respiration. Les tempes bourdonnantes, elle sentit l'haleine tiède de Peter sur sa joue et une peur affreuse, paralysante, la saisit.

Avant qu'elle ait eu le temps de recouvrer ses esprits, cependant, il pesa sur elle de tout son poids et chercha fiévreusement la bouche de Trista. Pour lui échapper, elle détourna la tête, parcourue d'un frisson de dégoût lorsque les lèvres de Peter glissèrent le long de son cou. Le jeune homme paraissait dans un état second et, malgré toute son innocence, Trista avait conscience du danger qui la guettait. Elle resta un moment sans réaction puis le désarroi le céda à une brusque colère. De toutes ses forces, elle repoussa son ami.

— Lâche-moi!

Un instant pétrifié, il roula sur le côté avant de s'asseoir et de ramener les genoux vers lui, le front baissé.

— Si j'étais plus égoïste, Trista, je...

Trista se leva d'un bond, sa chemise serrée autour d'elle.

— Si tu étais un homme digne de ce nom, tu n'essaierais pas de me contraindre ! Tu ne vaux pas mieux que ces... bons à rien, ces débauchés qui jouent et profitent de la faiblesse des femmes.

— C'est bien ce que l'on dit au village, murmura-t-il. Tu te crois supérieure à nous. Toi et tes maudites notions d'éducation. Va, va te trouver un lord ! C'est ce dont tu brûles d'envie, quoique tu sois trop fière pour l'admettre. Je te connais bien, en effet, Trista. C'est de *moi* dont tu ne veux pas !

En dépit de la sévérité de ces accusations, Trista se surprit à tendre la main vers son compagnon.

— Je t'en prie, Peter, ne sois pas bête...

— Et toi, épargne-moi ta pitié ! rétorqua-t-il méchamment. C'est toi, toi qui vas te retrouver avec un homme dont tu n'auras que faire, toi qui vas mener une existence que tu détestes. C'est toi, Trista, qui es à plaindre. Pas moi.

A ces mots, Trista sentit son cœur se serrer.

— Je suis désolée, Peter, balbutia-t-elle.

Les larmes aux yeux, elle alla détacher sa jument et sauta en selle. Elle n'oublierait pas de sitôt la scène qui venait de se dérouler. Entre Peter et elle, rien ne serait jamais plus pareil.

— Un sourire et un peu plus de bonne grâce ne gâcheraient rien, tu sais, Trista.

La moue boudeuse, la jeune fille jeta un coup d'œil à son père, la distinction même avec sa redingote bleue et ses tempes argentées. Puis elle reporta son attention sur les rues de Londres qu'elle voyait défiler à travers les vitres de l'attelage.

— Je ne boude pas, père. Je ne me sens pas très bien, dit-elle. J'ai dû manger au déjeuner quelque chose qui m'a rendue malade.

— Mmm... Effectivement. T'es-tu réconciliée avec ton sort, alors?

Trista lui jeta un coup d'œil courroucé, furieuse d'avoir été percée à jour.

— Non, père. Je vais prendre mon mal en patience et tâcher de distraire tante Esmée, puisque tu y tiens. Mais de là à m'amuser, il ne faut pas y compter.

— Eh bien, soit, ne t'amuse pas.

Furieuse, Trista le fusilla du regard.

— Inutile de te moquer de moi. Il n'y a qu'à lire le *Times* pour avoir une idée de la misère et des conditions de vie déplorables qui règnent ici. Comment voudrais-tu que j'aie le cœur à m'amuser alors que des milliers de gens meurent de faim?

Un instant pensif, Winston Fitzgerald hocha la tête.

— C'est bien triste, en effet. Toutefois, les pages mondaines que tu dédaignes dépeignent un tout autre Londres. Et ce n'est pas la peine de feindre le dégoût en plissant le nez.

— Cela n'a rien de feint, père, je t'assure.

— Quoi qu'il en soit, je te rappelle que se limiter à un seul type de lecture n'a jamais favorisé l'objectivité. D'aucuns pourraient même être tentés de t'accuser de parti pris dans tes opinions, ma chérie.

— Aucune importance.

Poussant un soupir, Trista malmena la bourse — plus encombrante que pratique, à son avis — posée à côté d'elle.

— C'est simplement que l'idée de me trouver confrontée à un milieu pour lequel je n'éprouve que mépris... Mépris né de mon ignorance, bien sûr, ajouta-t-elle à contrecœur, au froncement de sourcils paternel.

— Je me demande si t'élever à la campagne n'est pas un mauvais service que je t'ai rendu. Dieu sait pourtant si Esmée n'a cessé de réclamer ta visite depuis le jour de tes seize ans.

A cela, Trista éclata de rire.

— La malheureuse n'aura pas un instant de répit tant que je ne serai pas dûment mariée. A dix-neuf ans, tu imagines, il serait tout de même temps d'y penser ! Mon Dieu, comment vais-je faire ? Moi qui ai horreur des mondanités !

— Tu pourrais essayer de t'amuser, ma chérie. Ce n'est jamais que pour trois mois.

Trista jeta un regard mélancolique du côté de la vitre.

— Ne resteras-tu pas au moins la première nuit ? Tu devrais être content de revoir Esmée, après tout.

— Naturellement, je passerai la soirée chez elle, ne serait-ce que pour rencontrer son nouveau mari, le comte Catalani. Mais je suis obligé de t'abandonner dès demain.

— C'est toi qui parles d'abandon, pas moi, souligna Trista avec un sourire. Seules tes affaires comptent pour toi, je le sais bien. Tante Esmée ne va pas te reconnaître. D'après Maggie, tu étais pourtant un joyeux luron lorsque tu as rencontré maman.

— Un joyeux luron, tiens donc!

Winston Fitzgerald prit une mine faussement indignée.

— Au diable cette femme et sa langue trop bien pendue! A l'entendre, on croirait qu'elle m'a vu naître. Non, Trista, je n'étais qu'un jeune avoué sans autre recommandation ni fortune que son diplôme quand j'ai connu ta mère.

— Peut-être, mais tu as aussitôt plu à maman. Et à Esmée aussi. Sinon, elle n'aurait pas contribué à favoriser votre mariage.

— Le fait est que c'est Esmée qui a aidé Hélène à se sauver de chez elle, pratiquement à la barbe de son père. Sans doute est-ce ma cour assidue qui m'a perdu. Hélène n'avait que dix-sept ans, à l'époque; elle était trop jeune, j'imagine, pour se marier, surtout à un Anglais sans le sou.

Winston partit d'un rire.

— Laisse-moi te dire que j'ai semé la panique dans la maisonnée, quoique Renaurd, le père d'Hélène, n'ait guère fait d'efforts à mon égard. Il s'est montré tout aussi têtu et emporté lorsque Esmée a voulu épouser Gaston Beauregard. C'est bien dommage, même si je n'ai pas beaucoup d'estime pour Renaurd, car ta mère et moi ne l'avons jamais revu après notre mariage.

— Tante Esmée a dû rester en relation avec lui.

— Peut-être, mais elle a tellement souffert de la

manière dont son père a rejeté Gaston qu'elle n'a plus remis les pieds chez lui. Elle est retournée avec Gaston à Paris le lendemain de leur mariage et elle y est restée jusqu'à son décès. Dieu sait ce que Renaurd est devenu.

Comme frappé par une idée soudaine, Winston Fitzgerald consulta sa montre et sortit des documents de sa mallette. Tout en pestant contre les embouteillages de la capitale, il les parcourut rapidement avant de les remettre en place. Peu de temps après, la voiture s'arrêtait dans une rue calme et paisible, bordée d'arbres.

— Ah ! Nous y sommes. Je n'en aurai pas pour longtemps, Trista. Juste une petite affaire à régler avant de te conduire chez ta tante. Attends-moi, ma chérie.

Non sans quelque curiosité, Trista le regarda se débattre avec sa canne et sa mallette, puis baisser la tête et réprimer un juron quand son haut-de-forme heurta le montant de la portière. Après quoi il se dépêcha de traverser le trottoir et s'engouffra sous un porche.

Trista perdit quelques minutes à rajuster le ridicule petit chapeau que Maggie lui avait trouvé pour voyager. Cela fait, elle se pencha par la vitre.

— Ian, s'il vous plaît ! lança-t-elle. J'ai envie de faire quelques pas. J'étouffe dans cette voiture. Aidez-moi à descendre, voulez-vous ?

Le cocher lui ouvrit la porte à contrecœur.

— Ne vous éloignez pas trop, mademoiselle, lui conseilla-t-il. Votre père ne va pas tarder, il n'apprécierait pas de vous voir vagabonder.

— Oh ! Pour l'amour du ciel, Ian ! Je ne risque pas de me perdre, et ce quartier n'est pas mal famé. Soyez sans crainte, je n'ai pas l'intention d'aller bien loin.

Bien qu'il eût déjà commencé à décliner, le soleil était encore chaud. Sans plus réfléchir, Trista ôta son chapeau, défit les premiers boutons de sa veste et continua d'avancer, paupières mi-closes, savourant la caresse des rayons sur sa peau. De telle sorte qu'elle ne vit pas le passant qui arrivait en sens inverse, les yeux baissés sur la redingote qu'il s'efforçait de fermer.

Le choc qui s'ensuivit expédia sac et chapeau de la jeune fille dans le caniveau ; confuse, les joues en feu, Trista se répandit en excuses.

Sa victime, un petit homme ventripotent, sensiblement du même âge que son père, souleva gracieusement le haut-de-forme qui abritait son crâne chauve.

— Non, non, ma colombe, c'est entièrement ma faute. Acceptez mes plus humbles excuses, dit-il.

Puis, après une galante courbette dont il parut avoir quelque mal à se remettre, il dévisagea Trista avec attention.

— Permettez-moi de me présenter. Archibald Sleeth, pour vous servir.

— Monsieur Sleeth...

Il lui prit la main, la serra. Trista trouva très désagréable le contact de cette paume moite contre la sienne.

— Appelez-moi Archibald, je vous en prie, mademoiselle... ?

— Fitzgerald, Trista Fitzgerald, répondit-elle. Pardonnez-moi, monsieur Archibald, mais c'est la première fois que je viens à Londres, et...

— Ah ! Je vois ! Une jolie jeune dame qui brûle de connaître le grand monde, de fréquenter l'élite.

Comme il essayait de l'attirer à lui, Trista se raidit.

— Non, je vous assure que je n'ai aucune ambition de cet ordre, monsieur Sleeth. Pour être honnête, on m'attend à la voiture et je dois...

— Mais belle comme vous l'êtes, ils vont vous croquer, ma tourterelle.

Il leva les yeux au ciel, comme si pareille chose lui était intolérable.

— N'ayez crainte, je vous servirai de guide car je fais moi-même partie de la meilleure société. Je me charge de vous introduire dans les milieux les plus fermés...

Sur quoi il lui glissa résolument une main sous le bras et l'entraîna à sa suite. De plus en plus mal à l'aise, Trista jeta un coup d'œil par-dessus son épaule. Ian n'était nulle part en vue et la rue complètement déserte. Alarmée, elle fit une tentative pour se libérer.

— Monsieur Sleeth, lâchez mon bras, s'il vous plaît, ordonna-t-elle d'un ton ferme.

— Archie. Je vous en prie, appelez-moi Archie, murmura-t-il, l'œil brillant. Venez, ma tourterelle, laissez-moi vous montrer Londres et ses lumières...

Les yeux agrandis par la peur, Trista poussa un hurlement et se débattit avec frénésie lorsqu'elle se trouva miraculeusement libre. Surgi de nulle part, un homme vêtu de sombre s'était précipité à son secours, saisissant son agresseur au collet pour l'envoyer rouler par terre. Archibald Sleeth, assis jambes écartées sur le trottoir, avait l'air hébété d'un homme victime d'une tornade...

L'inconnu enlaça Trista, lui glissa la main dans les cheveux. Ses lèvres s'égarèrent sur la tempe de la jeune fille.

— Ne t'avais-je pas recommandé de m'attendre à la maison, mon petit cœur? lui murmura-t-il à l'oreille. Ou bien est-ce que je te manquais déjà trop?

La main de l'homme remonta vers la gorge de Trista qu'il effleura du pouce. En proie à une colère grandissante, celle-ci s'apprêtait à protester quand l'homme se pencha brusquement vers elle. Des lèvres, il lui caressa le cou et lui mordilla le lobe de l'oreille. Un frisson aussi délicieux qu'inattendu parcourut Trista qui s'agita entre les bras de l'inconnu. Il resserra son étreinte d'un geste qui contenait une menace.

— Jouez le jeu, chérie, lui intima-t-il à voix basse. Compris?

— Eh! Vous! Dites donc!

L'exclamation de Sleeth résonna furieusement dans l'air. Il agita sa canne sous le nez de l'inconnu.

— Quelle mouche vous a piqué?

— Pardonnez-moi, répondit l'étranger d'un ton courtois, mais c'est avec ma femme que vous badiniez. Rassurez-vous, je ne vous en veux pas, je comprends que vous ayez été séduit par un aussi adorable minois. N'est-ce pas que j'ai de la chance de passer mes jours et mes nuits auprès d'une pareille beauté ?

La stupéfaction, l'humiliation rendirent Trista muette. Trop abasourdie pour réagir, elle demeura là, les bras ballants, à fixer l'inconnu. Il se tourna vers elle et elle découvrit un regard bleu azur et des traits parfaitement dessinés.

— Nous voilà jeunes mariés et en pleine lune de miel à partir de cet instant, chuchota-t-il.

Ces paroles prononcées d'une voix rauque l'envoûtèrent ; Trista avait seulement conscience de la sensuelle caresse que l'inconnu lui prodiguait. Du pouce, il lui souleva le menton et, médusée, Trista le vit se pencher pour lui effleurer les lèvres d'un baiser.

Au toussotement gêné d'Archibald Sleeth, l'inconnu leva la tête.

— Pardonnez-moi, déclara-t-il d'un ton badin, mais c'est plus fort que moi. Je ne peux m'en empêcher. Une peau si douce...

Pour la première fois de sa vie, Trista se trouva à court de mots. L'indignation, la fureur faisaient rage en elle, une irrésistible envie d'étrangler ce grossier personnage l'agitait. Elle détestait l'impudence avec laquelle il se permettait de la détailler des pieds à la tête ! Le regard de l'homme s'attarda sur les pans ouverts de la veste de Trista.

— Chérie, lui susurra-t-il, à l'avenir, il vaudrait mieux éviter de te déshabiller en public. C'est depuis que nous sommes mariés, qu'elle a pris les vêtements en aversion, ajouta-t-il avec un clin d'œil à l'intention de Sleeth.

Celui-ci, de toute évidence soulagé d'avoir affaire à un mari aussi compréhensif, marmonna quelques excuses avant de tourner précipitamment les talons.

— Il semblerait que notre ruse ait réussi.

Relâchant Trista, l'étranger la gratifia d'un éblouissant sourire.

Mais pour aussi dévastateur qu'il fût, la jeune fille n'était pas d'humeur à en apprécier le charme.

— Votre audace est stupéfiante ! s'exclama-t-elle. Comment avez-vous osé ? Vous n'êtes qu'un goujat ! Ah ! Il était beau le portrait de la femme soumise que vous avez brossé !

Sa fureur augmenta quand elle vit le sourire amusé de l'inconnu.

— Oui, comment avez-vous osé jouer les amoureux transis et poser vos sales mains sur moi comme si j'étais une vulgaire femme des rues ? N'avez-vous donc aucun respect des convenances ? Mais bien sûr, à Londres, les hommes de votre espèce traitent les femmes d'une manière méprisable ! Si jamais mon père...

N'écoutant que d'une oreille distraite, l'inconnu buvait des yeux la superbe furie qui lui faisait face ; ses yeux verts, méprisants, jetaient des éclairs, ses cheveux noisette cascadaient sur ses épaules en une masse opulente et bouclée. Rien n'échappait à l'homme : le nez retroussé, les lèvres charnues, sensuelles, la petite fossette au menton... Toutes griffes dehors, voluptueuse et arrogante, elle était à ce point irrésistible qu'il dut se retenir pour ne pas la prendre dans ses bras et la faire taire d'un langoureux baiser.

A ses derniers mots, cependant, il redescendit sur terre et éclata de rire.

— Seigneur, une fille à papa!

— Moi? Certainement pas! s'exclama-t-elle.

Le regard de Trista se porta involontairement sur le cou hâlé de l'inconnu. Il avait plutôt fière allure pour un vaurien de son acabit, tout de noir vêtu, avec son visage mat et ses cheveux souplement crantés. La coupe du pantalon et de la redingote suggérait l'homme de goût, si ce n'était une certaine fortune. Grand, la carrure athlétique, il avait la taille bien prise et des jambes interminables.

— Rassurez-vous, déclara-t-il, j'ai joué cette petite scène uniquement pour mettre votre ami en déroute. Je vous prie de m'excuser si je vous ai offensée.

— C'est effectivement le cas.

— Auriez-vous préféré que je vous laisse seule aux prises avec ce monsieur? Ses intentions n'avaient rien d'honorable, je peux vous l'assurer! Quoi qu'il en soit, mon tort a été d'espérer quelque reconnaissance de votre part. Peut-être que si je ramassais votre chapeau et votre sac...

Avant qu'elle ait eu le temps de rien dire, il avait récupéré les affaires de la jeune fille et les lui tendait.

Folle de rage, Trista les lui arracha des mains.

— Je doute que ma vertu ait jamais été en danger jusqu'à votre... intervention, monsieur, jeta-t-elle d'un ton vibrant. Et sachez que je n'apprécie aucunement d'être embrassée de force en pleine rue.

— Ah? Et moi qui étais persuadé du contraire! Car à moins que je ne me trompe, le baiser en lui-même n'a pas été pour vous déplaire, n'est-ce pas?

Ulcérée, Trista se précipita sur lui.

— Comment osez-vous?

D'un geste fluide, il lui saisit les poignets et, les yeux animés d'un étrange éclat, l'attira à lui.

— Calmez-vous, ma petite tigresse, murmura-t-il. Vous découvririez que je suis quelqu'un qui *ose* beaucoup.

A ce moment résonna dans l'air le tintement de la porte d'un magasin voisin, et il relâcha Trista, un sourire ironique aux lèvres, avant de s'incliner galamment.

— Tout le plaisir a été pour moi, mademoiselle.

Puis, comme il regardait derrière elle, Trista tourna la tête et vit Ian qui s'approchait. Elle pivota sur elle-même juste au moment où, ayant récupéré son chapeau sur un banc, l'inconnu soulevait son couvre-chef en guise d'adieu. Il alla ensuite prendre par le bras la ravissante blonde en robe de satin rayée bleu et blanc qui venait de sortir de la boutique.

Dans un état de rage indescriptible, Trista se dirigea vers la voiture, le cocher se hâtant à sa suite.

— Que vous est-il arrivé, mademoiselle? questionna Ian. Vous avez l'air dans tous vos états.

— Rien d'autre qu'une désagréable rencontre que j'aurai tôt fait d'oublier, lui répondit-elle. Inutile d'en parler à mon père.

Son chapeau rageusement jeté sur la banquette,

elle boutonnait sa veste quand son père apparut, en grande conversation avec une charmante jeune femme.

Surprise, Trista le regarda s'avancer sur le trottoir avec sa compagne. Agée d'une trentaine d'années, celle-ci avait des cheveux auburn, un teint d'opale et des yeux du même vert d'émeraude que sa robe. Et quand, réprimant un petit rire, elle posa la main sur le bras de Winston, il se pencha vers elle, positivement radieux.

Médusée, elle observa la véritable métamorphose qui s'était opérée dans la physionomie de son père.

Se pouvait-il que ce fût là Isabel Kingsley, la cliente que son père était supposé accompagner sur le continent pour ses affaires? se demanda Trista.

Leur échange terminé, Winston prit congé avec un profond salut puis, son haut-de-forme sous le bras, regagna en sifflotant la voiture où l'attendaient Ian et Trista.

— Allons-y, ordonna-t-il. Ne perdons pas une minute, Esmée nous attend.

Etonnée par l'attitude un peu brusque de son père, Trista posa sur la jeune femme à la robe verte un dernier regard songeur avant de se hisser dans le fiacre avec l'aide d'Ian.

Pour ce qui lui sembla être la centième fois depuis qu'elle avait enfilé sa robe, Trista tira sur l'échancrure du corsage. Pourquoi n'avait-elle pas écouté Maggie? La malheureuse avait raison : la silhouette de sa petite protégée s'était épanouie depuis quelque temps et ses toilettes, trop justes, la moulaient de façon horriblement gênante. La vue du décolleté plongeant lui arracha une grimace. Et c'était tout juste si elle arrivait à respirer tant son buste était comprimé !

Ses jupes relevées, elle descendit rapidement l'escalier et traversa l'immense hall de marbre en direction du salon d'où lui parvenait la voix de son père. Arrivée devant la porte, elle prit une inspiration et, tirant une dernière fois — en vain — sur son décolleté, fit son entrée.

Un verre à la main, Winston Fitzgerald discutait avec le gentleman de haute taille qui se trouvait avec lui devant la cheminée. Trista ne put voir son visage. Un peu plus loin, face à la fenêtre, un troisième homme se servait un verre de gin.

— Trista, ma chérie ! Viens par ici, ordonna son père.

Il s'approcha pour l'accueillir avec un enthousiasme un peu forcé.

— Voilà donc Trista ! lança l'homme au verre de gin.

Il se retourna et vint galamment lui baiser la main.

— Permettez-moi de vous souhaiter la bienvenue parmi nous, ma chère. Dieu sait si Esmée nous a parlé de vous, ces dernières semaines.

Mince et élancé, Dominic Catalani était un fort bel homme qui en imposait. Les cheveux sombres, le teint bistre, il arborait une fine moustache très seyante. Ses vêtements — redingote et pantalon tourterelle, gilet bleu contrastant superbement avec les dentelles de son jabot et de ses manchettes — attestaient d'un goût très sûr. A son petit doigt brillait une chevalière ornée de diamants.

Sous l'intensité de son regard, Trista, troublée, rougit et mit quelques secondes à recouvrer sa voix.

— Je... je vous remercie, monsieur. Et je vous prie d'excuser ce retard dû à une sieste prolongée.

— Chère mademoiselle, appelez-moi donc Dominic, comme tout le monde. Et lorsque l'on est aussi belle que vous, la ponctualité n'est qu'un détail superflu. Voyez-vous, ces messieurs et moi nous sommes attardés autour d'un dernier verre pour parler affaires. Esmée et Bianca nous ont déjà précédés à la salle à manger et j'ai bien peur qu'elles nous en veuillent de prolonger notre petite discussion...

D'un geste, le comte désigna son invité qui se trouvait toujours devant la cheminée, un peu en retrait.

— M'autorisez-vous à vous présenter, Nicholas ?

L'homme se tourna et son visage apparut en pleine lumière. Trista éprouva un choc si violent en le voyant qu'elle faillit chanceler. Lui, ici ! Ce n'était pas possible ! La malchance la poursuivait ! L'ami du comte n'était autre que l'impudent personnage qui l'avait embrassée dans la rue ! Celui-là même que son père, deux minutes auparavant, saluait d'une amicale bourrade. Il s'approcha d'une démarche nonchalante, et le regard qu'il posa sur elle finit d'ôter à la jeune fille le peu de sang-froid qui lui restait.

2.

— Nicholas, je vous présente Mlle Trista Fitzgerald, venue passer quelque temps à Londres avec mon épouse, sa tante Esmée. Trista, monsieur Brennan, un extraordinaire homme d'affaires.

Ce mufle avait donc un nom, songea Trista, comme il lui prenait la main pour s'incliner sur ses doigts tremblants.

Elle lui jeta un regard féroce et ne fut que plus irritée de le voir attarder le sien sur son généreux décolleté.

— Je suis enchanté, mademoiselle Fitzgerald, déclara-t-il, se redressant enfin.

« Sans aucun doute », se dit-elle en fulminant. Elle se dégagea de façon si brusque que son geste lui valut un froncement de sourcils désapprobateur de la part de son père. L'attitude revêche de sa fille le surprenait visiblement.

— Comme j'étais en train de le dire, intervint Winston Fitzgerald, j'ai été fort surpris de découvrir que le grand-père de Nicholas avait été un associé de mon père, lequel avait pour lui la plus haute estime.

Il s'interrompit, frappé par une idée soudaine.

— Brennan... Brennan..., murmura-t-il. Ce nom me dit quelque chose. Corrigez-moi si je me trompe, mais votre famille n'avait-elle pas des intérêts dans cette grande compagnie — je ne me souviens plus du nom — qui a fait faillite il y a de cela quelques années?

— Non. Je suis désolé, mais vous faites erreur, monsieur Fitzgerald. La plupart de mes ancêtres étaient fermiers. Des gens honorables et travailleurs, certes, mais d'assez petites gens, somme toute, et sans aucun lien avec une quelconque compagnie de navigation.

— Excusez-moi. J'avais cru...

Winston Fitzgerald esquissa un sourire d'excuse.

— L'âge, sans doute... Quoi qu'il en soit, reprit-il, je suis ravi que les Etats-Unis vous aient valu un tel succès, monsieur Brennan. Et je vous souhaite de réussir aussi bien dans notre capitale. Combien de temps avez-vous dit que vous pensiez rester?

Les yeux bleus de Nicholas Brennan se posèrent sur Trista.

— Nul ne sait les occasions qui peuvent se présenter. Je n'y ai guère réfléchi, à dire vrai. Mais si Londres regorge d'aussi charmantes créatures que votre fille, il ne serait pas impossible que je prolonge indéfiniment mon séjour.

Il avait ponctué son compliment d'un sourire malicieux qui porta l'exaspération de Trista à son comble. « Oh! pour l'amour du ciel! Qu'il se taise! » songea-t-elle. Les poings crispés, elle partit rejoindre sa tante dans la salle à manger. L'impudence de cet individu dépassait toutes les limites !

Mais que pouvait-elle y faire ? Difficile d'accuser un homme d'affaires aussi respectable — et qui avait apparemment aussi favorablement impressionné son père. Et l'accuser de quoi, d'ailleurs ? De l'avoir tirée des griffes d'un Archibald Sleeth ? Certainement pas !

Le dîner commença par un premier désastre quand Trista, qui cherchait sa place, se heurta malencontreusement à l'inévitable Nicholas Brennan.

— Eh bien, mademoiselle Fitzgerald, murmura-t-il d'un ton plaisant. Votre distraction ne vous a-t-elle pas déjà valu assez d'ennuis ? Vous en voulez d'autres ?

— Surtout pas ! Ecartez-vous plutôt de mon chemin, grossier personnage.

Sur quoi, ignorant le petit rire de Nicholas Brennan, Trista passa son chemin et découvrit bientôt qu'elle avait été placée à côté de son père. Malheureusement, elle se rendit compte par la même occasion que Nicholas Brennan lui faisait face, et qu'il avait ainsi tout le loisir de l'observer.

Ce dont il ne se priva pas et qu'il fit sans la moindre vergogne.

Ulcérée par l'insistance avec laquelle il la regardait, Trista en fut réduite à baisser les yeux et à se perdre dans la contemplation de la nappe damassée et de la magnifique porcelaine bleu et or du service de sa tante...

Extraordinaire homme d'affaires, vraiment !

M. Brennan passait à coup sûr trop de temps auprès des dames pour avoir encore celui de s'occuper de ses intérêts. Et d'extraordinaire, elle ne voyait en lui que sa capacité à la dévisager de la sorte.

Esmée, exquise ce soir-là dans une robe de soie bleue, avec ses cheveux noirs relevés au sommet de sa tête et des diamants qui scintillaient à ses oreilles et au poignet, ne fit rien non plus pour arranger les choses.

Volubile à l'excès, elle joua son rôle de tante affectueuse et s'extasia sans fin à propos du succès *renversant* que Trista allait remporter dans le monde. Il n'y aurait rien de trop beau ni de trop cher pour sa nièce. Après tout, une jeune fille devait avoir une garde-robe en conséquence si elle voulait devenir la coqueluche du tout-Londres. Les hommes allaient être fous d'elle — et les femmes vertes de jalousie!

Consternée, Trista se sentait de plus en plus mal à l'aise d'être le point de mire de la petite assemblée. Son appétit l'avait désertée et elle fut incapable de faire honneur aux délicieux magrets de canard et au soufflé de saumon qu'un maître d'hôtel stylé leur servit. Le vin, en revanche, était davantage à son goût et, pour oublier l'insupportable attitude du goujat assis en face d'elle, Trista porta de plus en plus fréquemment son verre à ses lèvres.

Ce repas, décidément, menaçait de devenir un véritable cauchemar...

Un autre convive assistait à ce dîner : Bianca, la

nièce de Dominic, venue de Milan pour la saison et qui avait dès le début affiché clairement ses intentions à l'égard de Nicholas. La main posée sur le bras de son voisin de table, elle ne cessait de lui adresser des coups d'œil enjôleurs et langoureux. La jeune Italienne avait quelque chose d'éminemment sensuel avec son regard de braise et ses cheveux de jais. Pulpeuses, ses lèvres révélaient une nature ardente, passionnée. A chaque remarque de Nicholas, elle se penchait vers lui, narines frémissantes, et on aurait cru qu'elle allait se pâmer devant lui et lui tomber dans les bras. Ce fut du moins l'impression qu'en retira Trista, que le bourgogne rendait caustique…

La robe de Bianca, une merveille de sophistication en faille écarlate, dégageait de fines épaules et de fermes rondeurs. Des rondeurs dont elle ne semblait pas peu fière, à en juger par la façon dont elle faisait étalage de ses charmes. La lueur des bougies donnait à sa peau une riche couleur dorée et les rubis qui paraient son cou ne faisaient qu'en rehausser l'éclat.

Le manège de la belle Italienne rendait Trista malade. Qu'on puisse s'abaisser ainsi était une honte ! Bianca ne voyait-elle pas qu'elle se donnait en spectacle ? Trista se força à avaler quelques bouchées pour se donner une contenance et commit à ce moment l'erreur de lever les yeux.

Nicholas Brennan la regardait d'un air intéressé… Il était si séduisant qu'elle en oublia momentanément la rage et l'aversion qu'il lui inspirait. Malgré elle, son regard suivit les contours du visage, de la mâchoire volontaire, avant de se poser sur le torse musclé que moulait un gilet de satin blanc. Puis elle le dévisagea de nouveau, brusquement si troublée qu'elle en tressaillit presque.

L'apparition d'un domestique à son côté arriva à point nommé pour la distraire de sa dangereuse rêverie. Trista s'empressa de se faire resservir un peu de vin et tendit une oreille pour écouter la conversation de ses voisins.

Bianca, tout excitée, parlait d'un meurtre.

Un meurtre?

— Et d'après Darcy Langston, déclarait-elle à l'instant, la malheureuse a été sauvagement battue avant d'être assassinée! Mon Dieu! Quelle horreur!

Sur quoi l'Italienne porta nerveusement sa main à son cou.

Esmée jugea bon d'inciter sa nièce à une plus grande modération.

— Une jeune personne aussi charmante que Darcy n'est certainement pas experte en la matière. Il ne faut pas croire tout ce qui se raconte, Bianca.

Celle-ci eut une moue dédaigneuse.

— Tu n'auras qu'à le lire toi-même dans le *Times* de demain, rétorqua-t-elle. Darcy était la meilleure amie de cette pauvre fille. Elle est bouleversée.

— Nous le sommes tous, Bianca, intervint Dominic. La police enquête, je présume. Mais jusqu'ici, aucun indice n'a encore permis d'identifier celui qu'on surnomme « l'assassin des boudoirs ». Seul point commun à toutes les victimes et qui pourrait éventuellement donner une piste aux enquêteurs : les disparues appartenaient à la meilleure société. Un véritable drame que cette histoire !

— « L'assassin des boudoirs » ? répéta Winston, sans inquiétude manifeste. De quoi s'agit-il ?

— C'est ainsi que la presse a appelé le tueur fou qui sévit toujours à l'heure qu'il est. Chaque fois, il opère de façon identique : il pénètre sans effraction dans le domicile de ses victimes avant de les violenter et de les frapper. Ensuite, il les assomme ou les étrangle avant de disparaître.

— Dominic, je t'en prie !

Horrifiée, Esmée supplia son mari du regard.

— Entendre parler de ce monstre me donne des frissons ! reprit-elle. Si les messieurs souhaitent poursuivre cette discussion, je les autorise volontiers à se retirer au salon. Quant à nous, nous évoquerons plutôt nos projets pour la semaine, n'est-ce pas, mesdames ? Qui plus est, j'ai peur que cette épouvantable histoire traumatise notre petite Trista. Elle est encore si jeune et si fragile... Je ne voudrais pas qu'elle regrette d'être venue à Londres !

Trista repoussa son dessert à peine entamé. Au diable Esmée et ses idées d'un autre âge ! En vertu de quoi fallait-il toujours que les femmes soient tenues à l'écart de pareilles conversations ? Nul doute que l'attitude convenable eût été de jouer les jeunes filles *fragiles* et de s'éclipser en invoquant un subit malaise...

Pour autant que l'esprit rebelle de Trista s'y

résigne sans trop regimber. La jeune fille, en effet, n'avait rien d'une créature fragile...

Les messieurs, quant à eux, suivirent la suggestion d'Esmée pour quitter la pièce, en quête, prétendirent-ils, d'un verre de cognac et d'un cigare.

A peine étaient-ils sortis que Bianca se dépêchait de leur emboîter le pas. Se levant à son tour, Trista fut saisie d'un malaise ; ses jambes menacèrent de se dérober, et elle dut s'agripper à la table pour ne pas tomber. La salle à manger se mit à tourner autour d'elle et, prise de vertige, Trista porta une main à son front. Que diable lui arrivait-il tout à coup ? Aussitôt, Esmée se rendit compte que quelque chose n'allait pas et se précipita au côté de sa nièce.

— Tu ne te sens pas bien, Trista ?

Pleine de sollicitude inquiète, Esmée enlaça Trista et ne fut pas longue à deviner la raison du trouble de sa nièce.

— Tu n'avais encore jamais bu de vin, n'est-ce pas ? demanda-t-elle.

Elle pressa les épaules de Trista d'un geste tendre.

— Dans ce cas, il vaut mieux que tu aies pris conscience de tes limites ce soir, et non pas à ton premier bal où la chose aurait provoqué un certain embarras.

Pour toute réponse, Trista se contenta d'un vague sourire et laissa Esmée l'escorter dans le hall. Ensemble, elles passèrent devant les portes ouvertes du salon.

Un furtif regard permit à la jeune fille d'être

rassurée : Nicholas Brennan lui tournait le dos, et il ne serait donc pas témoin de sa déconfiture. Trista s'autorisa un soupir de soulagement et eut un haut-le-cœur en respirant une écœurante odeur de cigare.

Au bord de la nausée, elle vacilla. Sur le point de s'effondrer, elle se sentit soulevée dans les airs par des bras musclés et se retrouva blottie contre une mâle et solide poitrine. Une discrète odeur de parfum parvenait aux narines de Trista. Abasourdie, elle découvrit l'identité de son galant sauveteur : Nicholas Brennan !

Une moue amusée aux lèvres, il se dirigeait d'un pas ferme vers l'escalier. Trista crut mourir de honte !

Cet homme venait de la sauver d'une embarrassante situation pour la deuxième fois en l'espace de quelques heures... Furieuse, elle l'apostropha.

— Encore vous ! Espèce de brute, lâchez-moi !

Moqueur, il poursuivit son chemin sans faiblir.

— On dirait que vous avez abusé de cet excellent bourgogne, mademoiselle Fitzgerald. A moins que ce ne soit un nouveau stratagème pour m'obliger à voler une fois de plus à votre secours.

Il marqua une brève pause, le temps de raffermir sa prise.

— Etes-vous certaine que Londres était prête à accueillir une demoiselle aussi ignorante que vous ? reprit-il. Vous vous y connaissez aussi peu en hommes qu'en alcool !

Trista ne put réprimer un bâillement.

— Epargnez-moi vos commentaires désagréables. Vous n'êtes qu'un mufle de...

Il éclata de rire.

— Notre seconde rencontre n'a rien changé. Vous êtes toujours aussi mal disposée à mon égard, semble-t-il.

— En effet !

Sous l'emprise d'une forte envie de dormir, Trista s'autorisa à bâiller de nouveau.

Quel mal y aurait-il à se laisser aller contre cette solide épaule ? se demanda-t-elle. Aucun, sans doute. Que ce malappris se moque d'elle autant qu'il lui plairait...

— Extraordinaire homme d'affaires, marmonna-t-elle. Vraiment...

Et elle s'abandonna aux brumes du sommeil.

La voix de son oncle parvenait à Trista comme à travers un brouillard. La tête douloureuse, elle devait se concentrer pour suivre la conversation qui se déroulait autour de la table du petit déjeuner.

— L'homme est à peine arrivé des Etats-Unis, ce pays de sauvages, déclarait Dominic. Pas étonnant qu'il ait autant de choses à raconter.

Trista posa sa fourchette sur son assiette, en proie à une soudaine nausée. Peut-être était-ce le résultat des libations de la veille, quoique la décoction prodiguée par Esmée eût semblé en atténuer les effets. Ou alors, il suffisait qu'on mentionne le nom de Nicholas Brennan devant elle pour qu'elle réagisse aussi violemment. Quoi de plus normal ? Elle abhorrait cet homme à qui elle ne vouait que haine et mépris.

— J'aime assez l'écouter exposer ses théories, continuait Dominic à l'adresse de Winston. Pour aussi inédites et peu sophistiquées qu'elles soient. Néanmoins, l'individu est un *yankee*, ce qui veut tout dire. Nul doute que ses manières, tant en affaires qu'en société, ne manqueront pas de susciter quelques remous.

— Peut-être estime-t-il judicieux d'appliquer de nouvelles méthodes pour réussir, commenta Winston. Mon père connaissait certains membres de sa famille. Des gens très avisés. Brennan tient certainement d'eux.

— Le fait est que, même si je ne suis pas entièrement d'accord avec lui, son projet mérite que l'on s'y intéresse de plus près, convint Dominic. Surtout compte tenu des sommes qu'il a mentionnées. Des sommes considérables — bien qu'il n'ait guère voulu entrer dans les détails. Vous avez remarqué, Winston ?

— Pour ma part, je trouve que la réserve qu'il a montrée est une preuve de bon sens.

Remarque qui eut l'air de froisser l'orgueil de son hôte.

— Possible, rétorqua le comte. Toutefois, il n'avait pas besoin d'être aussi discret avec moi. Je ne suis pas n'importe quel investisseur. Brennan serait un imbécile de ne pas s'en être rendu compte. Après tout, ce n'est pas la première fois que je le reçois, ceci dans le but de discuter argent.

Comme sa voix était montée d'un cran, Esmée intervint.

— Chut, Dominic, murmura-t-elle. Pas ici.

Le comte lui adressa un regard maussade.

— D'accord. De toute façon, il ne s'agit pas pour moi d'une opération vitale. Cela dit, ce Nicholas Brennan est tout de même assez spécial — totalement dépourvu d'éducation, pour user d'un pléonasme ; à moins que ce ne soit l'effet de sa maudite arrogance. Et c'est un sacré joueur, devrais-je préciser. J'ai moi-même perdu quelque argent avec lui. A se demander pourquoi j'attache une telle importance au personnage...

Ce jugement sans complaisance ravit Trista. L'absence d'éducation de Brennan était au moins un point sur lequel elle s'accordait avec le comte.

— Oui, il n'y a vraiment pas de quoi, murmura-t-il encore.

Pour clore la question, il se tourna vers Winston Fitzgerald.

— Vous faut-il vraiment partir ce matin, Winston ? Peut-être pourrions-nous vous garder encore un peu. Je suis sûr que vous trouverez les nuits londoniennes beaucoup plus animées que par le passé.

— C'est malheureusement vrai, intervint Esmée. Depuis que ces affreuses guerres sont terminées et que ce barbare de Bonaparte est rentré chez lui, l'Angleterre recommence à s'amuser. Quoique, sitôt le soir tombé, je craigne que les rues ne soient guère fréquentables pour les honnêtes gens. Il y a tant d'établissements de jeux et de maisons de mauvaise réputation ! Sincèrement, Dominic, tu n'as tout de même pas l'intention d'emmener mon frère...

— Non, bien sûr que non, ma chérie. Mon club est tout ce qu'il y a de plus respectable — même si j'ai déjà eu l'occasion d'y croiser notre ami Brennan. Qu'un *Yankee* y ait été admis me dépasse, d'ailleurs. Comment ont-ils autorisé une chose pareille? Il faut pourtant montrer patte blanche pour y entrer.

Trista partageait l'étonnement de Dominic. Elle imaginait mieux M. Brennan fréquentant les tripots enfumés, une femme de mauvaise vie pendue à chaque bras, que sirotant un whisky dans un endroit select.

Avec tristesse, elle entendit son père décliner l'offre de son hôte. Il ne pouvait s'attarder, déclara-t-il, et regrettait de devoir quitter une aussi agréable compagnie, mais il ne pouvait négliger son travail. Le petit déjeuner terminé, il prit congé de sa sœur et de son beau-frère, et embrassa sa fille non sans émotion. Dominic imita son exemple peu après et partit lui aussi, sa canne sous le bras, sous prétexte d'une affaire urgente.

— Ses affaires, encore ses affaires! dit Esmée dans un soupir. Il a toujours je ne sais combien de projets en cours. Il adore cela, bien plus que de s'occuper de sa propriété de Milan... Une ville affreusement ennuyeuse, du reste. Par ailleurs, la mère de Dominic, la marquise, y réside et...

La comtesse s'interrompit une seconde pour chercher ses mots.

— Disons que j'ai encore moins d'affection pour elle que pour mon propre père. Mon séjour là-bas a tenu de la torture. J'ai été ravie de retourner à

Londres, même si j'ai parfois un peu la nostalgie de Paris. Il valait mieux, ajouta-t-elle tristement, m'éloigner de tout ce qui pouvait me rappeler Gaston.

— Il te manque, murmura Trista.

— Oui, ma chérie. Trop, par moments.

L'espace de quelques secondes, Trista crut voir des larmes briller dans les yeux de sa tante. Puis la comtesse se ressaisit et gratifia sa nièce d'un sourire.

— Je suis convaincue que Londres va te plaire, ma chérie. Inutile de t'inquiéter à propos de ces histoires de meurtre.

Esmée jeta un coup d'œil en direction de la porte.

— Cette Bianca, vraiment ! Quelle paresseuse ! Elle est encore au lit, comme d'habitude. Ah ! Elle était à son affaire, hier soir, avec M. Brennan — quoique je la comprenne. Cet homme est si séduisant et il est auréolé d'un air de mystère qui ne fait qu'ajouter à son charme. Il fuit les mondanités — au grand regret de la plupart des dames comme Bianca. Elle a jeté son dévolu sur lui et n'aura de cesse d'arriver à ses fins. Je me demande pourtant si elle a beaucoup de chances d'y parvenir... Ah ! La voilà. Bianca, ma chérie, se lever aussi tard, voyons ! Est-ce bien raisonnable ? Il n'est pas loin de midi.

Précédée d'une entêtante odeur de parfum, Bianca fit son entrée dans la salle à manger.

— Que voulez-vous, ma tante, répondit-elle d'une voix de gorge. La soirée s'est prolongée plus tard que prévu...

Le geste et la démarche languides, superbe dans une robe en satin à rayures rouges et blanches, elle adressa un salut à Trista qui le lui rendit à contrecœur.

— A quelle heure t'es-tu couchée? questionna Esmée. Je me suis moi-même retirée assez tard. Je présume que la compagnie de M. Brennan aura été à ton goût.

— En effet.

Un sourire aux lèvres, l'Italienne poussa un soupir.

— Il est si beau que c'en est presque un crime. Et l'éclat de ses yeux, quand il vous regarde...

Trista termina son thé. Le mufle! pensa-t-elle. Comment pouvait-on se laisser prendre au piège d'un pareil séducteur?

— Et puis, il n'arrivait pas à partir...

Bianca réprima un petit frisson.

— Les oiseaux chantaient déjà quand il a fini par s'en aller.

Esmée prit un air alarmé.

— Vous n'étiez pas seuls, j'espère? demanda-t-elle.

Bianca étudia ses ongles avant de répondre avec désinvolture :

— Oncle Dominic nous servait de chaperon mais le pauvre tombait de sommeil. C'était à peine s'il parvenait à garder les yeux ouverts. J'ai fini par le persuader que nous pouvions nous passer de lui. De toute façon, ce maudit Emerson a rôdé autour de nous toute la soirée en faisant un excès de zèle. Il se déplace tellement silencieusement qu'on a l'impression qu'il flotte.

— J'apprécie la discrétion de mes domestiques, rétorqua sèchement la comtesse. Pour moi, c'est une qualité indispensable.

— Ne te vexe pas, tante Esmée, ce n'était pas une critique, dit Bianca pour l'apaiser. En fait, la présence d'Emerson m'a protégée des ardeurs de Nicholas. Il peut se montrer si empressé parfois... Mais comment lui en vouloir ? Il a le tempérament fougueux d'un *Yankee*...

Esmée eut l'air scandalisé.

— Bianca !

— Je t'en prie, Esmée. Je tiens absolument à ce qu'il m'accompagne à ton bal et à tous ceux de la saison. Les autres vont en pâlir d'envie. Bien, je me sauve à présent. Je déjeune chez Darcy Langston.

— Je la croyais bouleversée par le meurtre de sa meilleure amie. C'est curieux qu'elle se sente assez remise pour inviter des gens chez elle.

— Il va de soi que tout le monde est atterré, mais ce n'est pas non plus une raison pour rester cloîtré, rétorqua Bianca.

— Surtout quand il y a tellement matière à commenter, souligna la comtesse avec ironie.

— Evidemment ; il faut bien se tenir informée. Dommage que tu ne puisses être des nôtres, Trista. Oh ! Mais j'y pense ! Peut-être que Nicholas sera là !

— Je doute fort que M. Brennan prise ce genre de déjeuners, ma chérie, dit Esmée. Mais si le hasard voulait que tu le rencontres, essaie de te tenir décemment.

— Je sais comment me conduire en public avec un gentleman, ma tante ! D'autre part, j'entends garder le secret à son sujet jusqu'à ton bal. Alors pas un mot. D'accord?

— Nous ne dirons rien, ma chérie, affirma la comtesse. Tu peux compter sur notre discrétion.

Elle avait plutôt l'air d'insinuer que Bianca aurait du mal à tenir sa langue. Se tournant vers Trista, l'Italienne ignora le sous-entendu.

— Et qu'avez-vous prévu, toutes les deux, pour aujourd'hui?

— Rendez-vous chez la couturière! déclara Esmée, le regard brillant. J'emmène Trista chez Adèle, afin qu'elle se choisisse quelques toilettes.

— Chez Adèle! Comme c'est gentil! Mais, franchement, Esmée, Trista n'est-elle pas un peu jeune pour porter les modèles que crée cette Française?

— Jeune! Seigneur! Trista va avoir une garde-robe splendide — exactement ce qu'il lui faut pour ses débuts dans le monde. Dépêchons-nous, Trista. Sortons vite avant que le soleil soit trop chaud.

— Ne bougez pas, Trista.

Adèle, la couturière française, lui jeta un coup d'œil par-dessus l'épaule. En compagnie d'Esmée, elle s'apprêtait à passer dans l'arrière-boutique afin de trouver une paire de chaussures à la jeune fille. Celle-ci était épuisée. La séance d'essayage s'était prolongée et elle n'en pouvait plus. Ah! Comme elle regrettait sa campagne! A l'heure qu'il était, elle aurait pu monter son cheval et partir en promenade, seule, libre comme l'air... Malgré toute la gentillesse dont Esmée faisait preuve, elle savait qu'elle aurait du mal à s'acclimater.

— Vous avez entendu, mademoiselle Fitzgerald ? demanda la couturière. Pas un geste ! Sinon vous allez vous piquer aux épingles, ajouta-t-elle.

— C'est déjà fait ! répondit Trista.

S'obligeant à l'immobilité, elle observa son reflet dans le miroir.

La robe était spectaculaire. En satin de soie, avec des manches bouffantes, un décolleté outrageusement plongeant, et une ample jupe qui s'évasait et dansait autour des jambes. Trista devait reconnaître qu'Adèle possédait un talent exceptionnel.

Ignorant les recommandations de la couturière, Trista esquissa quelques pas, tellement captivée par le jeu de la lumière sur le tissu qu'elle n'entendit pas le tintement de sonnette annonçant l'arrivée d'un client.

De fait, il n'y eut que cette voix, vibrante et grave, pour la ramener aussi vite à la réalité et la plonger, le cœur battant la chamade, dans un trouble indescriptible.

3.

— Quelle surprise, mademoiselle Fitzgerald ! Je ne m'attendais guère à vous trouver dehors de si bonne heure.

Les yeux rivés à ceux de Trista dans le reflet de la glace, Nicholas Brennan expédia son chapeau sur un fauteuil et apprécia la silhouette de la jeune femme d'un coup d'œil plein d'impudence.

— Et en très jolie forme avec ça, ajouta-t-il.

— Ne me laissez pas vous distraire, monsieur Brennan, riposta-t-elle. Je serais fort étonnée que vous n'ayez pas quelque affaire louche à mener dans le quartier.

Le calme qu'affichait Trista n'était qu'une apparence. Sans qu'elle sache pourquoi, son cœur s'était mis à battre de façon désordonnée. Sans doute était-ce l'effet de la colère, se répétait-elle. Après tout, depuis la veille, Nicholas Brennan avait pris un malin plaisir à se moquer d'elle et à lui manquer de respect. Sûrement y avait-il là matière à être contrariée !

La mine hautaine, elle s'efforça de reporter son

attention sur sa robe. Avec un peu de chance trouverait-il le message assez clair.

De son côté, Nicholas déboutonna son pardessus avec un petit rire amusé. Puis, en appui contre un tabouret, il enveloppa Trista d'un regard insistant.

— Mmmm, serait-on de mauvaise humeur, ce matin ? Un brin nerveuse, peut-être... Ai-je besoin de vous rappeler que vous m'êtes désormais deux fois redevable, mademoiselle Fitzgerald ? Nous pourrions parler de dette d'honneur, en quelque sorte ! Au train où vont les choses, vous risquez d'avoir bientôt à m'épouser pour me récompenser de mon inestimable galanterie.

Trista manqua s'étrangler de rage. Quelle stupéfiante audace ! Vraiment, cet homme n'avait pas fini de l'étonner. Et il avait le front de parler mariage, en plus !

Sa riposte fusa, sèche et cinglante.

— Il semblerait que la vie de débauché que vous menez vous ait ôté le sens des valeurs, et rendu exagérément imbu de votre personne, monsieur Brennan. Votre attitude a été tout sauf galante et n'a suscité en moi que du mépris.

— La nuit, apparemment, n'a rien fait pour vous adoucir, ma belle.

Nicholas parcourut des yeux la luxueuse boutique.

— Mais si vous êtes comme toutes les femmes, acheter une robe ou deux devraient vous redonner le sourire — au moins l'espace de quelques heures, reprit-il avec cynisme.

— On devine le jugement d'un homme d'expérience, rétorqua Trista, suave.

Et elle lui tourna le dos pour couper court à cet échange déplaisant. Il en fallait plus, hélas, pour décourager un homme de la trempe de Nicholas.

— Vous a-t-on jamais dit que vous aviez très mauvais caractère, pour une aussi jeune et jolie personne ? demanda-t-il. Aurais-je tort de penser que vous ne trouvez pas Londres à votre convenance ?

— En fait, ce qui me déplaît surtout, c'est d'avoir à fréquenter certaines personnes peu recommandables...

— Ah ? L'accueil de votre oncle vous aurait-il en quelque façon déçue ?

Il se moquait, une fois de plus, avec un air faussement candide qui agaça Trista.

— Au contraire, dit-elle. Lui et tante Esmée se sont montrés charmants.

— C'est peut-être le gentleman qui vous a importunée, hier, qui vous laisse un mauvais souvenir ?

— Je ne songeais pas à lui non plus.

— Inutile de vous tracasser à son sujet, de toute manière. Il vous croit en pleine lune de miel.

— Ah ! Merci du peu.

— Justement, c'est là où je voulais en venir. Vous ne m'avez pas encore convenablement remercié... quoique rien n'empêche d'y remédier.

L'intonation caressante de la voix de Nicholas eut sur Trista un effet des plus troublants. Plus troublant encore que le fait de se rendre compte qu'il s'était avancé et se tenait tout près d'elle.

— Pour ma part, ajouta-t-il dans un murmure, j'y suis on ne peut plus disposé.

Dans le miroir, Trista le vit baisser les yeux sur sa chevelure et ses reins, puis les reporter sur sa bouche.

— Etes-vous toujours obligé de me dévisager de la sorte, monsieur Brennan? riposta-t-elle, le souffle court. Ou bien serait-ce que vous êtes fasciné par, comment dire?... ma crinière opulente?

Nicholas se pressa derrière elle, le menton juste au-dessus de la tête de Trista, et plongea son regard dans le décolleté de la jeune fille.

— Je ne m'étais pas rendu compte que je vous dévisageais, murmura-t-il. Mais je reconnais volontiers nourrir un certain penchant pour les jolies pouliches.

Offusquée, Trista s'écarta d'un pas.

— Monsieur Brennan! s'exclama-t-elle.

— Nicholas, pour vous, chère Trista. Plus besoin de cérémonies entre nous.

Il se rapprocha.

— Dieu me pardonne, mais vous êtes incroyablement belle en rose.

Embarrassée, Trista ne put échapper au regard ardent qu'il posait sur elle.

— Je vous remercie, mais je préfère m'en tenir à « monsieur Brennan ». Bien que, ajouta-t-elle d'un air pincé, « le scélérat des boudoirs » semblerait bien vous convenir.

Nicholas éclata de rire.

— Vous m'offensez, chère Trista. Mais puisque je n'ai récemment fréquenté d'autre boudoir que le vôtre, vous avez le droit de m'appeler Nicholas — ou même « cher Nicholas », si le cœur vous en dit.

— J'ignorais...

— Faut-il vous rafraîchir la mémoire? Ce fut, pour ma part, une expérience infiniment agréable.

— Je n'en doute pas. Quoique je ne garde qu'un vague et très déplaisant souvenir de la manière dont s'est terminée la soirée d'hier. Ce sera sans doute d'ailleurs là l'origine de mon mal de tête.

— Je ne pense pas.

Nicholas passa à côté de Trista.

— Je n'ai jamais été accusé de provoquer ce genre de malaise. Bien qu'il me soit souvent arrivé de susciter certains émois — mais pas de ceux, j'en suis certain, que vous avez déjà eu l'occasion de connaître.

Sa voix était si chaude, si vibrante, ses propos chargés de tant de sous-entendus, que Trista se sentit soudain complètement désemparée.

— Vous faut-il vous tenir si près de moi, monsieur Brennan? demanda-t-elle sèchement. Ma tante se trouve dans la pièce à côté.

— C'est justement la peur d'être surpris qui me rend plus hardi, Trista.

Le sourire de Nicholas s'évanouit brusquement.

— Je n'ai pas failli croire ma chance, hier soir, quand je me suis retrouvé face à vous.

— Votre chance? répéta Trista. Vous plaisantez, je présume! Oser me narguer de cette façon devant ma famille! Me mettre quasiment au défi de leur révéler l'impudent personnage que vous êtes!

— Vous aviez pourtant toute liberté de me calomnier, si telle avait été votre intention. Mais peut-être éprouvez-vous pour moi quelque sympathie, finalement.

— Oh ! Je vous en prie ! Mon père était tellement captivé par ce que vous lui racontiez qu'il ne m'aurait pas accordé la moindre attention.

— C'était donc cela ?

Nicholas fit un effort pour garder son sérieux.

— Moi qui pensais que vous vous taisiez parce que vous n'aimiez pas le magret de canard.

— Vous êtes insupportable !

— J'ai déjà entendu pire.

— Cela ne m'étonne pas. Maintenant, laissez-moi tranquille. Je ne veux plus vous voir.

— Menteuse ! Ce n'est pas ce que vos beaux yeux verts semblent dire.

— Voilà encore un exemple de votre insupportable suffisance !

Exaspérée, Trista fit un geste un peu vif et se piqua aux épingles de sa robe. Où diable étaient donc passées Adèle et sa tante ? se demanda-t-elle, au désespoir. Il ne fallait tout de même pas tout ce temps pour trouver une paire de chaussures !

— Allez-vous-en ! Tout de suite ! lança-t-elle à l'adresse de Nicholas.

La colère faisait trembler Trista et briller ses yeux d'un feu incomparable.

— Bianca se languit de vous bien qu'elle ne soit sûrement pas la seule, j'imagine, ajouta-t-elle.

— Et moi, j'ai l'impression que derrière la jeune fille sage et comme il faut se cache une véritable tigresse, répliqua Nicholas.

Il arborait un sourire si satisfait que Trista l'eût volontiers effacé d'une retentissante gifle.

— Je suis sincère, monsieur Brennan. Je ne veux plus avoir affaire avec vous.

— En êtes-vous certaine, ma chère Trista?

Comme il lui repoussait une mèche de cheveux derrière l'oreille, Trista se raidit, prête à se rebiffer.

— Non, ne dites rien, murmura Nicholas en lui posant un doigt sur les lèvres. Il n'est pas nécessaire de déverser sur moi davantage de fiel.

Il laissa son regard s'attarder sur le corsage de Trista.

— Vous êtes merveilleusement belle.

Ces mots à peine murmurés, prononcés d'une voix grave et sensuelle, paralysèrent Trista, lui ôtant toute volonté. Paupières baissées, elle vit la bouche de Nicholas se rapprocher de la sienne. Puis il la prit par la taille et elle leva les yeux, vaincue. Toute envie de se battre l'avait quittée. Elle aurait dû le repousser, se dégager, s'enfuir... Hélas, elle en était totalement incapable.

Doucement, Nicholas lui souleva le menton et attira la jeune fille à lui.

Ses lèvres effleurèrent celles de Trista d'un baiser si tendre et langoureux qu'elle en oublia tout. Un frisson, dont elle ignorait s'il était l'effet du choc ou de la colère, la parcourut et, avec un gémissement de désespoir, elle s'abandonna à l'étreinte de Nicholas.

Encouragé par sa réponse, celui-ci redoubla de fougue et l'enlaça plus étroitement encore. Une de ses mains remonta sur la gorge de Trista. Surprise, elle ouvrit les yeux et tressaillit lorsque la bouche de Nicholas descendit le long de son cou. Puis il se pencha sur la gorge satinée, et un doux vertige s'empara de Trista.

Chaud et court, le souffle de Nicholas lui caressait la peau. Indignée, toutefois, par les privautés que cet homme se permettait, Trista essaya de le repousser, mais il reprit possession de ses lèvres, faisant taire toute tentative de protestation.

Au travers de la soie, elle perçut le corps, ferme et musclé, qui se pressait contre le sien et connut soudain un moment de panique. Il fallait qu'elle l'arrête, qu'elle se libère, que...

Brusquement, il la relâcha.

Consternée, Trista entendit Adèle et sa tante qui, tout en bavardant, revenaient de l'arrière du magasin.

Lui posant un doigt sur les lèvres, Nicholas la réduisit au silence.

— Chut, voilà nos amies, ma chérie, murmura-t-il.

Il l'aida à remettre de l'ordre dans sa toilette. Puis, le regard encore brûlant de désir, il lui effleura la bouche d'un baiser.

— Soyez sans crainte, chuchota-t-il. Nous aurons l'occasion de poursuivre ce petit intermède.

Et, en quelques pas rapides, il alla récupérer son chapeau.

— Que... ?

Furieuse de tant d'outrecuidance, Trista ne réussit pas à poursuivre sa phrase. Les mots lui manquaient.

L'arrogant personnage !

Une main à ses joues en feu, elle pivota vers le miroir. Un coup d'œil à ses lèvres et à ses cheveux en désordre suffirait à...

Elle n'eut pas le temps de s'affoler plus car la couturière fit son apparition. Dès qu'Adèle vit Nicholas nonchalamment installé sur un tabouret, son visage s'éclaira d'un sourire.

— Monsieur Brennan, quelle surprise ! s'exclama-t-elle. Une heureuse surprise, si je puis me permettre. Vos visites m'ont manqué, mon cher. Rares sont les hommes qui ont un goût aussi sûr que le vôtre en matière d'élégance féminine.

Se redressant de toute sa hauteur, Nicholas salua galamment les deux nouvelles arrivantes.

Esmée le gratifia d'un sourire.

— Moi aussi, je trouve cette surprise des plus agréables, monsieur Brennan, dit-elle.

Il s'inclina pour la remercier du compliment.

— Je passais dans le quartier lorsque, en jetant un coup d'œil à la vitrine, j'ai par hasard aperçu Mlle Fitzgerald qui s'admirait devant la glace, déclara-t-il.

— Vous êtes toujours le bienvenu, l'assura Adèle. Et puisque vous êtes ici, vous pourriez peut-être éviter à Mlle Cooper de se déplacer et lui apporter les bas qu'elle m'avait commandés. Ils sont arrivés de Paris ce matin. Une pure merveille, ajouta-t-elle à l'intention d'Esmée. Votre nièce doit à tout prix en avoir une paire !

Remarque qui incita Nicholas à couler à la jeune fille un regard goguenard. Celle-ci, au comble de l'embarras, se mit à contempler fixement le plafond.

Pendant que la couturière disparaissait de nouveau dans l'arrière-boutique, Esmée s'approcha de sa nièce, lissa quelques plis sur la jupe.

— Qu'as-tu fait, ma chérie ? Cette robe est déjà toute froissée, observa-t-elle. Ce n'est pas grave. Adèle la repassera.

Sans paraître remarquer l'embarras de Trista, Esmée se tourna vers Nicholas.

— Je ne sais s'il est très convenable que vous vous attardiez ici, monsieur Brennan.

Folle de rage, Trista attendit la réponse de ce grossier personnage. Elle lui aurait volontiers arraché les yeux ! Se permettre ce genre de libertés avec elle — avant de se charger de porter des bas à cette demoiselle Cooper ! Nul doute qu'elle tenait devant elle l'archétype du parfait débauché. L'odieux individu !

— Après tout, poursuivait Esmée, il ne sied guère à un homme d'être vu dans la boutique d'une couturière.

Nicholas haussa les épaules avec indifférence.

— Ce qui est convenable ou non ne m'a jamais beaucoup préoccupé, comtesse — quoique je craigne que ma présence n'ait effectivement offensé Mlle Fitzgerald. Elle a l'air... bizarre, soudain.

— C'est vrai, ma chérie, tu es toute pâle ! Et tes cheveux ! Dans quel état ils sont ! Serait-ce que tu trouves ces essayages fatigants ?

— Non.

Trista chercha fébrilement une excuse.

— Ce sont ces épingles. Je ne peux plus bouger de peur de me faire piquer !

— Oh ! Naturellement ! J'avais oublié ce détail. Quel ange tu as été de les supporter si longtemps.

Dieu merci, nous avons tes chaussures. Adèle va tout de suite s'occuper de l'ourlet et des retouches.

Jetant un coup d'œil du côté de Nicholas qui s'était adossé au comptoir, Esmée trouva la tentation trop forte.

— Dites-moi, monsieur Brennan, lui demanda-t-elle, ne pensez-vous pas que ma nièce est adorable ? La robe n'est pas encore tout à fait à ses mesures, bien sûr, mais après les modifications nécessaires...

Appréciateur, le regard de Nicholas s'attarda sur la silhouette parfaite de Trista.

— Adorable, en effet, comtesse. Ne touchez à rien, laissez cette robe telle qu'elle est et je serai très heureux de la lui offrir.

Un instant médusée par une proposition aussi osée, Esmée ne se ressaisit que lorsque Adèle apparut avec un petit sac de satin blanc qu'elle remit à Nicholas.

— Voilà les bas, annonça la couturière. Et venez me voir plus souvent, monsieur Brennan.

— Madame...

Il la salua d'un grand sourire avant de se tourner vers Trista et sa tante.

— Comtesse, mademoiselle, ce fut un véritable plaisir.

Son haut-de-forme sur la tête, il sortit de la boutique.

— Eh bien ! murmura Esmée, à peine remise du choc. Voilà un monsieur qui n'y va pas par quatre chemins !

— Ah ! Cet homme a un charme renversant, murmura Adèle, l'air rêveur.

La couturière s'agenouilla devant Trista et commença à examiner l'ourlet de la robe.

— Pour ma part, reprit-elle, je perdrais volontiers la tête pour un gentleman comme lui.

Exaspérée, Trista leva les yeux au ciel. Un gentleman, ce goujat ? Adèle était décidément dénuée d'objectivité !

— Il ne manque pas de charme, certes, reconnut Esmée. Mais il a des manières tellement directes !

— M. Brennan est américain, comtesse. Je conçois que sa franchise puisse heurter la sensibilité des Anglais, mais il n'en reste pas moins que cet homme pourrait avoir toutes les femmes à ses pieds. Il est si...

Adèle marqua une pause, l'air extatique.

— Si viril ! ajouta-t-elle. Et quelle personnalité !

Au grand soulagement de Trista, Adèle eut bientôt fini et l'essayage arriva à son terme. La jeune fille n'aurait pas supporté un instant de plus d'entendre les louanges de Nicholas Brennan.

Trista et sa tante sortaient de la boutique et s'apprêtaient à regagner leur voiture, quand un homme les interpella.

— Comtesse Catalani ! s'exclama-t-il. Je suis ravi de vous voir !

— Monsieur Barry. Quelle coïncidence !

Esmée lui tendit la main.

— Permettez-moi de vous présenter ma nièce, Mlle Trista Fitzgerald. Trista, M. Kendall Barry.

Jeune, environ vingt-cinq ans, blond, de haute taille, Kendall Barry avait un visage avenant et des yeux bruns. Très élégant, il arborait une redingote bleu ciel, que complétaient un pantalon et un gilet coordonnés ainsi que des manchettes de dentelle.

Troublée par le regard qu'il posait sur elle, Trista se sentit rougir.

Kendall s'inclina sur la main gantée qu'elle lui tendit.

— Enchanté, mademoiselle Fitzgerald.

Esmée passa un bras sous celui de sa nièce.

— Trista est venue me rendre visite, déclara Esmée. Malheureusement nous sommes assez pressées, aujourd'hui. Je suis certaine que la saison nous fournira d'autres occasions de nous rencontrer. Et bien sûr, je compte sur vous pour le bal que je donne en l'honneur de Trista.

— Je ne le manquerai sous aucun prétexte, comtesse.

Il se tourna vers Trista.

— L'idée de vous revoir me remplit déjà d'impatience, mademoiselle Fitzgerald.

Il se courba et les salua.

— Je vous souhaite un excellent séjour. Mademoiselle...

— Monsieur...

Trista l'avait à peine salué que sa tante l'entraînait au pas de course vers leur voiture. Visiblement, elle était en proie à une intense excitation. Mains jointes, elle contempla sa nièce d'un air enchanté.

— Oh ! Trista ! M. Barry est un charmant jeune homme, issu d'une très bonne famille. C'est un excellent parti ! Et je dois dire que tu lui as fait la meilleure impression. Il te buvait littéralement des yeux ! Ce qui est pour le mieux. Si jamais il parle de toi, comme je n'en doute pas un instant, ce ne pourra être qu'en bien, n'est-ce pas ?

— Sans doute, répondit Trista en prenant place sur la banquette. En tout cas, il est rassurant de voir que cette ville abrite au moins *un* gentleman.

Sa tante comprit aussitôt l'allusion.

— Il ne faut guère prêter attention à ce M. Brennan. Les individus de son espèce sont l'exception, Dieu merci ! La bonne société abonde de jeunes gens bien élevés qui ont le sens des convenances, eux.

Esmée tapota le bras de sa nièce.

— Sois tranquille, ma chérie, tu n'auras pas affaire à des M. Brennan. Cet individu n'est tout simplement pas de notre monde.

Pareils propos ne furent toutefois pas vraiment pour rassurer Trista qui, d'instinct, savait que le chemin de Nicholas Brennan et le sien n'avaient pas fini de se croiser.

— Tu n'auras pas une seconde à toi, au bal, déclarait à présent sa tante. M. Barry est assuré d'y assister. Peut-être, avec un soupçon d'encouragement de ta part, demandera-t-il la permission de te courtiser !

La comtesse battit des mains, enchantée à cette perspective.

— Ce serait magnifique !

— Je présume que l'ambition de toute débutante est de trouver le prétendant idéal, fit remarquer Trista. Après tout, c'est la seule raison d'être de ces bals.

— Pas la seule, ma chérie, quoique, à mes yeux, il n'y ait rien de plus amusant que passer la soirée à flirter avec de beaux et séduisants jeunes gens. Naturellement, ces jeux-là ne sont plus de mon âge et je me contente désormais d'observer. Vois-tu, Trista, ces réceptions représentent l'unique distraction des femmes du monde. Si nous n'avions pas nos rendez-vous chez la couturière et l'organisation de nos bals, la vie serait insupportable. Toute la journée à broder, ou à veiller à la bonne marche de la maison... Mon Dieu ! Quelle horreur ! Bien que ce soit ce que l'on attend d'une bonne et respectable épouse.

— Qui, « on » ?

— Je parle des maris en général ! Voilà pourquoi il faut t'en trouver un qui soit très riche. Un homme qui ait les moyens de t'entretenir comme il se doit.

— Je n'ai pas envie d'un mari qui m'entretienne, tante Esmée.

— Tu n'es pas sérieuse, ma chérie ! Que ferais-tu, mariée à quelqu'un qui n'a pas d'argent ?

— Je n'ai pas non plus envie de me marier. Tous ces artifices, ces minauderies, ces bals ne m'amusent pas du tout. Je ne suis pas faite pour ça.

— Pour l'amour du ciel, ma chérie, ne dis donc pas de sottises ! Commence par trouver le bon mari et ensuite, tu aviseras.

La comtesse se pencha vers sa nièce d'un air de conspirateur.

— Le mariage peut paraître t'enfermer dans une

prison dorée. Mais il ne faut pas se fier aux apparences. Si tu transformes ton foyer en un endroit chaleureux et confortable, ton mari te laissera libre de mener ta vie à ta guise, surtout si tu te montres tendre et attentionnée envers lui. Ainsi, tu auras tout loisir de poursuivre tes occupations de ton côté. Meilleure sera la situation de ton mari, plus délicieusement frivoles elles pourront être. C'est ainsi que les choses se passent, de nos jours. Que cela plaise ou non.

— C'est justement cette hypocrisie que je déteste, dit Trista. Et d'abord, pour quelle raison aurais-je besoin d'un homme ?

— Ils sauront en trouver une foule pour répondre à ta question, ma chérie. Mais ne te presse pas, fais la difficile et joue les insaisissables. Après tout, se faire courtiser est fort divertissant. Profites-en car cette période bénie ne dure pas.

— Tu veux dire que le mariage viendra mettre un terme à cette liberté ? rétorqua Trista. Vraiment, je n'arrive pas à comprendre quel attrait peut avoir la vie de couple ! Quant à moi, je n'ai aucune envie de perdre mon indépendance !

— La société est ainsi faite, Trista. Contente-toi de suivre les règles, répondit Esmée.

Nicholas Brennan, lui, avait choisi de les ignorer, songea Trista avec amertume. Nul doute qu'il faisait l'impossible pour échapper au triste sort qui attendait Trista. Et qu'il y parvenait avec succès. Trista ne pouvait imaginer pire sort que celui de dépendre d'un homme, d'être à ses petits soins, rabaissée au rang de femme d'intérieur et de poupée qu'on exhibe dans les soirées comme un élément décoratif. Docile, Trista ne l'était pas et pour quelqu'un qui avait toujours eu l'habitude d'exercer son esprit et de vivre au gré de sa fantaisie, le mariage semblait l'antichambre de l'enfer. Seraitelle pourtant forcée de se plier aux exigences de la société? Non, plutôt mourir! se dit Trista en se faisant le solennel serment d'échapper à cette fort enviable destinée.

4.

Le soir du bal de Trista, la lune se leva sur un ciel de velours. Une légère brise agitait l'air, tandis que, le long des rues pavées et dans l'allée de l'hôtel des Catalani, les becs de gaz étaient déjà allumés.

Deux valets de pied se tenaient devant la maison brillamment éclairée pour recevoir les invités dont les attelages commençaient à arriver. Du perron, les hôtes étaient ensuite introduits dans le grand hall de marbre, où résonnaient les accords d'une valse, pour y être accueillis par le comte Catalani et la comtesse Esmée.

Cristaux et argenterie scintillaient, les vases débordaient de bouquets de roses pâles. Des bougies brûlaient dans les appliques et sur chacune des tables, conférant ainsi à l'immense salle de bal où se pressait le tout-Londres, une atmosphère à la fois festive et romantique.

Gaieté et romantisme étaient toutefois loin des préoccupations de Trista. Postée en haut de l'escalier, littéralement terrorisée, la jeune fille ne pouvait se résoudre à descendre. Songer qu'elle était la reine de la soirée lui donnait des frissons.

Peu importait qu'elle détestât ces mondanités, qu'elle eût, en l'espace d'une semaine, supporté un plus grand nombre de déjeuners insipides et autres dîners tout aussi ennuyeux qu'elle ne s'en serait crue capable. Peu importait que depuis qu'elle était debout, ce jour-là, elle eût été baignée, coiffée et poudrée au moins trois fois, et que, par égard pour Esmée, elle eût enduré ces épreuves sans broncher.

Non, ce que lui inspiraient ces simagrées n'avait aucune importance.

Ce qui en avait, en revanche, c'était de mesurer à quel point elle était hors de son élément. Combien elle était naïve et gauche. Constatation on ne peut plus déplaisante pour une demoiselle qui s'était toujours estimée au-dessus de ce genre de considération.

D'un doigt tremblant, elle effleura les trois rangs de perles qu'Esmée lui avait accrochés au cou. Sa tante les lui avait remis, ainsi que le bracelet assorti et les pendants d'oreilles de brillants, avec un soupir ému et une étreinte parfumée, avant de se dépêcher de lisser quelques plis invisibles sur la robe de soie rose.

Une robe qu'un certain scélérat ne serait pas sans reconnaître.

Si seulement, si seulement Nicholas Brennan s'abstenait de venir! se disait Trista. Et tandis qu'elle faisait cette prière, une partie d'elle-même espérait juste le contraire... Que diable voulait-elle donc, à la fin? Malheureusement, Trista nageait en pleine confusion et n'en avait pas la moindre idée. Une seule certitude demeurait malgré tout : elle aurait tout donné pour se trouver loin d'ici et de cette foule.

Elle parcourut des yeux le grand hall, infiniment soulagée d'apercevoir sa tante et Dominic.

Rassemblant tout son courage, Trista quitta son poste d'observation. La main agrippée à la rampe, un sourire crispé aux lèvres et le regard rivé à celui d'Esmée, elle descendit les marches du majestueux escalier. Au murmure qui accompagna l'apparition de sa nièce, Esmée se retourna. Galant, le comte s'approcha pour offrir son bras à Trista.

Ce fut juste à ce moment-là qu'une silhouette se découpa au bas des marches. Une silhouette imposante et familière que la jeune fille reconnut d'instinct.

Le cœur de Trista fit un bond. Hypnotisée par le regard de Nicholas Brennan, elle eut l'impression que le monde autour d'elle se mettait à tourner, qu'elle perdait soudain pied. Le temps suspendit son vol tandis qu'un courant d'une incroyable intensité s'établissait entre Trista et celui qu'on appelait le *Yankee.* Puis le charme fut brutalement rompu quand il s'avança vers elle. Dans un état second, Trista prit conscience du brouhaha des conversations, des visages qui l'entouraient.

Nicholas Brennan était là, devant elle. La lumière des bougies sculptait ses traits fermement dessinés et jetait des reflets bleutés dans ses cheveux noirs. Vêtu de son habit de soirée, il était éblouissant, magnifiquement viril, dépassant d'une bonne tête la majorité des hommes présents. Et l'expression de ses yeux disait sans équivoque son admiration pour la beauté de Trista. Troublée, elle se détourna en hâte, en proie à une faiblesse qui la trahissait.

Un seul regard et elle perdait la tête, se dit-elle, affolée. Comment avait-elle pu s'imaginer assez forte pour l'ignorer?

Comme dans un rêve, elle laissa Dominic la conduire auprès d'Esmée. La voix de sa tante lui parvint, puis elle entendit celle, vibrante, de Nicholas.

Il s'inclina sur sa main, et Trista eut l'impression de flotter sur un petit nuage jusqu'à ce que Nicholas Brennan se tourne et que, d'une simple phrase, il la ramène brutalement à la réalité.

— Permettez-moi de vous présenter Mlle Ivy Cooper, déclara-t-il.

Le sang de Trista ne fit qu'un tour.

La demoiselle Cooper des fameux bas de soie!

Trista, submergée par une fureur sans nom, fit un louable effort pour ne pas perdre contenance.

Avec un sourire qui manquait de naturel, elle salua la jolie blonde qu'elle avait eu l'occasion d'apercevoir lors de sa première rencontre avec Nicholas. D'un œil inhabituellement critique, Trista étudia le fin visage, les yeux de biche, la toilette très seyante de satin pêche. Mlle Cooper possédait des formes très féminines que la coupe de la robe mettait en valeur. Il aurait fallu être de très mauvaise foi pour ne pas reconnaître qu'elle était ravissante. D'une voix douce et bien modulée, elle répondit au salut du comte et son sourire creusa deux adorables fossettes dans ses joues.

La réaction de Trista fut aussi immédiate qu'irraisonnée : elle détesta Mlle Cooper au plus haut point. Dieu ! Comme elle aurait voulu l'écarter du bras de Nicholas ! En proie à une rage impuissante, elle les vit s'éloigner en direction de la salle de bal, complices et très à l'aise.

Sa distraction était telle qu'elle n'entendit pas ce que la tante lui chuchotait à l'oreille. Il était apparemment question de Kendall Barry, lequel n'allait certainement pas tarder à arriver.

— Tu n'as pas oublié notre petite conversation, ma chérie ? ajoutait Esmée. Montre-toi charmante, mais sage. Quand je pense à la robe de Bianca ! Il y a de quoi être scandalisé ! C'est bien simple, Dominic refuse de lui adresser la parole et même de la regarder ! Cette fille sera à jamais la honte de la famille.

Contrariée, la comtesse s'éventa énergiquement de la main avant de saluer l'un de ses invités. Elle se pencha ensuite vers sa nièce.

— C'est uniquement pour s'attirer les faveurs de M. Brennan que Bianca se donne ainsi en spectacle, reprit-elle. Je veux bien que l'homme soit séduisant en diable, mais il est tout de même dommage qu'il n'ait aucun respect des convenances.

Ce à quoi Trista ne put qu'acquiescer.

Malgré la piètre opinion qu'elle avait de Nicholas Brennan, la jeune fille se surprit à laisser son regard errer du côté de la salle de bal. En dépit de ses efforts, elle ne retenait rien des noms de ceux que sa tante lui présentait et se contentait de sourire aux invités de l'air modeste qui sied à une débutante. Soudain, au beau milieu de ces salutations, sa tante lui pinça discrètement le bras pour attirer son attention.

— Chérie, voici quelqu'un que tu dois absolument connaître.

Ravie de cette diversion, Trista tourna la tête et faillit pousser un cri. Face à elle, en habit vert et gilet à rayures, se tenait Archibald Sleeth en personne !

— Enchanté, susurra-t-il.

Il lui prit la main pour la porter à ses lèvres. Si elle avait pu, Trista la lui aurait arrachée tant ce contact lui répugnait.

— C'est un plaisir de vous accueillir, monsieur Sleeth, déclara Esmée. Ma nièce est venue passer la saison à Londres, mais j'entends bien lui trouver un prétendant qui la retiendra un peu plus longtemps parmi nous.

— Certainement, comtesse. Certainement...

Sleeth considéra Trista d'un air visiblement désorienté. Sans doute se remémorait-il l'incident de la veille et les propos de Nicholas Brennan.

— J'imagine que vous êtes contente de votre séjour dans notre bonne ville, *mademoiselle* Fitzgerald, dit-il avec ironie.

Celle-ci le dévisagea froidement, le mettant au défi de tout révéler.

— Très contente, monsieur Sleeth, je vous remercie, malgré les quelques désagréables rencontres qu'il m'a, hélas, été donné de faire...

A l'expression alarmée de sa tante, Trista lui effleura le bras d'un geste rassurant. Puis elle fixa Sleeth droit dans les yeux.

— Le jour de mon arrivée, poursuivit-elle, j'ai eu affaire à l'un de ces grossiers individus qui ne savent pas se conduire avec une dame.

A ces mots, Archibald Sleeth se mit à rougir, devint tout congestionné.

— Eh bien, dit Esmée qui ne se doutait de rien. On n'a pas idée de la vermine que l'on croise aujourd'hui dans les rues de Londres ! Dieu merci, tu nous as rejoints saine et sauve, ma chérie.

— Monsieur Sleeth...

Trista le salua d'un hochement de tête.

— Ce fut une joie de faire votre connaissance, conclut-elle.

Dûment congédié, Archibald Sleeth fit une courbette avant de battre précipitamment en retraite vers la salle de bal.

— Curieux personnage, observa la comtesse à voix basse. Un peu excentrique et surtout affreusement vulgaire. Je puis t'assurer qu'il n'a pas les faveurs de notre monde. Dominic est en affaires avec lui, mais de là à l'inviter ! Je m'étonne qu'il ait eu cette idée. Mon Dieu, ajouta-t-elle, le nez pincé. Regarde-le ! S'habiller de cette façon ! Peut-être faudrait-il lui donner l'adresse d'un bon tailleur !

Trista, quant à elle, savourait son triomphe : elle se félicitait de la façon dont elle avait remis cet affreux Sleeth à sa place. Malheureusement, sa joie fut de courte durée ; à peine jeta-t-elle un coup d'œil vers la salle de bal qu'elle aperçut Nicholas Brennan en compagnie de la flamboyante Bianca.

Il était adossé au chambranle de la porte, tête baissée vers sa voisine, sans doute pour mieux se concentrer sur sa captivante conversation. Ou bien était-ce la vue du décolleté plongeant de Bianca qui lui donnait le vertige… La belle Italienne s'était surpassée, ce soir, et sa robe attirait tous les regards masculins. Recouvert de dentelle noire, sans manches et réduit à son strict minimum, le bustier épousait étroitement le buste. La jupe, très moulante, soulignait la forme de hanches généreuses pour s'évaser ensuite à partir des genoux.

Les cheveux tirés en arrière, elle portait pour tout bijou un lourd pendentif de rubis qui étincelait au creux de sa gorge. D'humeur peu charitable, Trista songea en la voyant à une mante religieuse sur le point de dévorer sa proie. S'il n'y prenait garde, Nicholas Brennan serait la prochaine victime de cette séductrice dans l'âme…

Ecœurée, Trista tourna la tête. Qu'avait-il donc fait de Mlle Cooper ? Oh ! Et puis, quelle importance ? Il pouvait bien aller au diable, elle s'en moquait !

Furieuse, Trista prit une coupe sur le plateau d'un serveur et but une gorgée de champagne.

L'alcool l'aiderait à se calmer, elle avait grand besoin de penser à autre chose qu'aux manières de Nicholas Brennan. La jeune fille portait de nouveau la coupe à ses lèvres lorsqu'une voix tout près de son oreille lui chuchota :

— Ne buvez pas trop vite, Trista. Vous risqueriez de mal vous tenir devant cette distinguée assemblée. Rappelez-vous que vous n'êtes pas habituée à l'alcool.

De stupeur, elle faillit s'étrangler.

— Méfiez-vous, reprit-il. On ne vous pardonnerait pas un tel écart de conduite. Vous seriez mise au ban de la bonne société à jamais.

Trista serra le pied de sa coupe si fort qu'elle manqua briser le fin cristal.

— Je me passe de vos conseils, monsieur Brennan. Il me semble vous avoir déjà dit que je vous trouvais parfaitement odieux !

— Et moi, je vous trouve adorable, répliqua-t-il, tout sourires. Je ne l'aurais pas cru possible, mais vous êtes encore plus belle ce soir que vous ne l'étiez chez Adèle. Vous m'avez manqué, mon cœur.

— Oh ! Je vous en prie, ne soyez pas ridicule !

Pour éviter son regard, elle fixa les boutons de nacre de la chemise de Nicholas. Aussitôt, une pensée troublante lui vint à l'esprit et elle s'imagina dans l'intimité de la chambre de cet homme, déboutonnant un à un ces mêmes boutons... Atterrée par le tour que prenaient ses pensées, elle voulut se ressaisir.

— Disparaissez de ma vue, jeta-t-elle d'une voix sifflante. Laissez-moi en paix !

— J'ai peur de ne pas pouvoir.

Sourire énigmatique et voix caressante, il était de nouveau devant elle.

— A la vérité, Trista, chaque fois que je vous vois, je n'ai plus qu'une seule envie. Savez-vous laquelle ?

— Certes non ! Et je ne tiens pas à la connaître !

De plus en plus gênée, Trista s'éventa pour masquer son trouble.

— Et arrêtez de me regarder de cette façon ! poursuivit-elle. C'est indécent !

— Je vous dévisage encore ? Pardonnez-moi, je ne m'en rends pas compte. Vous me fascinez, Trista, à tel point que j'en oublie les convenances. Vous ai-je manqué, mon ange ?

— Manqué ? Comment osez-vous…

— Ah non ! Vous n'allez pas recommencer ! Cela me rappelle notre première rencontre… Vous vous souvenez ?

— Hélas ! Je maudis le sort qui vous a placé sur ma route ! Et à chaque occasion, votre audace et votre impudence me sidèrent un peu plus. N'ont-elles donc pas de limites ?

— Non. Aucune ! riposta-t-il d'une voix suave. Je pourrai vous le prouver si vous acceptez de m'accompagner sur la terrasse afin que nous puissions terminer ce que nous avions entrepris il y a quelques jours. Depuis, je rêve de découvrir ce que cache ce superbe corsage, de caresser cette peau si douce…

— Monsieur Brennan !

— Je vois que vous persistez à m'appeler par mon nom. Je vous avais pourtant suggéré de...

— Taisez-vous ! Ne savez-vous pas vous tenir en public ?

— Pas du tout. Venez danser avec moi.

La jeune fille se retint pour ne pas le gifler.

— Il n'y a pas d'adjectif pour qualifier votre conduite. Vous êtes un mufle de la pire espèce, un...

— Une brute ?

— Oui ! Doublée d'un goujat...

— N'omettez pas « un arrogant personnage ». Venez danser, vous aurez tout le loisir de m'insulter.

— Non. Arrêtez !

— Arrêter quoi ? Nous ne faisons qu'échanger quelques points de vue en toute innocence, à mon grand regret.

Lui ôtant sa coupe des mains, Nicholas l'entraîna à sa suite.

— Venez. Puisque nous sommes momentanément à court d'épithètes à mon sujet...

— Jamais de la vie !

— Et puisque l'idée de la terrasse ne semble guère vous sourire, allons danser. L'orchestre joue un très joli morceau. Vous savez valser, au moins ?

— Evidemment !

Vexée qu'il l'imagine à ce point empruntée, Trista lui abandonna un instant son bras pour se laisser guider vers la salle de bal. Puis elle prit conscience de l'erreur qu'elle avait commise et voulut fuir pendant qu'il était temps.

— Lâchez-moi, espèce de brute, ordonna-t-elle. Allez-vous-en! Retournez auprès de Mlle Cooper...

— Impossible. Elle est allée se repoudrer le nez.

— Qu'à cela ne tienne. Invitez Bianca.

— D'après ce que j'ai pu comprendre, elle a un petit problème avec sa robe.

A ces mots, Trista ne put retenir un sourire.

— J'imagine, murmura-t-elle. C'est à se demander comment elle peut danser avec!

— Elle ne peut pas, en fait. Bien contre son gré, elle s'est résignée à rester à l'écart et noie son chagrin dans le délicieux champagne du comte.

— Alors trouvez quelqu'un d'autre à importuner. Je n'ai que faire de vous, monsieur Brennan.

Sur cette riposte délivrée sur un ton cinglant, Trista s'éloigna. Elle n'avait pas fait trois pas qu'elle se trouva prisonnière d'une étreinte de fer.

— Je n'ai aucune envie d'être avec une autre que vous, murmura Nicholas.

— Ah oui!

Trista tenta l'impossible : se libérer et ignorer les effets dévastateurs que cet homme, par la seule intonation de sa voix basse, suscitait sur elle.

— Vous n'êtes qu'un vil flatteur! Un roué! Je vous ai vu avec Bianca tout à l'heure. Ses charmes ne vous laissaient pas indifférent, loin de là!

— Une jolie femme ne laisse jamais un homme indifférent, mademoiselle Fitzgerald. Moi encore moins qu'un autre. Maintenant, soyez franche : auriez-vous préféré être à la place de Bianca, tout à l'heure, lorsque je bavardais avec elle ?

— Vous êtes odieux ! Insinuer...

— Et vous, toujours aussi adorable. Mais vous vous répétez et cela devient lassant à la longue. Venez danser.

— Jamais ! Je vous déteste !

— Alors méfiez-vous, chère innocente, car de la haine à l'amour, il n'y a souvent qu'un pas.

L'amour? Trista sentit son cœur battre la chamade. Qu'est-ce que l'amour avait à voir ici ? Son regard croisa celui de Nicholas, si clair, si bleu...

Les joues soudain en feu, elle chercha une nouvelle fois à se libérer.

— Ne vous sauvez pas, Trista.

— Ah ! Vous voilà ! Trista ! Brennan ! Je vous cherchais partout.

A l'instant même où elle se tournait, Nicholas la lâcha.

Le comte Catalani approchait — Bianca, pour autant que son fourreau lui permît de le suivre, dans son sillage. Après un regard noir à l'adresse de Trista, l'Italienne se coula auprès de Nicholas et le prit par le bras.

— Nicholas, chéri, susurra-t-elle. Ne vous ai-je pas trop longtemps abandonné ? Désolée d'avoir été si longue, mais j'ai dû rajuster mon bustier. Peut-être solliciterai-je votre aide, la prochaine fois, si je n'y arrive pas seule ? ajouta-t-elle d'une voix rauque. Oh ! Vous seriez un amour !

Gêné, le comte faillit en lâcher sa coupe de champagne.

— Bianca, pour l'amour du ciel! s'exclama-t-il, ulcéré. Essaie de te tenir comme une jeune fille bien élevée, je te prie!

Loin d'être vexée par la remontrance, Bianca se mit à rire.

— Je voulais juste m'amuser un peu, mon oncle. Même une jeune fille bien élevée en a le droit. N'est-ce pas, chère Trista?

Elle marqua une pause, et s'apprêta à délivrer une pique à la jeune fille.

— Oh! Désolée! Vous venez juste d'arriver à Londres et je suppose que vous ignorez encore tout des distractions qu'offre une ville comme celle-ci. Que fait-on pour passer le temps à la campagne, Trista? On joue à la fermière? On s'occupe des chevaux?

Tant de perfidie démonta Trista qui ne trouva pas tout de suite une repartie à la hauteur. De façon tout à fait inattendue, Nicholas Brennan vint à son secours.

— Quel mal y a-t-il à s'occuper de chevaux? demanda-t-il. Je le fais moi-même dès que cela m'est possible.

Bianca plissa le nez d'un air dédaigneux. Il se tourna vers Trista.

— Montez-vous, mademoiselle Fitzgerald? reprit-il.

— Oui, à l'occasion.

— Il faudra que nous allions faire une promenade ensemble, un de ces jours, dans ce cas. Je me ferai un plaisir de vous servir de guide.

Le sourire dont il la gratifia laissa Trista le souffle coupé. L'espace de quelques secondes, plus rien n'exista en dehors de Nicholas. Le comte s'aperçut-il du danger que courait sa nièce? Toujours est-il qu'il choisit ce moment pour l'inviter à danser et l'éloigner du péril que représentait M. Brennan pour une jeune innocente. A regret, la jeune fille s'éloigna vers la salle de bal.

— Vous donnez l'impression d'être satisfaite de votre soirée, Trista, dit-il.

— J'aurais mauvaise grâce de ne pas l'être, mon oncle. Tante Esmée s'est surpassée, tout est parfait.

— Esmée est une femme remarquable, très bien organisée. Et elle ne lésine pas. Le champagne et les roses m'ont coûté les yeux de la tête.

La remarque étonna Trista qui ne dit mot. Le reste de la phrase du comte se perdit dans un murmure à peine audible, comme s'il se parlait à lui-même. Puis il remarqua le collier de Trista et fronça les sourcils.

— D'où tenez-vous ces perles?

Trista les effleura du doigt.

— Elles sont superbes, n'est-ce pas? Tante Esmée m'en a fait cadeau tout à l'heure.

Surprise, elle vit le regard de son oncle se durcir.

— C'est bien, déclara-t-il d'un ton contraint.

Et il lui décocha ce qui parut à Trista un sourire forcé.

— Vous valsez très bien, Trista. Je vous sens à peine dans mes bras.

Quelque chose, dans l'intonation du comte, ou la manière dont il resserra soudain son étreinte mit la jeune fille mal à l'aise. Le comte n'avait tout de même pas l'intention de badiner avec elle ! Se hâtant de bannir de telles pensées de son esprit, elle tourna la tête et aperçut Ivy Cooper qui passait au bras de Kendall Barry.

Interloquée, Trista les suivit des yeux. Flirter avec tout le monde était-il la règle, dans ce genre de bal ? Décidément, elle se trouvait de plus en plus naïve...

La valse finie, elle vit Kendall Barry lui adresser un sourire. Il se frayait un chemin à travers la foule pour la rejoindre quand l'orchestre attaqua le morceau suivant. Avec regret, il dut renoncer à inviter Trista.

La jeune fille ne resta pas longtemps abandonnée sur la piste de danse...

Nicholas Brennan se matérialisa soudain à son côté et la prit dans ses bras. Impossible de se dérober sous peine de causer un esclandre. La mort dans l'âme, elle se résolut à son sort.

Tandis qu'ils évoluaient au son de la musique, Trista tentait désespérément de maintenir une certaine distance entre elle et son cavalier. Peine perdue... Nicholas ignora ses efforts et blottit la tête de Trista contre son épaule. La magie opéra de nouveau et la jeune fille se sentit grisée par ce contact.

— Vous êtes très bien ainsi, murmura-t-il. Cessez de vous agiter, nous allons perdre la mesure.

Leurs visages étaient proches, si proches qu'elle percevait le souffle de Nicholas Brennan sur sa joue. Que devaient penser les autres? se demanda-t-elle, horriblement gênée. Danser de la sorte était tout à fait inconvenant!

— Etes-vous toujours obligé d'utiliser la manière forte avec les femmes? questionna-t-elle. Ce doit être passablement déplaisant.

— Non, chère Trista. Il n'y a que vous qui m'y forcez. Vous êtes la première à résister avec autant d'acharnement.

— Sans doute les autres ont-elles tort de vous passer vos volontés. Un peu d'humilité ne vous ferait pas de mal.

— S'il n'y a que cela pour vous plaire, je pourrais...

— Ne vous donnez pas cette peine. Vous ne serez jamais que le plus méprisable des roués à mes yeux.

— Je vois. La dame n'a guère d'estime pour moi, n'est-ce pas? Je serais curieux de savoir pourquoi vous me détestez à ce point. C'est un mystère que je n'arrive pas à résoudre.

— Un mystère?

Trista le fusilla du regard.

— Je vous aurais cru plus perspicace! Pourtant un coureur de jupons comme vous devrait bien connaître les femmes.

— Un coureur de jupons?

Nicholas fronça les sourcils.

— Je n'ai jamais eu beaucoup de temps à consacrer à de telles fredaines, mon cœur. Vous êtes la première que je poursuive de mes assiduités.

— Je suppose que je devrais me sentir flattée? Désolée, mais ce n'est pas le cas!

Nicholas poussa un soupir à fendre l'âme.

— Tant pis, murmura-t-il. Je me console comme je peux... En dansant avec vous, par exemple, et en pressant contre le mien ce corps superbe et si féminin qui rendrait fou de désir le plus blasé des hommes.

Inquiète, elle tenta de le repousser le plus discrètement possible. En vain. Nicholas la tenait bel et bien prisonnière.

— Ne me parlez pas ainsi! Et cessez de me dévorer des yeux!

— J'ai beau essayer, c'est plus fort que moi.

— Faites un effort. Et tenez-vous correctement!

— Impossible, vous me faites tourner la tête, jolie Trista. Je n'arrête pas de penser à cette terrasse.

— Mlle Cooper serait sûrement ravie de vous accompagner.

— Il est peu probable que l'on me surprenne jamais à user de mon charme sur Mlle Cooper. Les vôtres, en revanche, éveillent en moi certaines idées troublantes.

— Voilà qui n'est pas très aimable pour Mlle Cooper. A-t-elle idée du peu de passion qu'elle vous inspire?

— Sans aucun doute, chère petite curieuse. Et elle ne voudrait certainement pas qu'il en soit autrement.

— Dieu soit loué ! Il y a au moins une femme, dans cette ville, qui partage mes sentiments.

— En effet, et pour des raisons totalement différentes. Voyez-vous, Ivy est ma cousine.

— Pensez-vous que je sois simple au point de croire une fable pareille ?

— Rien n'est simple avec vous, Trista. Maintenant, croyez ce que bon vous semblera, mais détendez-vous. Vous êtes de nouveau toute raide dans mes bras.

Il lui parcourut le dos d'une main caressante et Trista, au désespoir, se sentit répondre à cette imperceptible caresse. Puis l'orchestre attaqua une autre valse et, comme Nicholas ne manifestait pas la moindre intention de la relâcher, Trista se rebella.

— C'est honteux, cette manière de vous conduire, lança-t-elle. On va jaser !

— Heureusement que vous ne lisez pas dans mes pensées, sinon vous auriez de quoi être scandalisée.

— Vous vous donnez en spectacle sans penser un seul moment à ma réputation !

— Qu'attendre d'autre de la part d'une brute ? Un scélérat se moque bien de l'opinion des autres.

Trista fulminait.

— Vous prenez votre rôle de roué très à cœur ! Quant à moi, je ne tiens pas à faire parler de moi. Si vous vous imaginez que je vais passer la soirée à danser avec vous, vous vous faites des illusions ! Ce ne serait pas décent...

— Pas décent ? Aux yeux de qui, mon cœur ? Je parie que vous ne vous souciez guère de ce que disent ou pensent les beaux esprits de cette respectable assemblée.

L'attirant étroitement contre lui, Nicholas l'empêcha de répondre. Il avait parfaitement compris que l'orage était prêt à éclater...

— Et puisque nous en sommes au chapitre de la décence, ajouta-t-il, je connais certaines choses indécentes que je serais ravi de vous enseigner.

— Monsieur Brennan !

Les jambes de la jeune fille vacillèrent, le sang se retira de son visage. Si jamais quelqu'un avait entendu l'outrageante proposition de son cavalier, elle était perdue !

— Trista, voyons ! murmura-t-il. Avez-vous cru un instant que j'allais me contenter de vous regarder danser toute la nuit dans les bras de vos soupirants ? J'ai la ferme intention de vous accaparer jusqu'à la fin de la soirée, que cela vous plaise ou non.

— Vous êtes... Vous êtes...

— Je sais, inutile de vous répéter, coupa Nicholas sans l'ombre d'un remords.

La jeune fille était totalement désemparée. Sa pugnacité coutumière lui faisait défaut, elle se retrouvait soudain sans réaction face à cet homme. Nicholas avait le pouvoir de la troubler, d'éveiller d'une fugace caresse ses sens endormis. Un mot, un regard et elle oubliait sa colère, ne rêvait plus que d'étreintes passionnées... Eperdue, elle le regarda.

Nicholas la serra convulsivement contre lui, et l'embrassa sur le front.

— Rentrez vos griffes, petit chat sauvage, murmura-t-il. Et par pitié, ne me fixez pas de cette façon. Le sang-froid d'un homme a ses limites.

A court de repartie, Trista baissa les yeux et se retrouva plus étroitement blottie contre le torse de Nicholas. Il se raidit à ce contact et un sentiment d'excitation s'empara de Trista.

Il serait si facile de poser la joue sur l'épaule de Nicholas. Elle frissonna et, poussant un soupir, se laissa aller contre lui.

Indifférents aux couples qui virevoltaient autour d'eux, ils évoluaient de plus en plus lentement, tendrement enlacés dans une sensuelle étreinte. Trista, perdue dans son rêve, ne se souciait plus des convenances et des commérages. Elle n'avait d'yeux que pour Nicholas et devinait d'instinct qu'elle vivait là un moment crucial de son existence. Une attirance puissante, plus forte que la raison la poussait vers cet homme. Une attirance contre laquelle elle ne pouvait lutter. Et cette découverte lui faisait peur, lui donnait envie de fuir loin, très loin.

— Je... j'ai besoin d'air, balbutia-t-elle.

D'un geste brusque, elle se dégagea et se fraya un chemin jusqu'à la terrasse.

Une douce brise vint rafraîchir sa peau brûlante. Il lui semblait être à bout de souffle, comme si elle avait couru à perdre haleine. Hélas, son répit fut de courte durée. Un bruit de pas résonna sur le dallage. Nicholas! Il l'avait rejointe! En deux pas, il fut près d'elle, lui encercla la taille, chuchotant des mots doux à son oreille. Affolée, elle le repoussa et s'enfuit en courant, sans réfléchir. Traversant la terrasse, elle se précipita dans le jardin plongé dans la pénombre. Mais la jeune fille, habituée à vagabonder dans la campagne, n'avait pas peur du noir.

Elle entendit Nicholas qui s'élançait à sa suite, voulut accélérer l'allure. Empêtrée dans son élégante robe de soirée, elle trébucha sur une pierre, se redressa, releva le bas de sa jupe, trébucha encore... et se rua droit dans les bras de son poursuivant.

Etroitement enlacé à elle, Nicholas s'empara de sa bouche et Trista frémit de tout son corps sous l'ardeur de son baiser. Ses lèvres s'attardèrent ensuite sur le cou, descendirent vers la gorge satinée. Puis, tout à coup, il la souleva dans ses bras.

Trista sentit le souffle de Nicholas sur son décolleté. Les lèvres gourmandes se promenèrent à la naissance des seins. Avec la fulgurance de l'éclair, le plaisir jaillit en elle et s'épanouit. Un maelström d'émotions inconnues et vertigineuses se déchaîna en elle. Un torrent de lave se déversait dans ses veines et elle gémit sous la violence des impressions que les caresses de Nicholas suscitaient.

Soudain, il se fit plus hardi, repoussa le corsage pour dévoiler la poitrine palpitante. Brutalement, Trista recouvra la raison. Horrifiée, elle le repoussa de toutes ses forces.

— Non! cria-t-elle.

Les doigts tremblants, elle agrippa l'échancrure de son corsage.

— Non! Je ne veux pas! C'est... de la folie! Je... je ne vous connais même pas!

La lune éclaira fugitivement les yeux de Nicholas qui brillèrent d'un étrange éclat.

— Oh oui! Vous me connaissez, ma chère innocente — d'une manière qui échappe à votre entendement. Et qui s'appelle la passion.

— Non! s'exclama Trista, un sanglot dans la voix. Je vous interdis de me toucher. Vous avez profité de votre avantage, usé de procédés déloyaux pour m'attirer dans vos bras. Une telle conduite est indigne!

— Je ne suis qu'un homme, Trista. Et je vous désire à un point que vous ne sauriez imaginer. Cela n'a rien de mal ni de pervers, je vous l'assure. Niez-le tant que vous voudrez, luttez, protestez. Un jour, vous serez bien obligée de me croire.

— Non!

Trista se couvrit les oreilles pour ne plus rien entendre.

— Arrêtez!

Puis sa voix baissa d'un ton et elle sembla se ressaisir.

— Ecoutez-moi bien, Nicholas, reprit-elle. A partir de maintenant, n'essayez plus jamais de me séduire.

— Ce n'est pas moi qui ai commencé, mon cœur. Depuis mon arrivée, vous n'avez cessé de me regarder et de m'aguicher.

Aveuglée par la rage et l'humiliation, Trista ne se rendit pas compte que Nicholas la provoquait délibérément. Elle crispa les poings et, furieuse, se jeta sur lui.

— Dieu! Que je vous déteste! s'exclama-t-elle, les larmes aux yeux. Laissez-moi! Je vous hais!

L'agrippant par les poignets, Nicholas l'attira à lui.

— Non, vous ne me détestez pas, murmura-t-il d'une voix grave et troublante.

Impuissante, elle se laissa tendrement enlacer. Pourquoi fallait-il qu'elle soit sans défense contre cet homme? Par quel miracle Nicholas parvenait-il à faire d'elle ce qu'il voulait?

— Je vous hais, répéta-t-elle, un sanglot dans la gorge.

Une main dans l'épaisseur de ses cheveux, Nicholas lui renversa la tête en arrière.

— Non, vous ne me haïssez pas, mon trésor.

— Si, balbutia-t-elle, tremblante, comme Nicholas écartait les épaules de son corsage.

— Vous me désirez.

La voix de Nicholas lui parvenait dans un souffle. Ses mains coururent sur la peau de Trista.

— Dites-le, Trista.

— Non! Je vous en prie...

Elle était incapable de l'arrêter — et n'était pas non plus certaine de le vouloir vraiment. Le corps parcouru de délicieux frissons, Trista tituba contre Nicholas.

— Dites-le, douce et belle Trista. Dites que vous me désirez...

Un gémissement lui échappa quand Nicholas lui frôla la bouche d'un long et langoureux baiser.

— Oh ! Nicholas ! Oui, je vous désire, chuchota-t-elle.

Lèvres offertes, elle ployait contre lui lorsque, soudain, elle eut le sentiment que quelque chose n'allait pas.

Elle ouvrit les yeux pour voir Nicholas la dévisager d'un regard brillant.

— Il vaudrait mieux surveiller vos propos, Trista. Des propos nés de la passion, et sans qu'il ait fallu beaucoup d'encouragement de ma part. J'aimerais ne pas avoir à répéter ce genre de leçon. Drapez-vous dans votre vertu, et veillez, pendant que vous le pouvez encore, à ne vous entourer que de soupirants inoffensifs. Après, cela ne vous servira plus à rien.

Il se pencha vers elle.

— Ecoutez bien ce que je vous dis, Trista : un jour, vous serez à moi.

Et, sur cette prophétie, il la relâcha avant de se fondre dans les profondeurs du jardin.

5.

— Une charmante jeune femme, cette mademoiselle Cooper. Dommage qu'elle ait dû partir si vite. Un imprévu a obligé Brennan à quitter la soirée et il l'a emmenée. L'homme d'affaires... Nicholas Brennan, oui, son cousin.

Trista dévisagea Kendall Barry et dut réprimer sa surprise.

— Son... quoi ?

— Mademoiselle Fitzgerald ! Au risque de me montrer trop direct, puis-je me permettre de vous suggérer de renoncer au champagne ? Je crains que vous n'en ayez déjà quelque peu abusé.

L'esprit en effervescence, Trista ignora la mise en garde et termina sa coupe.

Son cousin ?

— En effet, je la trouve moi aussi assez exquise, déclara-t-elle.

— Exquise, oui, et terriblement jeune. A peine dix-sept ans. Elle est américaine, originaire de Richmond, je crois.

L'air soudain consterné, Kendall s'interrompit.

— Pardonnez-moi. Il n'est pas dans mes habitudes de bavarder de la sorte. Je dois vous ennuyer.

— Pas le moins du monde. Au contraire ! Je vous en prie, continuez, monsieur Barry.

Comme s'il n'avait attendu que cela, Kendall s'empressa de reprendre son bavardage.

— Sa famille détient la fameuse compagnie de navigation Cooper. Le nom ne vous est sûrement pas inconnu... Quoi qu'il en soit, elle est en pension à Londres et passe quelque temps chez son cousin, dans l'immense propriété qu'il possède à la campagne. Il semblerait que Brennan et elle aient été élevés ensemble.

— Je trouve cet homme plutôt hardi, déclara Trista avec un dédain non dissimulé.

— Oh ! Certes ! Et quitte à l'être moi-même, je dirais que la manière dont il s'est conduit ici même, avec vous, sur la piste de danse... Mon Dieu, quel scandale !

— Peut-être est-il incapable de se tenir correctement. Dieu sait pourtant si j'ai tout fait pour le décourager... Mais mes rappels à l'ordre n'ont servi à rien, avoua Trista.

— Son manque d'éducation est évident en dépit de la bonne fortune que sa famille a pu connaître aux Etats-Unis. Ce sont tous des arrivistes, ces *Yankees*, si vous voulez mon avis.

Kendall se rengorgea.

— Il n'y a pas lieu de s'étonner qu'il soit si peu distingué. D'après les rumeurs — auxquelles, bien sûr, je n'accorde que peu d'attention — c'est un homme d'affaires redoutable. Et il n'a pas son pareil pour relancer aux cartes. Comme je suis bien placé pour le savoir.

— Vous jouez ?

— Comment, mademoiselle Fitzgerald, n'avez-vous donc pas entendu parler du White Club ? Mais tout le monde ne jure plus que par le whist et la canasta, en ce moment. Evidemment, il ne serait guère convenable de surprendre une jeune dame comme vous dans ce genre d'établissement. Ne vous méprenez pas... Ce n'est pas que l'endroit manque en rien d'élégance. Loin de là. C'est seulement que les femmes de votre rang ne sont généralement pas de celles qui se pressent autour des tables de jeux. Pour ma part, ajouta-t-il d'un ton supérieur, je considère le jeu comme un divertissement des plus stimulants — à condition toutefois de ne pas avoir Brennan comme adversaire. Sans doute ne devrais-je pas être aussi franc, mais il paraîtrait que votre oncle, le comte, a essuyé quelques terribles défaites face au *Yankee*.

— Vraiment ?

— Peut-être ne s'agit-il que de ragots. En tout état de cause, Brennan sait incontestablement s'y prendre avec les femmes, surtout celles du club. Il commence à avoir une certaine réputation, là-bas. Beaucoup moins, bien sûr, auprès des dames de la bonne société, qui ne le trouvent certainement pas à leur goût.

Induit en erreur, de toute évidence, par le frisson de Trista, Kendall marqua une pause.

— Je suis terriblement désolé, si j'ai froissé votre sensibilité, mademoiselle Fitzgerald, dit-il. Je n'aurais pas dû vous entretenir aussi longuement au sujet d'un homme, que de toute évidence vous jugez des plus déplaisants.

— Oui, des plus déplaisants.

Ce fut à ce moment-là qu'Esmée se matérialisa au côté de Trista. La comtesse eut un petit sourire crispé à l'intention de Kendall, qui, en parfait gentleman, se tourna aussitôt du côté des plateaux de canapés.

Entraînant sa nièce à l'écart, Esmée darda sur celle-ci un regard courroucé.

— Décidément, tu tiens absolument à ce que j'aie une crise d'apoplexie, ce soir ! Où diable étais-tu passée ?

— Je... j'étais sur la terrasse, j'avais besoin d'air. J'ai abusé du champagne...

— Ah ! s'exclama Esmée. Est-ce à dire que ta disparition n'avait donc rien à voir avec ce... ce libertinage éhonté auquel ton M. Brennan s'est adonné pendant votre valse ?

— Ce n'est pas mon M. Brennan, ma tante.

— Va l'expliquer à cette pauvre lady Wigginsham. La malheureuse a failli s'évanouir lorsqu'elle t'a aperçue avec ce... ce *Yankee* de malheur ! Oh ! ma chérie, tu as mis tout le monde en émoi — et les commentaires ne sont pas à ton avantage, crois-moi. Non seulement tu n'as dansé qu'avec ce Brennan, mais tu l'as laissé se comporter de cette manière dévergondée sans réagir. Et devant toute une assistance qui ne sera pas près de l'oublier, je peux te le garantir. On va en parler pendant des mois !

Jetant un coup d'œil autour d'elle, Esmée s'éventa vigoureusement.

— Nul doute que ces nouvelles valses sont du goût de M. Brennan. Lorsque le cotillon et le quadrille étaient encore en vogue, les coquins de son espèce étaient au moins obligés de sortir sur la terrasse pour serrer de près leurs cavalières.

Trista faillit renverser le verre qu'elle venait de prendre sur le plateau d'un serveur.

Tout à sa détresse, Esmée, heureusement, ne s'en aperçut pas.

— Tiens-t'en à M. Barry, Trista, je t'en prie, reprit-elle. Accorde-moi au moins cette faveur. C'est un jeune homme infiniment distingué, il est reçu par toute la bonne société et fait partie du cercle de Dominic. Je suis sûre qu'il sait convenablement valser, *lui*.

L'air humble, Trista essuya sans broncher les réprimandes de sa tante et se surprit, au fur et à mesure que la nuit avançait, à songer que Kendall Barry était peut-être en effet un parti beaucoup plus sûr.

Peu importait que ce sémillant dandy la laissât de marbre, et que son bavardage insipide l'ennuyât à périr. Peu importait que sa cour manquât définitivement de panache et lui donnât la nostalgie de l'impudence d'un Nicholas Brennan.

Kendall avait promis de l'emmener en promenade à Hyde Park et de l'escorter au bal, la semaine suivante, du duc et de la duchesse de Leighton. Il viendrait lui rendre visite, lui rebattrait les oreilles des derniers potins mondains, et irait peut-être même — comble de l'audace — jusqu'à s'aventurer à lui prendre la main.

Kendall la tiendrait aussi occupée qu'une débutante pouvait espérer l'être.

Face à aussi radieuse perspective, quelle jeune fille n'aurait pas été ravie ?

Pour son malheur, Trista n'était pas une jeune fille comme les autres.

C'était ce à quoi elle réfléchissait lorsque, après avoir souhaité une bonne nuit à sa tante, elle traversa le hall désert en direction de l'escalier. Au moment où elle posait le pied sur la première marche, cependant, elle se sentit fortement agrippée par le poignet. En moins de temps qu'il ne faut pour le dire, elle se retrouva poussée sans cérémonie dans l'antichambre du salon.

Terrorisée, Trista chercha en vain dans l'obscurité à distinguer son assaillant. Et elle dut renoncer à tout espoir de fuite quand une canne se leva soudain pour l'immobiliser contre le mur.

— Vous cherchez votre mari, le dévoué Brennan, mademoiselle Fitzgerald ? railla Sleeth en émergeant de l'ombre.

Ecœurée à la vue de cet individu méprisable, Trista ne lui cacha pas le dégoût qu'il lui inspirait.

— Lâchez-moi ! lui lança-t-elle.

— Eh bien, que se passe-t-il ? Serait-ce que mes attentions vous déplaisent, mademoiselle Fitzgerald ? Ah ! Mais, oui, bien sûr, il est vrai que vous me considérez comme un débauché, un grossier personnage dépourvu de toute éducation, c'est bien cela ? On a voulu se moquer d'Archibald Sleeth, n'est-ce pas? Ce maudit parvenu de *Yankee!* Il a cru pouvoir s'amuser à mes dépens!

— J'ignore quelles étaient les intentions de Nicholas Brennan, rétorqua Trista. Et je ne m'en soucie d'ailleurs pas! Je souhaitais simplement qu'on me laisse tranquille. Maintenant, lâchez-moi!

— Qu'on vous laisse tranquille! persifla Sleeth. Cet homme posait ses sales mains sur vous, tout à l'heure. Et cela ne lui a valu, en retour, qu'un beau sourire de votre part. Cela causerait un joli petit scandale si je racontais que vous et ce bâtard avez été surpris à batifoler au grand jour comme des tourtereaux. Et quel spectacle c'était! Seigneur, j'en ai presque eu des vapeurs. Vous imaginez un peu les conséquences pour votre réputation et celle de votre tante?

— Jamais quelqu'un de sensé n'irait croire les élucubrations d'un individu de votre acabit.

— Ne vous y trompez pas. Ma présence à cette soirée où le tout-Londres a été convié atteste mon appartenance au beau monde. Posez donc la question à votre oncle. *Lui*, plus que tout autre, sait quelle position j'occupe — une position qui est chaque jour un peu mieux établie. Votre Brennan, c'est de la lie de *Yankee.* Mais vous? C'est vous qui auriez le plus à perdre, ma tourterelle. Car si jamais votre honneur devait être terni, que vous resterait-il?

Un sentiment de haine envahit Trista à ces mots.

— Que voulez-vous donc, monsieur Sleeth? questionna-t-elle, glaciale.

Sleeth jeta un coup d'œil au décolleté généreux de la jeune fille.

— Ma chère, votre naïveté me confond, mais vous n'en êtes pas moins la perfection même. J'attends depuis longtemps l'occasion d'être admis au sein de la meilleure société. Vous me serviriez de sésame, très chère.

Regardant brusquement Trista droit dans les yeux, Sleeth haussa le ton.

— Et pendant que vous y serez, prévenez ce bâtard de Brennan que je ne suis pas près d'oublier la manière dont il s'est payé ma tête. Je me vengerai ! De lui et de vous.

L'œil torve, il lorgna de nouveau les rondeurs de Trista — une fois de trop, sans doute, car, folle de rage, Trista en profita pour lui expédier un coup de genou dans l'aine.

Courbé en deux, Sleeth poussa un grognement de douleur.

Trista le toisa d'un air méprisant.

— Ne vous avisez plus de proférer une menace contre moi, monsieur Sleeth, déclara-t-elle. Sinon nous verrons lequel des deux a le plus à perdre.

L'abandonnant à sa souffrance, elle quitta l'antichambre et monta l'escalier dans une envolée de jupes.

Postée devant sa glace, trois jours plus tard, en culotte et camisole, Trista essayait en vain d'imaginer une nouvelle coiffure.

A court d'inspiration, elle laissa ses boucles,

couleur feuille morte sous le soleil qui entrait à flots par la fenêtre, retomber sur ses épaules.

La vision, dans le miroir, de la multitude de robes éparpillées aux quatre coins de la pièce lui arracha un soupir à fendre l'âme. La matinée entière avait été passée à choisir *la* tenue idéale pour la fameuse sortie au parc avec Kendall Barry. Et à bientôt midi, Trista n'était toujours pas plus avancée que trois heures auparavant.

Aileen, la soubrette qui lui avait été dévolue, fit irruption dans la chambre.

— Il est là, mademoiselle !

— Quoi ? s'exclama Trista en se levant d'un bond. Déjà ? Je ne pensais pas que ces promenades à cheval débutaient avant 5 heures.

— Oh ! Mademoiselle, il est sublime ! Il vous attend au salon. Je vous aide à passer une robe ?

— Mes cheveux d'abord, Aileen !

Moins d'un quart d'heure plus tard, Trista émergeait de ses appartements dans une splendide robe de satin vert pâle à col montant et ample jupe bruissante, un sage chignon bas sur la nuque.

La première chose qu'elle aperçut en pénétrant dans le salon fut le splendide bouquet de lis qui trônait sur la table d'acajou.

— Mon Dieu, Kendall !

Radieuse, elle s'avança.

— Il ne fallait pas !

Ce fut à ce moment qu'elle découvrit Nicholas Brennan. Il s'approcha, la redingote impeccable, et le sourire de Trista s'évanouit.

— Désolé de vous décevoir, déclara-t-il avec

ironie. Votre expression était un pur ravissement. Sans doute devrais-je vous apporter des fleurs plus souvent — à moins que notre ami Barry ne soit le seul et unique responsable de votre sourire. Un homme enviable, finalement, ce Barry.

Nicholas n'était plus qu'à deux pas. Trista reporta son attention sur les lis. Il les avait lui-même apportés? Difficile à admettre... Devinant sur elle le regard attentif de Nicholas, elle toucha l'une des fleurs.

— Je vous remercie, dit-elle.

Cette fois, sa voix ne laissa rien paraître du désarroi dans lequel la présence de Nicholas l'avait plongée.

— J'étais venu m'excuser, reprit-il avec un geste en direction du bouquet.

Trista redressa le menton, hautaine.

— C'est tout?

L'espace d'un instant, elle vit une lueur de désir traverser les yeux de Nicholas tandis que son propre cœur s'affolait.

— Non... Alors, vous attendiez la visite de votre soupirant? questionna-t-il.

Trista se raidit.

— Ce n'est pas votre affaire.

— Vraiment? J'ai du mal à comprendre ce que vous lui trouvez.

— Je m'en doute. Kendall, lui, est un gentleman, ce que vous n'êtes pas.

Nicholas partit d'un rire sarcastique.

— A en juger par votre sourire de tout à l'heure, j'imagine que c'est pour vous de la plus haute importance. Je serais néanmoins curieux de connaître les qualités requises pour mériter cette étiquette.

— Je me moque de ce dont vous êtes curieux, Nicholas.

Laissant courir la main sur le rebord de la table, Trista passa de l'autre côté.

Son regard et celui de Nicholas se croisèrent.

— Très franchement, déclara-t-il, j'aime autant ne pas figurer au nombre de vos gentlemen, si Kendall Barry correspond à votre idée du soupirant idéal. Non que le garçon manque d'initiative, remarquez. D'ici à la fin de la semaine, il ne serait pas impossible que je le trouve à vos pieds.

— Vous croyez? dit Trista en minaudant. Oh! Ce serait tellement merveilleux!

Devant l'expression furibonde de Nicholas, elle eut toutes les peines du monde à réprimer un sourire.

— Vous plaisantez, j'espère! s'exclama-t-il. Cet homme... que dis-je? Cet enfant!

— Il a plusieurs années de plus que moi, Nicholas.

— C'est bien là ce qu'il y a de navrant. Ce fils de bonne famille a dû être couvé par ses parents. Ce doit être un incapable qui ne connaît rien à l'argent. Un oisif.

— Il est courtois, attentionné...

— Et gentil avec les enfants et les animaux, également, je suppose?

— Il est charmant, bien élevé, et admis dans les meilleurs cercles.

— Comme si cela vous préoccupait vraiment !

— Il plaît beaucoup à tante Esmée, et à moi aussi, si vous voulez tout savoir.

Nicholas se rapprocha.

— Vous auriez pu m'épargner cela, marmonna-t-il.

Trista affecta de contempler le bouquet de lis.

— Pour quelle raison ? Il est mon soupirant. Je dois me rendre au bal des Leighton avec lui. Sa compagnie m'est très agréable et pour votre information, il m'écoute, lui, quand je parle.

— Une qualité remarquable !

— Il est aimable, toujours empressé.

— En résumé, vous aimez bien les pantins insignifiants dont vous faites ce que vous voulez. Les marionnettes !

— Ne soyez pas stupide !

— Si je suis stupide, Barry, lui, est un imbécile.

— Je vous demande pardon ?

— Si j'étais à sa place, aucun autre homme n'aurait l'occasion de vous approcher. Vous auriez bien trop d'autres occupations.

Le regard de Nicholas s'attarda sur le cou de Trista. Troublée, la jeune fille porta la main à sa gorge, consciente soudain de la proximité de Nicholas.

— A ma grande joie, reprit-il, Barry néglige par trop de protéger ses intérêts.

— Ses intérêts n'ont pas à être protégés ! Même des ambitions des gredins de votre espèce.

— Vous croyez ? Dites-moi... D'après vous, quelle serait la réaction de Barry si je révélais ce que je sais du parfum de votre peau, de la douceur de vos cheveux, de votre nature ardente...?

Trista rougit, au comble de l'embarras.

— Vous n'oseriez pas!

— Vous voulez parier? Sans doute en déduirait-on que j'ai davantage à défendre que Barry...

— Vous? Quelle audace! C'est vous, monsieur Brennan, qui êtes un imbécile.

— Peut-être. En tout cas, c'est la première fois que j'ai la folie de m'intéresser à aussi jeune écervelée. Sans doute devrais-je consulter un médecin.

— Excellente idée. Maintenant, sortez. Bonne journée, monsieur!

Il ne bougea pas d'un pouce, la considéra d'un air railleur.

— Vous êtes la seule que vos dénégations parviennent à tromper, Trista. Votre innocence, en ce qui concerne les affaires de cœur, est déconcertante.

Trista se rebiffa.

— De vous à moi, Nicholas, le poids de votre ego n'est-il pas quelquefois trop lourd à porter? Sachez que mon cœur n'est en aucune manière impliqué, et que je ne nie rien du tout! Je me contente de souligner une vérité — vous n'avez aucun intérêt à défendre parce que je ne vous en prête aucun. A présent, je vous saurai gré de retourner à vos occupations.

Ellc esquissa un geste en direction de la porte.

— Vous n'avez plus rien à faire ici.

— Oh! Mais si.

Avant que Trista ait eu le temps de réagir, Nicholas l'enlaça par la taille et l'attira à lui.

— Je ne puis vous laisser. Je veux davantage...

Il se pencha vers elle et grande fut la tentation pour Trista de se laisser aller et de lui offrir ses lèvres... La raison reprit le dessus et elle se dégagea.

— Ecoutez-moi bien, Nicholas, déclara-t-elle sèchement. J'ignore quelles sont les coutumes en vigueur dans votre pays de sauvages, mais je peux vous dire qu'en Angleterre, les hommes ont plus de considération pour la gent féminine. Il ne suffit pas qu'un mufle dans votre genre désire une femme pour qu'elle lui cède.

Elle le fusilla du regard, glaciale.

— Il est possible que vous vouliez davantage. Quant à moi, je ne le souhaite pas.

Nicholas, qui avait toutes les peines à garder son sérieux, fit une grimace pour ne pas rire. Trista fronça les sourcils, sévère.

— La vérité est simple, poursuivit-elle. D'une manière déplorable, je me suis laissé gouverner par mon instinct. Ce qui a eu pour résultat de me couvrir de honte, et de vous amener vous à de mauvaises conclusions. De votre propre aveu, vous avez eu jusqu'ici l'expérience de femmes plus mûres. Nous comparer serait une regrettable erreur.

Nicholas continua de garder le silence.

— Avec l'outrecuidance qui vous caractérise, vous avez pris la toquade d'une débutante pour une folle attirance. Je me suis découvert un tempérament changeant, récemment, Nicholas, et bien que je vous trouve assez séduisant, mes goûts se sont désormais portés sur quelqu'un de plus... adéquat. Un jeune homme qui me conviendra beaucoup mieux que vous et avec qui...

Elle ne put aller plus loin. Nicholas l'avait agrippée par le bras, menaçant.

— Petite menteuse ! dit-il entre ses dents.

Atterrée, Trista se rendit compte alors qu'elle mourait d'envie qu'il l'embrasse. En dépit de ses affirmations, elle désirait Nicholas avec une intensité presque douloureuse. Ses jambes vacillèrent et elle se laissa aller contre son compagnon. Il la serra contre lui, si près qu'elle en eut des frissons et entrouvrit les lèvres, dans l'expectative d'un baiser... qui ne vint jamais.

D'un geste brusque, il la repoussa.

— Reprenez-vous, Trista. Je n'ai pas l'intention de vous embrasser — même si c'est la première fois que vous avez devant moi une attitude enfin raisonnable. N'essayez pas de me faire croire que vous ne valez pas tous les soucis que vous me donnez.

Il secoua la tête, l'air faussement accablé.

— Ah ! Les femmes..., murmura-t-il.

Ce fut sa dernière pique. Sans rien ajouter d'autre, il la salua bien bas et sortit de la pièce.

Figée dans une immobilité de statue, Trista le regarda s'éloigner. En elle se mêlaient colère et regret...

Ce fut le claquement de la porte d'entrée qui la tira de son hébétude. Cédant à un brusque accès de rage, elle balaya du bras le vase en argent. Il roula par terre, entraînant dans sa chute les lis délicats dont les pétales se froissèrent. Trista ne vit pas le triste spectacle : frustrée, malheureuse, elle avait fui dans l'escalier en direction de sa chambre.

5 heures sonnaient lorsque Kendall Barry se présenta chez la comtesse.

La jeune fille avait recouvré — du moins en apparence — sa sérénité lorsqu'elle accueillit le jeune homme dans le salon. A la voir sourire et plaisanter, personne n'aurait pu deviner le tumulte d'émotions qui l'agitait. Depuis la visite de Nicholas, elle ne savait plus où elle en était et passait de l'abattement à une étrange excitation. Aussi la visite de Kendall lui offrait-elle une diversion inespérée. Elle pourrait, l'espace de quelques heures, oublier ses soucis.

Ils partirent rapidement, Trista en amazone sur une docile jument grise, et Kendall à califourchon sur son splendide hongre noir.

La conversation porta du reste principalement sur ce cheval, son bien le plus cher, affirma le jeune homme, avant d'ajouter qu'il l'avait récemment payé une petite fortune chez Tattersall, la fameuse salle des ventes qui se trouvait à deux pas d'Hyde Park.

— La promenade au parc n'est qu'un prétexte pour exhiber ses montures, déclara-t-il. Les hommes du monde dépensent des sommes folles pour s'offrir des pur-sang que seule l'Angleterre sait élever. Je suis leur exemple, d'ailleurs. Quand on pense à l'argent que nécessite l'entretien de ces bêtes, cela peut paraître scandaleux. Surtout lorsqu'on connaît le nombre de personnes défavorisées qui ont tout juste de quoi vivre...

Kendall Barry marqua une légère pause.

— Bah ! ajouta-t-il avec indifférence. La vie est ainsi faite, nous n'y pouvons rien...

Trista ne dit mot, choquée par la désinvolture de tels propos. A la dérobée, elle observa Kendall. Nicholas Brennan n'avait pas été tendre envers lui ; il l'avait traité d'oisif, d'incapable... Et cela l'enrageait de voir qu'il avait vu juste. Une autre chose l'irritait chez Kendall. Pourquoi s'entêtait-il à s'adresser à elle de façon aussi conventionnelle ? Un homme aussi rigide que lui en aurait sûrement pour des années avant de l'appeler « Trista chérie » ou « mon cœur » — perspective qui, hélas, n'avait rien pour lui réchauffer le cœur.

Une fois les grilles du parc franchies, ils débouchèrent sur une vaste pelouse ombragée d'arbres. De l'autre côté, Trista aperçut une foule assez considérable de cavaliers et d'équipages. Superbes d'élégance, les messieurs allaient au petit trot, effleurant le bord de leur haut-de-forme devant les dames dont la majorité se trouvaient à bord de calèches qu'escortait une armada de valets et de cochers en livrée.

Kendall ralentit sa monture.

— Cet endroit est le lieu de rendez-vous de la bonnc société, déclara-t-il.

Surprise, Trista médita un instant cette observation, avant de se rendre compte que Kendall avait dit vrai. De fait, au cours de leur promenade le long des allées du parc, Kendall ne manqua pas de lui signaler toutes les personnalités présentes, qu'elles fussent connues pour leur beauté ou leur fortune.

— Nous pourrions même avoir l'occasion de croiser le roi, ajouta-t-il avec emphase.

Cette fois, Trista, très impressionnée, redoubla d'attention.

Ils approchèrent bientôt d'un groupe d'une dizaine de jeunes gens à cheval, rassemblés, nota Trista, autour de la calèche noire d'une ravissante et fragile jeune femme. Les cheveux auburn, elle arborait une robe du même satin bleu pâle que celui de l'intérieur de son attelage — robe qui moulait une silhouette aux formes voluptueuses.

Trista la vit, une main au bord de son chapeau, jeter un regard charmeur en direction d'un gentleman qui passait et qui, apparemment, attendait quelque signe de sa part.

Cette petite attention n'eut pour effet que d'enflammer plus encore le restant des prétendants qui resserrèrent le rang autour de la voiture. La dame minauda, puis, un sourire malicieux aux lèvres, fit une remarque qui provoqua le rire de ses soupirants.

— On dirait que la cour est en session, déclara Kendall avec dédain.

Il fit un signe discret en direction de la jeune femme aux cheveux auburn.

— Clothilde St John, la plus adulée de toutes les « Belles Impures ».

Devant le regard interloqué de Trista, Kendall parut quelque peu embarrassé.

— Pardonnez mon impudence. Au risque de

vous offenser, mademoiselle Fitzgerald, la divine Clothilde est une courtisane professionnelle. Femmes que nous appelons entre nous les « Belles Impures ». De toutes, elle est certainement la plus adulée. De la moitié des ducs d'Angleterre, et de tous les jeunes lords suffisamment riches pour profiter de... euh, ses charmes. Elle est l'idole incontestée des hommes du grand monde. Il paraît qu'elle a récemment été installée dans un superbe hôtel particulier par son dernier amant. Amant dont l'identité, bien sûr, reste encore un mystère — comme toujours jusqu'à l'inéluctable disgrâce. Je suppose que c'est ce qui donne autant d'attrait à la dame.

Les yeux rivés sur Clothilde St John, Kendall marqua une pause.

— Si l'on cultive un penchant pour ce genre de liaisons, bien entendu, conclut-il.

Comme ils passaient à proximité, Trista dévisagea avec curiosité la belle Clothilde. Les révélations de Kendall, loin de la choquer, avaient au contraire aiguisé sa curiosité. Une femme qui refusait de se conformer aux règles et les bafouait ouvertement, voilà qui sortait de l'ordinaire ! Peut-être la vie d'une courtisane était-elle de loin beaucoup plus agréable que celle d'une femme mariée. Trista y pensa tout le restant de la promenade.

Une courtisane. La maîtresse d'une myriade de ducs et de lords tous plus riches les uns que les autres...

Cela valait la peine d'y réfléchir.

*
**

Ce fut deux jours plus tard que, pour la première fois, Trista remarqua l'expression inhabituellement réservée d'Esmée — expression qu'avait indubitablement provoquée l'arrivée inopinée de la marquise, la mère de Dominic.

La jeune fille eut tout juste le temps d'apercevoir une vieille dame vêtue de soie grise, au visage auréolé de cheveux blancs. Escortée par son fils, celle-ci disparut en direction du salon, laissant dans son sillage les effluves d'un parfum lourd et capiteux.

Intriguée, et bien qu'intimidée par le froid regard d'Emerson qui montait la garde devant la porte, Trista s'arrangea pour traîner à proximité du hall.

Esmée, dans un état d'agitation extrême, descendit bientôt.

— Bienheureux, murmura-t-elle en s'éventant furieusement, que Dominic n'ait pas eu de rendez-vous avant la fin de l'après-midi ! Sinon il m'aurait fallu recevoir la vieille grincheuse moi-même.

Sur quoi la comtesse pénétra à son tour dans le salon, pour en ressortir, après le temps d'un bref bonjour, en pestant tout bas.

Si la visite de la marquise se révéla des plus courtes, elle n'eut pas l'heur d'avoir réjoui son fils. Dominic ne donna guère d'explications ; Trista le trouva tendu après le départ de sa mère, et des plus secs, particulièrement lorsqu'il s'adressait à sa femme. Laquelle paraissait elle aussi en proie à quelque conflit intérieur.

La marquise, de toute évidence, avait semé la

dissension. Sans que Trista sût pourquoi. Ni puisse, compte tenu du nombre de déjeuners et de thés auquel il lui fallut assister, chercher à en connaître la raison.

6.

Une semaine plus tard, par une matinée grise et humide, un élégant attelage de six chevaux franchissait les limites de la capitale et s'engageait, tout cahotant, sur ce qui avait été une route carrossable. Huit jours d'une pluie incessante l'avait en effet transformée en un véritable bourbier dont les voyageurs, et plus encore leurs laquais, se seraient volontiers dispensés. Une fine bruine tombait, tandis que le ciel, désespérément bas, enveloppait la campagne et le trio confiné à l'intérieur du véhicule d'une triste lumière blafarde.

Trista regarda par la vitre et espéra que le grand pardessus de laine de Kendall lui serait d'une protection suffisante. Il avait en effet décidé de se rendre à la propriété des Leighton à cheval, et caracolait donc quelque part dans le brouillard, derrière la voiture de ces dames et de celle qui transportait leurs chambrières et leurs effets, bravant les éléments au côté de Dominic.

— Belle journée pour un pique-nique, ironisa Bianca d'une voix nasillarde.

Elle se moucha bruyamment.

— Je me demande où j'ai attrapé ce maudit rhume, maugréa-t-elle. Juste pour le grand événement de la saison ! C'est bien ma chance !

— Peut-être aurais-tu mieux fait de rester à la maison, lança Esmée depuis la banquette opposée.

Secouant la tête, l'Italienne tenta de répondre, mais fut interrompue, avant d'y être parvenue, par un éternuement magistral.

— Seigneur ! s'exclama sa tante. Je vais dire à Hastings de te ramener.

— Surtout pas !

Ce fut un véritable cri du cœur.

— Il n'est pas question, ajouta-t-elle en se tamponnant délicatement les narines, que je passe la journée enfermée à siroter du thé avec ces dames quand il y a toutes les chances pour que Nicholas Brennan soit dans les parages.

Le regard tourné vers la fenêtre, Trista s'absorba dans la contemplation du paysage.

— Il y a déjà trop longtemps que cet homme joue au chat et à la souris avec moi, poursuivit l'Italienne. Je serai vieille fille avant qu'il m'ait seulement rendu une visite. Ce petit jeu a assez duré. D'autant que ce bal est l'occasion rêvée. Jamais je ne vais arriver à dormir, cette nuit, sachant cet adonis sous le même toit que moi.

Esmée la dévisagea sévèrement.

— Je t'en prie, tâche de surveiller ta conduite. Il ne s'agit pas d'une banale soirée sans importance, ma chérie. Aucun faux pas ne sera toléré.

Sois certaine qu'au moindre écart, les langues ne manqueront pas de se déchaîner. Ne l'oublie pas, et par pitié, arrange-toi pour rester dans ton lit.

— Seule ? susurra Bianca.

Et, sous le regard atterré de sa tante, elle partit d'un nouvel et tonitruant éternuement.

Une heure plus tard, Trista était sur la terrasse des Leighton parmi quelques dames dont le principal sujet de conversation tournait autour du temps. Sa seule contribution s'étant limitée à quelques bâillements, discrètement étouffés d'une main gantée, elle se retrouva par hasard au côté de Bianca. L'Italienne scrutait la pelouse sur laquelle les messieurs s'étaient rassemblés.

Celui qu'elle cherchait, cependant, n'y était pas. Du moins pas encore. Ce que Trista aurait pu lui dire.

— Maudit soit-il, pesta Bianca. Je ne vais pas m'obliger à supporter ces inepties avec un temps pareil. C'est à peine si... Oh ! Mais regarde qui est là ! Ivy, quel plaisir de te revoir, ma chérie ! Et Chorlis Beckwith. Cela faisait une éternité. Comment vas-tu ?

Chorlis Beckwith était une ravissante jeune femme avec des cheveux couleur de miel et de grands yeux bruns qui pétillaient d'intelligence. Elle avait récemment fait l'objet d'un scandale lorsqu'on l'avait surprise enfermée dans un placard en compagnie d'un homme marié. Non qu'auparavant sa réputation fût sans tache. Précédemment à cette affaire, Chorlis avait été en effet connue pour sa légèreté.

— Chorly a un nouveau soupirant, chuchota Ivy en inclinant son ombrelle pour les protéger des regards indiscrets.

— Non... enfin... pas encore ! intervint Chorly en pouffant. On me l'a présenté il y a deux semaines à peine, mais je crois que c'est la première fois que je suis amoureuse !

Bianca se mit à rire.

— La première fois ? Toi ! dit-elle. De toute façon, peu importe que tu le connaisses depuis longtemps ou non. Une ou deux rencontres peuvent très bien suffire à susciter une véritable attirance. Avec le gentleman qu'il faut, bien sûr. Oh ! Mais, Ivy chérie, à ce propos, n'avais-tu pas dit que Nicholas devait venir ?

— Trista ?

Esmée se matérialisa soudain au côté de sa nièce.

— Est-il dans tes habitudes de sortir à moitié habillée ? Et ton ombrelle ? Mon Dieu, un de ces jours, tu vas finir par oublier ta tête ! Dépêche-toi d'aller chercher ton ombrelle. Et surtout, fais attention. Il n'y a pas cinq minutes que la duchesse disait combien ses invités — et même les nouveaux domestiques — avaient du mal à retrouver leur chemin à l'intérieur du manoir. Tâche de ne pas te perdre dans ce dédale.

Trista s'excusa auprès du groupe et trouva sans grande difficulté le chemin de sa chambre. Fort déconfite, et affirmant que c'était sa faute, Aileen lui remit l'indispensable ombrelle et Trista repartit.

Pressée, Dieu seul savait pourquoi, de rejoindre les autres, Trista ne se méfia pas, cette fois, et descendit par erreur un escalier qui débouchait sur une partie totalement inconnue de la maison.

Perplexe, elle considéra le grand corridor au bout duquel brillait une fenêtre et ce qui ressemblait à une porte vitrée. En hâte, elle s'y dirigea.

La porte, à son grand soulagement, menait à une cour intérieure. De l'autre côté du mur lui parvenaient le lointain piaffement des chevaux et le murmure assourdi des conversations. La grille qui conduisait aux pelouses s'ouvrit sans peine et Trista s'apprêtait à s'engager dans l'allée de l'enceinte...

Quand elle s'arrêta net.

A quelques mètres de là, un splendide étalon noir, les oreilles pointées, l'observait d'un air froid. De peur qu'il ne prenne la fuite, Trista s'avança prudemment. Le cheval, de toute évidence, était très bien soigné. Et parfaitement dressé car il la regarda approcher sans broncher.

Otant l'un de ses gants, Trista lui caressa le museau.

— Eh bien, Prince des Ténèbres, déclara-t-elle avec un petit rire, tu n'es pas si sauvage, finalement.

Riant tout bas, elle dut se reculer comme la bête pressait effrontément son museau contre elle.

— Eh bien, quelles sont ces familiarités ? Nous ne nous connaissons pas encore assez ! Et d'abord, où est ton maître ?

— Nero !

Au son de cette voix, l'étalon leva la tête ; Trista, stupéfaite, en lâcha son ombrelle et ses gants.

Un peu plus loin, Nicholas jouait négligemment avec sa cravache. En jodhpurs fauves, bottes et redingote noires, il était éblouissant. A la différence des autres cavaliers, il portait ces vêtements avec une élégance pleine de décontraction.

Trista sentit sa gorge se contracter.

— Vous feriez mieux de récupérer votre ombrelle si vous ne voulez pas qu'il lui arrive malheur. Nero serait capable de la piétiner, par jeu.

— Oh !... oui, bien sûr, murmura-t-elle en se baissant pour la ramasser.

— Nero !

Avec une expression où se mêlaient une certaine contrariété et quelque chose d'indéfinissable, Nicholas tança son cheval. Lequel le regarda avec défi. Secouant sa crinière, l'étalon renâcla et, par jeu, poussa Trista du museau pour attraper l'ombrelle qu'elle cachait derrière son dos.

En trois enjambées, Nicholas fut sur lui et, s'emparant de la bride, fustigea l'animal.

— Eh bien, mon vieux, il semblerait que tu sois aussi sous le charme de la dame. Ne t'y fie pas, cependant. Elle se déclare elle-même du genre volage, la pire espèce. Avant la fin de la journée, tu la verras aguicher un autre — le hongre gris, peut-être, ou le bai. De belles bêtes, certes, mais qui manquent de vitalité.

Comme pour répondre à son maître, Nero secoua la tête du côté de Trista qui, les poings crispés, assistait à la scène.

— Ah ! Ça, je te l'accorde volontiers, poursuivit Nicholas.

Les yeux rivés sur Trista, il sauta en selle.

— Il est étonnant qu'une pouliche d'un si bon lignage, et dotée de si séduisants attributs, s'en contente. Peut-être n'a-t-elle pas le sang assez chaud. Je te rappelle, au cas où tu l'aurais oublié, qu'elle est aussi pure que la neige fraîchement tombée. Mieux vaut t'intéresser à des juments plus mûres et renoncer à ces saintes nitouches. Œillades glaciales et baisers par trop dépourvus de fougue, c'est tout ce dont elles sont capables.

Furieuse, ulcérée, Trista faillit se précipiter vers Nicholas pour le gifler. Il avait vraiment dépassé les bornes !

Sa fierté la retint. Elle n'allait pas donner à ce mufle la satisfaction d'avoir atteint son but. Aussi, malgré l'envie qu'elle en avait, se contenta-t-elle de fusiller le goujat du regard. Le plus dignement qu'elle put, elle ouvrit son ombrelle et s'en alla.

Elle eut tôt fait de retrouver les autres jeunes femmes sur la terrasse, mais ne prêta qu'une oreille distraite à leur bavardage : ce qui se passait sur la pelouse se révélait beaucoup plus intéressant.

Toujours aussi élégant, Kendall avait plutôt fière allure sur sa monture. Quoique, à son grand dépit, Trista ne tardât pas à sentir son regard attiré par un magnifique étalon noir et son non moins superbe cavalier.

— Ah! Il était temps!

Bianca agita la main tandis que Nero passait au petit trot devant la terrasse.

— Nicholas!

Celui-ci inclina poliment la tête avant de pousser son cheval au galop pour rejoindre les autres.

— Eh bien! s'exclama l'Italienne, voilà un homme qui sait se tenir en selle!

— Je l'espère bien, répondit Ivy. Il n'y a pas meilleur cavalier dans tout Richmond. Et peut-être même dans toute l'Angleterre.

— Ça, je n'en doute pas, murmura Bianca. Mais dis-moi, Ivy, comment se fait-il qu'un homme aussi accompli ne se soit jamais marié? Serait-ce que la femme idéale ne s'est pas encore présentée?

— C'est possible, bien que les candidates ne manquent pas. Mon cousin est quelqu'un d'assez exigeant, reprit-elle, même si la rumeur lui prête son lot d'aventures. Je suppose qu'il préfère les choses ainsi — qu'il n'a pas envie de s'encombrer d'une épouse. D'autant qu'avec ses affaires, surtout depuis qu'il s'occupe de ce projet en Angleterre, il n'a guère de loisir, ni de patience à perdre à de telles futilités. L'autre jour encore, je l'ai entendu marmonner quelque chose à propos de l'inconstance féminine et d'une histoire de fleurs.

— De fleurs? Vraiment? susurra Bianca.

— Je crois qu'il a dit que c'était gaspiller ses efforts ou une phrase de ce genre.

— Tout ce dont ton cousin a besoin, en fait, c'est d'une femme qui lui tourne la tête, une femme qui lui prouve à quel point il a tort de persister dans la voie du célibat, décréta Bianca.

A son air, on devinait qu'elle rêvait d'être cette créature d'exception. Ivy, quant à elle, ne partageait pas l'optimisme de Bianca.

— Je n'en suis pas si certaine, répliqua Ivy. On prétend à Richmond que même un troupeau de bisons sauvages ne parviendrait pas à traîner Nicholas Brennan devant l'autel.

— Dieu sait ce qu'est un bison sauvage, rétorqua Bianca, mais je puis t'affirmer une chose, Ivy : le moment venu, il ne faudra pas plus d'un sourire à la femme idéale pour lui passer la bague au doigt.

Elle se tamponna le nez, se moucha discrètement.

— Es-tu certaine que Nicholas n'a vraiment personne en vue ? reprit-elle.

— Aussi certaine que cela m'est possible, Bianca. Mais veux-tu que je lui pose la question de ta part ?

Ivy esquissa un sourire.

— Je te souhaite beaucoup de chance avec mon cousin, Bianca, ajouta-t-elle. Il t'en faudra. Venez, à présent. Allons boire une citronnade.

Les hommes eurent bientôt entamé une partie de cricket, laissant les dames vaquer à leurs occupations. Trista, qui n'avait aucune envie de regarder ces messieurs courir sur une pelouse détrempée, en profita pour monter s'accorder une sieste et prendre un bain.

Aileen, sa femme de chambre, lui avait préparé sa robe de soie crème, ainsi qu'une multitude de dessous et d'accessoires qu'elle déposa sur le lit pendant que Trista se prélassait dans la baignoire. Sa tâche accomplie, Aileen descendit rejoindre les autres domestiques pour boire une tasse de thé.

— Ah ! Nicholas, murmura Trista dans un soupir.

Un objet qui vint tomber dans la baignoire la tira brusquement de sa rêverie.

— Aileen ?

Pensant que c'était la bonne, elle esquissait un sourire lorsqu'elle identifia l'objet qui flottait à la surface de l'eau. Son gant ! Le gant qu'elle avait fait tomber par terre tout à l'heure quand elle avait rencontré Nicholas !

Son sourire s'évanouit, son cœur se mit à battre à coups sourds dans sa poitrine. Réprimant un cri, elle tenta de cacher sa nudité de ses mains. Impassible, Nicholas la contemplait.

— Votre gant, mademoiselle Fitzgerald.

Le ton, léger, contrastait avec la gravité de son expression.

Lentement son regard glissa des cheveux relevés sur le sommet de la tête avant de s'attarder sur le visage rosi, le cou gracile. Trista s'enfonça plus profondément dans l'eau mousseuse.

— Comment osez-vous ? jeta-t-elle. Surprendre une femme dans son bain est encore l'une de vos maudites habitudes de sauvage, j'imagine !

— Il y a des siècles que c'est partie intégrante du rituel des amours, ma chère.

— Des amours ?

Affolée, Trista chercha en vain la serviette qu'Aileen avait oublié de laisser à portée de main.

— Sortez d'ici tout de suite, Nicholas, lui intima-t-elle. La plaisanterie a assez duré.

Loin d'obtempérer, il s'avança au pied de la baignoire, merveilleusement beau avec sa chemise déboutonnée au col et ses cheveux emmêlés par le vent. Il agita les doigts dans l'eau.

— Elle n'est plus très chaude, mon cœur. Vous devriez sortir avant de prendre froid.

Eperdue, Trista le fixa avec fascination. Toute colère l'avait subitement abandonnée, pour céder la place au désir. Un désir lancinant, violent.

Un long moment s'écoula. Les yeux dans les yeux, ils s'affrontaient, se mesuraient. Une expression mêlée d'impatience et de regret altéra brièvement les traits de Nicholas avant que, sans un mot, il quitte la salle de bains, laissant la jeune fille dans un désarroi total.

En passant près du lit, il s'attarda devant les dessous de dentelle qui y étaient posés, sa main légère et caressante sur les rubans de la camisole qu'il effleurait. Trista le vit de loin et eut l'impression que c'était elle qu'il caressait ainsi.

L'espace de quelques secondes, il resta immobile, le visage crispé, puis, sans un mot, sortit de la pièce.

*
**

Trista venait à peine d'entrer dans la salle de bal que Kendall, d'une irréprochable galanterie comme toujours, se précipitait vers elle pour l'entraîner sur la piste de danse.

Comme toujours, il prit soin de maintenir une distance convenable entre lui et sa cavalière et ne tenta aucun geste déplacé. Toute la soirée, et durant le souper qui fut servi, la jeune fille dut supporter sa compagnie et sa conversation insipide car Kendall, jaloux, l'accapara. A dire vrai, elle ne lui accorda qu'une attention relative, gênée par le manège de Nicholas. A peine celui-ci était-il arrivé qu'il lui adressait des regards appuyés, plongeant la jeune fille dans l'embarras.

On aurait dit qu'il n'avait d'yeux que pour elle.

Comme une ombre il la suivait, observant le moindre de ses mouvements.

Trista était au supplice. Il avait une façon si peu discrète, si effrontée de la contempler ! Pour une fois, il ignora Bianca qui, dépitée, alla noyer son chagrin dans le champagne.

Une seule femme l'intéressait et il faisait son possible pour que tout le monde le sache... Pareil manquement à l'étiquette provoqua des froncements de sourcils et des chuchotements réprobateurs parmi l'assemblée. Un autre que Nicholas y aurait peut-être prêté attention, mais lui n'en avait cure. Suprêmement indifférent, il poursuivait Trista sans relâche.

Esmée, inquiète, ne mit pas longtemps à voler

au secours de sa protégée. Emmenant sa nièce à l'écart, elle la mit en garde contre « cet homme »... Trista remarqua avec amusement que le ton d'Esmée avait changé. Elle qui s'extasiait autrefois sur les qualités d'homme d'affaires de M. Brennan, n'avait à présent que dédain pour le scélérat qui se permettait de ruiner la réputation de sa nièce. Dans tous ses états, elle vitupéra contre le manque d'éducation déplorable des *Yankees*, et avoua à Trista qu'elle mourait de honte. La duchesse l'avait en effet prise à part pour lui confier son étonnement. Tout le monde ne parlait plus que de la scandaleuse conduite de Nicholas Brennan.

— Mais qu'a-t-il donc? murmura la comtesse. Cet homme est devenu fou, ma parole! Peut-être devrais-je aller lui dire un mot...

Ce qu'elle fit, sans succès. Nicholas écouta très poliment le sermon d'Esmée, puis continua d'importuner Trista sans l'ombre d'un remords.

— Au diable ce maudit *Yankee!* lança Esmée à mi-voix. Il se moque du monde! C'est à peine si j'ai pu placer un mot! Il m'a interrompue pour me parler du temps, et s'enquérir de la santé d'Emerson — Emerson, entre tous! — et m'a encore une fois remerciée de l'avoir convié à mon bal. Le toupet de l'individu! Il a si peu d'égards pour Kendall que tout le monde est gêné pour ce pauvre malheureux. Une chance qu'il ne t'ait pas invitée à danser... Encore que c'eût été préférable, si tu veux mon avis.

Esmée considéra sa nièce d'un air navré.

— Enfin, ma chérie, ce n'est pas la peine de donner l'impression que tu apprécies la situation. Je conçois que l'attention d'un homme puisse être flatteuse, mais je t'en prie, occupe-toi de ton cavalier avant tout.

Comme il fallait s'y attendre, l'attitude de Nicholas finit par tant exaspérer Kendall que celui-ci suggéra une promenade sur la terrasse, où, déclara-t-il, ils disposeraient au moins d'un peu d'intimité.

A peine s'étaient-ils éloignés de quelques pas que Kendall s'arrêtait et prenait la main de Trista dans la sienne.

— Trista, murmura-t-il en l'attirant à lui, me permettez-vous de vous appeler ma chérie?

Son expression reflétait un tel espoir qu'elle n'eut pas le cœur de refuser.

La seconde d'après, Kendall la serrait contre lui dans une étreinte à lui couper le souffle et cherchait ses lèvres avec une fougue qui laissa Trista de marbre. Comme elle le repoussait, il la relâcha et, sous les yeux horrifiés de la jeune fille, tomba à genoux.

— Chère Trista, dit-il dans un soupir. Depuis le temps que je désirais pouvoir m'adresser à vous en ces termes. Ma chérie, mon cœur est entre vos mains. Vous m'avez conquis, je suis à vous corps et âme.

Alors qu'il lui couvrait les mains de baisers enfiévrés, Trista cherchait une réponse appropriée. Que lui dire? Kendall l'avait prise au dépourvu, tout allait beaucoup trop vite.

— Kendall, je...

Un mouvement, suivi d'un bruissement de feuilles dans le jardin attira son attention. Tandis que Kendall se lançait dans une nouvelle tirade enflammée, Trista scruta l'obscurité. Quelle ne fut pas sa surprise de distinguer Dominic en compagnie d'Archibald Sleeth.

Plongés dans une conversation animée, les deux hommes ne prêtaient aucune attention à ce qui les entourait. Apparemment, ils étaient en total désaccord et semblaient tellement échauffés que Trista n'eût pas été surprise qu'ils en viennent aux mains. De plus en plus intriguée, elle tenta de saisir des bribes de la discussion qui s'envenimait.

— Je vous en prie, ma chérie, poursuivait Kendall, assurez-moi que vous partagez mes sentiments. Je vous ai attendue si longtemps, vous, la femme idéale. Chérie, épousez-moi. Acceptez, et faites de moi le plus heureux des hommes.

Brutalement ramenée à la réalité par ces mots, Trista jeta à son soupirant un regard éperdu. Au nom du ciel, que pouvait-elle lui répondre ? Comment était-elle censée se conduire dans pareil cas ? Elle baissa les yeux, prit un air perdu et murmura une vague réponse qui eut l'air de contenter Kendall. D'un œil, elle continuait de surveiller les deux hommes, tandis que Kendall poursuivait son monologue. Avec un peu de chance, peut-être parviendrait-elle à entendre ce qu'ils se racontaient. D'instinct, elle devinait que quelque chose de louche se tramait.

— Dites oui, ma chérie, et nous serons débarrassés de ce maudit *Yankee*, déclarait Kendall avec emphase. Il ne vous ennuiera plus jamais. J'ai déjà parlé à père...

Devinant, à son regard brûlant, qu'il espérait quelque encouragement, Trista le gratifia d'un sourire. Sleeth et Dominic seraient bientôt tout près.

— Chérie, depuis notre première rencontre, je pense à cet instant. Non, ne protestez pas ! Vous êtes si belle, si pure... Vous serez mon idole, ma reine. Et moi, votre dévoué vassal. J'ai tant à vous offrir ! Donnez-moi votre réponse, mon adorée. Un mot de vous mettra fin au supplice de l'attente...

Trista, qui n'avait rien entendu, se sentit quelque peu gênée.

— Oui, Kendall ? murmura-t-elle. Que...

A ces mots, une expression radieuse illumina le visage du jeune homme.

— Oui ? Vous voulez bien être ma femme ? Oh ! Trista !

— Qu... ?

Effarée, Trista ne comprenait plus.

— Comment ! Ai-je bien entendu, Trista ? Tu viens d'accepter d'épouser Kendall ?

C'était Bianca qui, en dépit de son état d'ébriété, avait réussi à se faufiler jusqu'à eux avec une remarquable discrétion.

Médusée, Trista voulut démentir, mais elle était bien trop dépassée pour aligner deux paroles cohérentes.

— C'est merveilleux ! s'exclama Bianca. Allons vite annoncer vos fiançailles à Esmée et à Dominic. Ils seront ravis !

Et elle se mit à courir en direction de la salle de bal, ses jupes relevées d'une façon tout à fait inconvenante.

La suite des événements laissa à Trista un souvenir vague et confus. Ses tentatives pour rattraper sa funeste erreur furent vaines, personne ne voulut l'écouter. A l'annonce des fiançailles, Esmée couvrit sa nièce de baisers en répétant que ce serait « le mariage de l'année ». De son côté, Dominic félicita Kendall avant de serrer à son tour Trista dans ses bras et de l'assurer qu'elle avait fait le bon choix.

A partir de là, Trista fut emportée dans un véritable tourbillon. Tout le monde se pressait autour d'elle pour la féliciter, l'embrasser. Les invités, que le champagne rendait expansifs, portaient des toasts au futur bonheur des jeunes gens. Dans la bousculade, Trista fut séparée de Kendall et se retrouva seule pour endurer l'épreuve. La jeune fille, au bord de la nausée, ne songeait qu'à une chose : fuir le plus vite possible.

Jusqu'à Sleeth qui vint lui murmurer « ses plus sincères vœux de félicité ». Ce fut quand le duc de Leighton se permit de lui frôler la cuisse, et de lui suggérer qu'ils auraient peut-être l'occasion de faire plus ample connaissance, une fois qu'elle serait mariée, que Trista décida de les laisser continuer à s'amuser sans elle. Quittant discrètement la salle de bal, elle regagna sa chambre.

Sitôt en peignoir, elle renvoya Aileen et s'installa dans un fauteuil.

Que diable s'était-il passé ? se demanda-t-elle, atterrée, tandis que du rez-de-chaussée lui parvenait le brouhaha étouffé des festivités.

Accablée, elle contempla le feu qui crépitait dans la cheminée. Où était passé Nicholas ? Elle ne l'avait pas revu de toute la fin de la soirée. Cet homme devenait une vraie plaie. Qu'avait-il à s'insinuer ainsi dans ses pensées ? Ce n'était pas le moment. Pas quand elle devait réfléchir au meilleur moyen de se sortir élégamment de ce mauvais pas.

Mais il lui revenait inlassablement à l'esprit.

Que faire ?

Trista s'éveilla en sursaut. Peut-être au craquement d'une bûche, ou au murmure des derniers invités qui se retiraient dans leurs chambres.

Elle se leva, drapée dans son peignoir. Que n'aurait-elle donné à présent pour une tranche du pâté de grive et du feuilleté de jambon qu'elle avait dédaignés au souper, troublée comme elle l'était par les incessants regards de Nicholas !

Elle alluma une bougie et alla jeter un coup d'œil dans le hall. Il n'y avait pas un bruit, pas le moindre signe de vie, quoique les domestiques fussent sans doute déjà occupés à préparer le petit déjeuner.

Furtive comme une ombre, elle sortit dans le couloir, à peine éclairée par la flamme vacillante de sa bougie. Trista ne se sentait pas tranquille. L'idée de déambuler au petit matin dans cette immense demeure l'emplissait de crainte. N'était-il pas quelque peu téméraire de se promener dans une maison aussi vaste dans laquelle on se perdait facilement ?

De part et d'autre du hall s'alignait une succession de chambres. Au bout, elle s'engagea dans un corridor qui la mena à l'escalier. Arrivée au premier étage, elle hésita, incertaine de la direction à prendre pour rejoindre les cuisines. Et quand, ayant fini par opter pour le couloir de droite, elle se retrouva sur un autre palier, Trista, désorientée, s'immobilisa.

Juste au moment où elle s'apprêtait à revenir sur ses pas cependant, un murmure en provenance d'une pièce voisine attira son attention. Surprise, elle s'approcha de l'endroit d'où venait le bruit qui ressemblait de plus en plus à un gémissement. Le cœur battant, elle pressa l'oreille contre la porte.

Quelqu'un, une femme, donnait l'impression de vouloir crier. Le son était toutefois bizarrement étouffé, assourdi.

Levant une main qui tremblait, Trista tourna doucement la poignée et ouvrit.

7.

Une forme sombre était penchée au-dessus de celle d'une femme... qui ne criait plus.

On l'étranglait.

Désespérément, alors que la pièce se mettait soudain à tourner, Trista essaya de se raisonner. L'ombre se redressa, impossible à identifier dans l'obscurité, puis l'homme abandonna le corps sans vie avec un grognement étouffé.

Trista pivota sur elle-même en hurlant. Terrifiée, elle se heurta à la porte, laissa échapper le chandelier, et se rua dans le corridor.

Elle n'avait pas le temps de réfléchir, pas le temps de savoir où elle courait. L'assassin était à ses trousses, se rapprochait à chaque enjambée. Comme elle tournait à l'angle d'un mur, son peignoir accrocha le dossier d'une chaise. La chaise se renversa tandis que d'un geste vif, Trista se débarrassait du vêtement. Pourvu que cet obstacle puisse retarder son poursuivant quelques précieuses secondes! se dit-elle.

Puis elle traversa la salle de bal déserte et s'autorisa à jeter un coup d'œil par-dessus son épaule. Seigneur! Il n'était plus qu'à quelques mètres.

Arrivée de l'autre côté, elle déboucha sur un nouveau hall. Un vieil escalier s'y présentait. Trista le dévala quatre à quatre. Il y faisait sombre et froid, un froid humide. Elle entendit l'homme qui gagnait du terrain, descendait à son tour les marches. Terrorisée, elle se précipita dans un étroit et noir passage.

Et soudain, elle n'eut plus nulle part où aller. Sa fuite éperdue se terminait dans une impasse. Elle était acculée ! Apercevant une porte, Trista n'hésita pas une seconde : elle se faufila dans l'ouverture et, repoussant le battant de toutes ses forces, s'y adossa.

Les tempes bourdonnantes, elle entendit les pas s'arrêter et aussitôt après le grincement d'une clé qui tournait dans la serrure.

Son poursuivant l'avait enfermée.

Puis, de l'autre côté, lui parvint un rire sinistre et le bruit de pas qui s'éloignaient.

— Tiens donc! L'enfant chérie de la bonne société. Que me vaut ce plaisir, chère Trista?

Trista hurla de terreur, persuadée que sa dernière heure était arrivée...

Médusée, elle se trouva face à Nicholas Brennan. Un sourire aux lèvres, il était planté devant elle et la détaillait avec impudence. C'en était trop pour la pauvre Trista. Ses forces l'abandonnèrent, tout se mit à tourner autour d'elle. Sur le point de s'évanouir, elle porta la main à sa gorge.

— Oh! Nicholas!

Il se précipita vers elle et la recueillit dans ses bras juste au moment où elle s'effondrait.

— C'était... horrible! murmura-t-elle. Il me courait après. Je... je crois qu'il a assassiné quelqu'un...

— Quoi?

Tout sourire avait disparu du visage de Nicholas. Agrippant la jeune fille par les épaules, il posa un regard alarmé sur le visage exsangue de Trista. Puis il la serra sur sa poitrine et, le corps secoué de sanglots, Trista s'accrocha à lui comme s'il était son ultime recours.

Doucement, en lui chuchotant des mots tendres, il s'employa à la réconforter. Un long moment s'écoula avant qu'elle se remette de ses frayeurs. Peu à peu, elle sécha ses larmes et prit conscience de ce qui l'entourait.

— Où sommes-nous? demanda-t-elle en jetant un coup d'œil autour d'eux.

— Dans la cave à vin du duc.

Nicholas tira un mouchoir de sa poche.

— Tenez. Ce sera mieux que ma chemise, ma chérie.

Avec gratitude, elle le prit, et se moucha sans aucun souci d'élégance.

— Curieux, la façon dont le destin nous remet en présence, murmura-t-il. Je n'arrivais pas à dormir et je me suis dit qu'un bon cognac m'aiderait à m'assoupir. J'avais besoin d'un alcool fort après tout ce champagne. Comme le manoir était désert, j'ai déambulé un long moment à la recherche de la cave et j'ai fini par la trouver. Non sans mal! Je me trouvais derrière ces fûts de sherry lorsque vous avez fait irruption ici de la plus incroyable manière !

Il souleva le menton de Trista.

— Que s'est-il passé ? Vous sentez-vous assez forte à présent pour tout me raconter ?

La voix tremblante, elle lui relata les faits.

— Une chance que j'aie trouvé cette cave, conclut-elle. Si elle avait été fermée, il... il m'aurait sûrement assassinée.

Elle se mit à trembler comme une feuille.

Nicholas l'attira à lui.

— Ce n'est pas certain, Trista. Je pense plutôt que votre poursuivant aura simplement voulu vous faire peur. Il serait entré avec vous dans cette cave, sinon. Après tout, il n'avait aucun moyen de deviner que j'étais là. Avez-vous la moindre idée de qui cela peut être ?

— Non, pas la moindre. Il était grand et portait une sorte de cape ou de manteau qui flottait autour de lui.

— Voilà un indice qui ne va guère nous avancer, mon cœur. Avec ce temps, les invités portaient tous leur pardessus, aujourd'hui. Il est vrai que notre homme ne faisait pas forcément partie des invités... Vous avez vu la victime ?

Elle secoua la tête, frémissant de tout son corps. Nicholas resserra son étreinte.

— Pardonnez-moi d'insister, mais... Etes-vous sûre que c'était bien un acte de violence ? questionna-t-il.

A l'étonnement qui se peignit sur les traits de Trista, Nicholas lui effleura la joue.

— Peut-être avez-vous surpris deux amants en quête d'un peu d'intimité, ajouta-t-il.

— Je n'ai sans doute pas beaucoup d'expérience, mais je puis vous assurer que leur étreinte n'avait rien d'amoureux !

Embarrassée, elle détourna les yeux.

— Non, je suis persuadée qu'il l'étranglait. D'où sa crainte d'avoir été démasqué. Pourquoi m'aurait-il poursuivie, autrement ?

Nicholas l'attira plus près avant de tendre la main et d'attraper la bouteille de cognac posée sur l'un des rayonnages.

— Tenez. Une petite rasade et tout ira mieux.

Trista lui jeta un coup d'œil. Son regard, comme il la pressait de boire, ne reflétant toutefois qu'une réelle inquiétude, elle avala une gorgée et sentit aussitôt la chaleur de l'alcool se diffuser dans ses membres.

La gorge encore brûlante, elle porta une nouvelle fois le goulot à ses lèvres.

— Vous m'étonnez, Trista. Vous levez le coude avec un naturel stupéfiant ! Que dirait votre tante si elle vous voyait ?

Pleins de malice, les yeux de Nicholas croisèrent ceux de Trista. Puis ils se posèrent sur la goutte qui perlait au coin de sa bouche.

Timidement, Trista l'essuya d'un revers de la main tandis que Nicholas buvait à son tour.

L'alcool, découvrait-elle, ne l'avait pas seulement apaisée, il la plongeait dans une sorte d'euphorie, lui faisait tourner la tête. Elle regarda les longs doigts bronzés de Nicholas serrés sur le col de la bouteille et se prit à rêver. Ces doigts, si forts, si musclés, savaient se montrer si caressants, si doux...

Gênée, elle baissa les yeux et se rendit compte avec embarras de la légèreté de sa tenue. Forcée d'abandonner son peignoir au cours de sa fuite, elle ne portait plus qu'une diaphane chemise de nuit de fine batiste. Nicholas avait les yeux rivés sur la rangée de perles qui en boutonnait le haut et Trista fut prise d'un nouveau tremblement.

— Je vous remercie, balbutia-t-elle. En effet, cela va déjà beaucoup mieux.

Elle se recula.

— Vous pouvez me lâcher, maintenant. Je ne risque plus de m'évanouir.

L'un et l'autre troublés, ils restèrent un moment sans rien dire.

Nicholas contempla la mince silhouette de Trista. La lumière de la lanterne révélait par intermittences les formes si féminines au travers du coton blanc. Trista était si fragile, si jeune et surtout si innocente. Elle avait besoin qu'on la réconforte, qu'on la protège. Pourtant, il n'avait qu'une seule pensée : déboutonner cette chemise de nuit et sentir contre le sien le corps ferme et doux, si beau de Trista.

Le surprenant à l'observer, Trista frissonna involontairement.

— Peut-être ferions-nous mieux de sortir...

Elle esquissa un geste en direction de la porte.

— D'aller chercher du secours...

— Je crains que ce ne soit impossible.

— Impossible ?

— Tout à fait. Je n'ai plus la clé. C'est celle dont votre poursuivant s'est servi pour nous enfermer.

— Vous n'avez plus la clé. Nous sommes... enfermés ?

— Exactement.

Loin de le déplorer, Nicholas paraissait satisfait de son sort.

— Non ! cria-t-elle.

— Si.

Nicholas remit la bouteille de cognac à sa place.

— Qu'allons-nous faire ? questionna Trista en se tordant les mains de désespoir.

— J'ai une idée...

Il était tout près d'elle et l'enveloppait de la chaleur de son corps. Du bout des doigts, il lui souleva une mèche de cheveux et la porta à ses lèvres. Puis leurs regards se croisèrent et, surprise de tant de tendresse, Trista se sentit soudain sans défense.

Avec une exclamation angoissée, elle se rua sur la porte et tambourina contre le panneau. Ce sursaut de raison fit long feu lorsque Nicholas se pressa contre elle. Avec un gémissement, elle s'abandonna, vaincue.

— Tant pis si je dois être damné, lui murmura Nicholas, mais en cet instant, je me moque éperdument de savoir qui est l'assassin. Je le remercierais plutôt de vous avoir conduite jusqu'ici. Maintenant, tournez-vous et regardez-moi.

Avec un sentiment d'impuissance, Trista obéit, certaine de courir à sa perte. Lui résister serait au-dessus de ses forces, elle le savait d'ores et déjà. Le regard de Nicholas laissait sur elle une empreinte de feu. Elle avait l'impression de se transformer en une torche brûlante sous la sensuelle caresse.

— Vous ne l'épouserez pas, n'est-ce pas ?

Elle fit un effort surhumain pour se ressaisir.

— Mais je... de toute façon je ne veux ni de Kendall ni d'un autre.

Il esquissa un sourire.

— Vraiment ? Et pour quelle raison, chère innocente ?

Comme il lui déposait un baiser au creux du cou, Trista chercha fébrilement à lui donner une réponse.

— Je... je n'ai aucune envie de jouer les potiches pendant que mon mari continuera à collectionner les maîtresses et à vivre sa vie. L'institution du mariage n'a aucun attrait pour moi.

— Ah bon ?

Nicholas lui caressa le haut des bras, et Trista frissonna de la tête aux pieds.

— Je vous le dis, le mariage ne m'intéresse pas. Pourquoi devrais-je perdre mon indépendance ? Je préfère le célibat ! Etant donné que vous partagez plus ou moins mes sentiments sur la question, vous le comprenez sûrement.

— Tiens donc !

Il lui effleura le front des lèvres.

— Et comment êtes-vous au courant de mes... sentiments sur la question, mon cœur ?

Trista l'entendit à peine. En proie à un émoi

croissant, elle posa les mains contre la poitrine de Nicholas et perçut les battements réguliers de son cœur.

— Ivy nous a confié votre aversion pour le mariage. Elle nous a dit que les candidates ne manquaient pas, mais qu'aucune n'avait jusqu'à présent réussi à vous passer la bague au doigt. D'après elle, celle qui y parviendra n'est pas encore née !

Il lui déposa un baiser sur la bouche.

— Pourquoi faut-il que vous parliez autant, ma chérie ? Détendez-vous, oubliez tout.

Sans beaucoup de conviction, elle le repoussa.

— Nicholas, je vous en prie…

— Non.

— Arrêtons pendant qu'il en est encore temps.

— Je n'ai aucune envie d'être raisonnable.

L'émotion altérait la voix de Nicholas, la rendait encore plus rauque, encore plus séduisante.

— Il n'y a que votre mystérieux assassin qui sache que vous êtes ici, et il n'ira pas se trahir en le clamant sur tous les toits. Il faudra des heures avant que nous soyons découverts. Et d'ici là, rien ne réussira à me dissuader de vous aimer.

Il s'empara des lèvres de Trista et ce fut avec toute la passion dont elle était capable qu'elle répondit à son baiser.

Bientôt, sans qu'elle ait compris comment, Nicholas se retrouva torse nu. Elle le sentit frémir tandis que, sans cesser de l'embrasser, il lui déboutonnait fébrilement le devant de sa chemise de nuit.

— Trista, ma chérie… Cela fait si longtemps que je rêve de ce moment.

Son souffle balaya la joue de Trista. Il lui dégagea les épaules et la chemise de nuit glissa à terre dans un bruissement.

— Vous êtes si belle. Jamais je n'ai désiré aucune autre femme autant que vous.

Tout en parlant, il laissait courir ses mains des épaules de Trista à sa gorge.

— Nicholas, par pitié...

— Oui ?

Sa voix était à peine un murmure ; sa bouche brûlante contre le cou de Trista.

— Voulez-vous que j'arrête ? Est-ce bien ce que vous désirez, ma tendre innocente ? J'arrêterai, si tel est votre souhait. Je ne continuerai pas sans votre consentement.

Il la relâcha, et attendit sa réponse, le regard toujours rivé sur elle. Trista savait qu'il ne mentait pas et ne la forcerait pas. Mais il était trop tard pour reculer, elle le désirait de tout son être.

— Non, cher Nicholas, murmura-t-elle. Mon souhait n'est pas que vous vous arrêtiez. Jamais !

Et, dans les moments bénis qui suivirent, Trista ne regretta pas une seule seconde d'avoir cédé à son instinct.

Rétrospectivement, Trista ne sut jamais avec exactitude ce qui l'avait tirée de son sommeil.

Peut-être le grincement de la clé dans la serrure, ou l'exclamation étouffée de Nicholas avant qu'il s'empresse, dans un louable souci de décence, d'enfiler son pantalon et de ramener sur eux quelques vêtements.

Une chose fut certaine : au bruit de la porte qui claquait contre le mur, Trista se redressa brusquement pour se blottir dans les bras de Nicholas.

— Réveillez-vous, mon cœur, chuchota-t-il. Nous avons de la visite.

Un juron étranglé, depuis le seuil de la cave, amena Trista à tourner la tête. Le comte Catalani la dévisageait ; la fureur animait ses prunelles sombres d'un éclat inquiétant.

Si le comte semblait être obligé de se tenir au chambranle pour rester debout, son regard, en revanche, ne vacillait pas. Il descendit le long du dos nu de Trista, jusqu'à la chemise que Nicholas lui avait enroulée autour des hanches. Ensuite, les deux hommes se dévisagèrent, et Dominic tressaillit, fou de rage devant ce qu'il considérait comme l'attitude de propriétaire du *Yankee.*

Au côté de Dominic, le duc de Leighton, en dépit de ses difficultés à s'arracher au spectacle qui lui était offert, fut le premier à recouvrer l'usage de la parole.

— Juste ciel ! s'exclama-t-il. Que se passe-t-il ici ?

Hébété, il se passa la main dans des cheveux roux déjà passablement ébouriffés. En pyjama de soie, pieds nus, il avait tout l'air de quelqu'un que l'on venait de tirer du lit.

— Peut-être vaudrait-il mieux laisser ces jeunes gens s'habiller ? suggéra-t-il.

Mortifiée, Trista chercha sa chemise de nuit qu'elle découvrit roulée en boule à ses pieds.

Submergée par un flot d'émotions, elle frissonna.

Nicholas l'aida à se lever et lui enfila sa propre chemise. Pendant qu'il la lui boutonnait, Trista contempla un instant le torse bronzé de son amant avant de détourner les yeux en rougissant.

Un bras autour de la taille de Trista, Nicholas l'attira contre lui. Puis Dominic se retourna, et darda sur eux un regard furibond.

— Croyez que je me félicite que vous soyez tous deux sains et saufs, déclara-t-il.

Les mains croisées derrière le dos, le duc se balançait d'avant en arrière.

— Figurez-vous que pendant la nuit, l'une de nos invitées à été assassinée, déclara-t-il. Vous comprenez l'émoi qu'un tel drame a pu susciter. Et lorsque nous nous sommes rendu compte de votre disparition...

A la confirmation de ce qu'elle redoutait, Trista se sentit blêmir.

— Seigneur! balbutia-t-elle. De qui s'agit-il?

— De Chorlis Beckwith, répondit le duc.

Sous le choc, Trista faillit s'effondrer sur l'épaule de Nicholas.

— Je vous prie d'ôter vos sales mains de ma nièce!

La voix de Dominic résonna dans l'air, sèche comme un coup de fouet.

— Ne lui avez-vous pas déjà suffisamment fait de mal, Brennan?

— Je ne pense pas que ce soit le moment de discuter de cela, rétorqua froidement Nicholas. Trista aurait plutôt besoin d'un peu de réconfort. Elle a été témoin du meurtre.

— Mon Dieu!

Le duc ferma un instant les yeux.

— Pauvre enfant! Quel choc cela a dû être pour vous! Mais que faisiez-vous debout à une heure pareille?

Voyant que la jeune fille était trop choquée pour répondre, Nicholas le fit à sa place.

— Elle avait faim, dit-il.

— Ah! La belle excuse! s'exclama Dominic, sarcastique.

— A-t-elle la moindre idée de l'identité de l'assassin? demanda le duc. Nous n'avons ni piste ni indice et nous ne sommes pas près d'en découvrir. Cette histoire, après tout ce que l'on raconte déjà, a mis la maison sens dessus dessous.

Nicholas secoua la tête en signe de dénégation.

— Pour ma part, intervint Dominic, j'aimerais bien savoir quel a été votre rôle dans cette affaire, Brennan. Peut-être aviez-vous tout manigancé de façon à tirer profit de la situation.

— Il faut croire que je n'ai pas eu de chance, alors!

Nicholas émit un petit rire.

— Non, comte, vous vous trompez d'adresse. Je n'ai aucune responsabilité dans ce meurtre. Et j'espère bien que personne ne se permettra d'en douter. L'on pourrait, en revanche, être amené à se demander ce qui *vous* a conduit ici.

Rouge de colère, Dominic serra les poings.

— Comment osez-vous prétendre que vous n'avez pas à rendre compte de vos actes? Ecoutez-moi bien, Brennan! S'il ne tenait qu'à moi, on vous pendrait sur-le-champ après ce que vous avez fait à cette enfant. Sachez que le viol est passible de lourdes sanctions, dans ce pays.

Trista retint son souffle, tandis que le duc, voyant les deux hommes sur le point d'en venir aux mains, se hâtait de s'interposer entre eux.

La tête haute, Nicholas toisa le comte tout en caressant le bras de Trista.

— Vermine ! Lâchez-la !

Etouffant un juron, le comte bondit, mais le duc l'arrêta dans son élan.

— Allons, allons, messieurs ! Nul ne doute de votre parole, Brennan. C'est juste que nous avons retrouvé le peignoir de Mlle Fitzgerald et la clé de la cave au côté de... du corps de Mlle Beckwith. La situation est grave, et sera bien sûr examinée avec toute l'attention requise. Néanmoins, je comprends le comte. Il est indéniable qu'il s'est passé quelque chose ici, cette nuit...

Il ne termina pas sa phrase, gêné.

— Jamais je n'ai prétendu le contraire, rétorqua Nicholas.

— Non, certes... Et il ne m'appartient pas de décider des suites à donner à cette affaire. J'espère seulement que le plus grand tact prévaudra. En ma qualité d'hôte, cependant, je suis tenu de veiller au respect des convenances. Et je redoute déjà la réaction de la duchesse.

— Il n'y a qu'à pendre ce bâtard, grommela Dominic.

Il se détourna, comme si la vue des deux coupables lui était insupportable.

— Avant d'en arriver à de telles extrémités, j'aimerais si possible..., commença le duc.

Comme une voix de femme, surexcitée, résonnait soudain dans le couloir, le duc poussa un soupir.

— Préparons-nous au pire, murmura-t-il.

Drapée dans un peignoir de soie rouge telle une furie vengeresse, Esmée se précipita dans la cave.

— Dominic! As-tu retrouvé...?

Sa phrase resta en suspens. Bouche bée, elle contemplait la scène qui s'offrait à elle. Sa nièce, échevelée, vêtue en tout et pour tout d'une chemise d'homme qui lui arrivait à mi-cuisses. Debout à côté d'elle, l'enlaçant d'un geste protecteur, se tenait Nicholas Brennan. Malgré elle, la comtesse laissa son regard errer sur le torse nu et viril. Impossible de nier le pouvoir de séduction qui émanait de cet homme. Elle comprenait pourquoi sa nièce avait pu perdre la tête. Le soulagement de savoir sa protégée vivante céda vite la place au désespoir.

— Trista! Comment as-tu pu...? Non!

C'en était trop pour Esmée qui s'évanouit sur l'épaule de son mari. Celui-ci la souleva dans ses bras.

— Sortons d'ici, déclara-t-il sèchement. Trista, monte dans ta chambre. Et vous Brennan, trouvez quelque chose à vous mettre sur le dos et rendez-vous d'ici à une demi-heure dans la bibliothèque.

— A vos ordres.

Ironique, Nicholas esquissa un salut avant d'entraîner Trista hors de la cave.

*
**

Du revers de ses doigts, Trista essuya une larme. Puis, comme Aileen lui tendait un mouchoir et lui souriait d'un air encourageant, Trista lui pressa la main et emboîta le pas à Sloane, le maître d'hôtel venu la chercher pour la conduire au salon où lui serait délivrée sa sentence.

Ils parcoururent un véritable dédale de couloirs et de corridors avant de s'arrêter devant une grande porte à double battant. L'instant d'après, elle pénétrait dans une pièce richement décorée. Devant le feu, dont les flammes crépitaient, se tenait une haute et imposante silhouette.

Nicholas se retourna.

Son regard bleu accrocha celui de Trista et le souvenir de leur première véritable rencontre revint brusquement à la mémoire de la jeune fille. Cela s'était passé le jour de son arrivée à Londres. Elle venait de rejoindre son père dans le salon et avait aperçu Nicholas près de la cheminée. Trista se rappelait la colère qu'elle avait ressentie quand on lui avait présenté Nicholas, mais aussi le troublant émoi qui s'était emparé d'elle.

— Ah ! Trista ! Je vois que tu es enfin redevenue un peu plus présentable.

La voix crispée de Dominic emplit la pièce. Le comte se tenait debout à côté du fauteuil de sa femme.

A la vue de sa nièce, Esmée se tamponna délicatement les yeux.

— Ma chérie ! Quel malheur ! Qu'as-tu fait...

Dominic lui tapota l'épaule pour la réconforter.

— Avant de décider de la manière de procéder, je crois qu'il y a d'abord un point à éclaircir. Il s'agit de la question de ton consentement, Trista.

En pleine confusion, celle-ci serra son mouchoir entre ses doigts.

— Que voulez-vous dire, mon oncle ?

— T'a-t-il forcée ou étais-tu consentante ?

Le comte jeta un coup d'œil méprisant en direction de Nicholas.

— Brennan, ici présent, ne nous est d'aucun secours. Même si je n'accorde guère de crédit à ce qu'une vermine de son espèce pourrait nous dire.

Au murmure réprobateur d'Esmée, Dominic se radoucit quelque peu.

— C'est lui qui a insisté pour que nous te demandions de descendre. Voilà qui est très noble de sa part, n'est-ce pas ?

Observant une pause, il dévisagea attentivement sa nièce.

— S'il ne tenait qu'à moi, poursuivit-il, ce gredin serait pendu haut et court, et toi expédiée dans un couvent pour y attendre le retour de ton père.

Persuadée que seule l'intervention de sa tante lui avait épargné ce triste sort, Trista leva vers le comte un regard brillant de larmes.

— Alors, Trista, reprit Dominic, dis-nous comment les choses se sont passées. Et réfléchis avant de répondre. Comme tu aurais eu intérêt à le faire avant de te retrouver dans cette regrettable situation !

— Dominic, tu en es presque à l'accuser ! s'exclama Esmée, indignée.

Son mari ignora l'interruption.

— Ecoute-moi bien, Trista, continua-t-il. Nul ne doutera qu'il s'est agi d'un viol. Tout le monde a bien vu Brennan te tourner autour durant toute la soirée. Son manège n'était pas des plus discrets!

Le comte s'interrompit, le temps de boire une gorgée de cognac. Puis un rictus étira ses lèvres.

— C'est un *Yankee*, originaire d'un pays de mécréants capables de choses bien pires qu'un viol, c'est moi qui te le dis. Sûrement que ce n'est pas la première fois que la chose lui arrive. L'homme est un opportuniste. Il ne vise que l'argent, la position sociale, et toi, la parfaite jeune fille du monde, la fille d'une bonne famille anglaise...

Dominic s'interrompit de nouveau comme, médusée, Trista se tournait vers Nicholas.

Sans obtenir la moindre réaction de sa part. Les yeux rivés sur Trista, il semblait ne rien avoir entendu des accusations de Dominic.

— Nous ne voulons que ce qui est le mieux pour toi, Trista, murmura Esmée. Notre seul désir est de te conseiller, de la même manière que ton père l'aurait fait. Tu as été déshonorée — Dieu sait ce que le pauvre Kendall va penser de tout cela — mais tout n'est pas encore complètement perdu. S'il s'agit d'un viol, M. Brennan sera traduit devant les autorités compétentes, et sans doute expulsé du pays. Ne te désespère pas, peut-être se trouvera-t-il un jour un homme qui t'aimera assez pour oublier cette triste affaire et t'épouser. Comprends-tu, ma chérie?

— Ce n'était pas un viol.

A cette réponse, prononcée d'une voix à peine audible, Esmée porta la main à son cœur.

Son mari, lui, réprima un juron.

— Petite idiote! As-tu mesuré la portée de ce que tu es en train de faire?

Trista baissa tristement les yeux.

— C'est la vérité. Nicholas n'a pas à être injustement puni de ce manque de discernement de ma part.

— Ton manque de discernement! s'exclama Esmée. Chérie, tu n'étais tout de même pas seule dans cette cave! Je t'en supplie... Peut-être es-tu encore sous le choc. Si jamais, de quelque façon que ce soit, M. Brennan t'a contrainte...

— Non, ma tante. Je n'ai été aucunement contrainte. Il m'en coûte de l'avouer, j'ai honte de moi, plus que vous ne sauriez l'imaginer. Je vous ai déjà causé suffisamment de chagrin à tous deux, et je ne veux pas risquer de vous en causer plus. Aussi vais-je rentrer chez moi et me faire oublier...

La comtesse se tordit les mains, en proie à un déchirant tourment.

— Non, ma chérie. Nous ne pouvons t'y autoriser.

Esmée rassembla son courage pour annoncer la terrible nouvelle.

— Je crains que les convenances ne nous laissent pas le choix. Même si la décision est dure et me brise le cœur.

Agrippant la main de Dominic en quête de soutien, la comtesse réprima ses larmes.

— Tu vas être obligée d'épouser M. Brennan, à présent. Et le plus vite sera le mieux.

8.

— Non !

Le cri jaillit des lèvres de Trista.

— Non ! Tante Esmée, s'il te plaît !

Les jambes tremblantes, Trista alla se jeter aux pieds de sa tante.

— Je t'en supplie ! Tout, mais pas ça !

Malgré toute la tendresse qu'elle vouait à sa nièce, la comtesse n'en demeura pas moins inflexible.

— Je suis désolée, Trista. C'est la seule solution. Sans doute aurait-il mieux valu que tu réfléchisses aux conséquences de ton acte.

— Si nous attendions que père soit rentré...

— Cela ne changerait rien. Ton père approuvera notre attitude. Tu n'as plus le choix.

— Je pourrais partir ! Faire comme si rien ne s'était passé.

— Mais il s'est passé quelque chose, Trista. Tout le monde le sait. Il nous est impossible de prétendre le contraire. Si tu t'en vas, M. Brennan ne sera pas inquiété, et l'on en déduira qu'il ne s'agissait pas d'un viol. Tu seras à jamais considérée comme une femme déchue. Alors qu'il continuera à vivre comme avant, tout fier d'avoir ajouté ton nom à la liste de ses conquêtes. En te mariant avec lui, tu réussiras peut-être au moins à sauver la face. Voire à être heureuse.

Humiliée autant qu'atterrée, Trista détourna les yeux. Au bord des larmes, elle jeta un coup d'œil en direction de Nicholas et se rendit compte qu'il s'était éclipsé.

— Ne t'inquiète pas, murmura la comtesse. Il ne sait que trop bien qu'il a échappé de justesse à la prison ou à pire. Je pense qu'à l'avenir, M. Brennan se montrera certainement des plus conciliants.

— Je l'espère, intervint Dominic d'un air sombre. Tu as été trop bonne, Trista. J'ignorais que tu avais du sang de martyr dans les veines. Tu viens de te sacrifier. Es-tu certaine de ne pas vouloir changer d'avis ?

Stupéfaite, Trista regarda le comte. Lui suggérait-il de condamner Nicholas et d'avoir à jamais à vivre avec le poids de ce mensonge sur la conscience ? Quoique les condamner tous les deux, Nicholas et elle, à ce mariage risquait de se révéler encore plus cruel châtiment.

— Non. C'est la vérité.

— A ta guise.

Dominic posa sur Trista un regard chargé de mépris.

— L'attitude de ce *Yankee* me surprend. Il a tout de suite accepté de t'épouser avant même que tu sois descendue. Il n'a pas soulevé la moindre objection. Je crois même l'avoir entendu dire qu'il l'avait prévu. Etrange, de la part d'un homme gouverné par ses plus bas instincts.

Esmée en resta bouche bée, tandis que Trista rougissait comme une pivoine.

— J'imagine, conclut crûment le comte, que tu peux t'attendre à passer la majeure partie de ton existence à lui faire des enfants.

— Dominic !

Esmée fit taire son mari d'un regard suppliant.

— Arrête, je t'en prie ! Il ne sert à rien d'accabler cette malheureuse enfant. Regarde-la. Elle est complètement désemparée. Va plutôt parler à ce pauvre Kendall. C'est bien le minimum que nous lui devions, n'est-ce pas ?

Persuadée qu'elle serait, au cours des prochains mois, au centre de la plupart des conversations, Esmée se lança dans les préparatifs du mariage avec toute l'énergie et la ferveur de quelqu'un qui, depuis des années, attendait que pareille occasion se présente.

Trista, pour sa part, jugeait ces préparatifs aussi inutiles que déplacés. Ce mariage de comédie ne serait qu'une formalité. Une cérémonie rapidement expédiée. Pourquoi s'acharner à vouloir en faire un événement ? A n'en pas douter, tous ceux et celles qui, depuis quinze jours, la regardaient de haut, n'auraient pas l'audace de venir la féliciter ! En attendant, la jeune fille se voyait obligée de subir une autre séance d'essayage chez la couturière. La dernière, espérait-elle...

L'enthousiasme que témoignait Adèle lui faisait grincer les dents.

— Ah ! ma chérie ! Enfin le grand jour ! Je peux vous assurer que vous ferez des envieuses !

L'exclamation extasiée d'Adèle tira Trista de ses mornes pensées.

— Vous allez éblouir M. Brennan ! poursuivit la couturière. Il aura toutes les peines du monde à attendre sagement la fin des festivités !

Adèle lui adressa un clin d'œil entendu, faisant rougir sa jeune cliente.

— Un homme d'un tel tempérament ! Ah ! Les premiers feux de l'amour ! Si brûlants, si excitants !

Les joues écarlates, Trista se regarda dans la glace et n'en crut pas ses yeux.

— Oh ! Adèle ! Est-ce bien moi ?

— Mais oui ! Vous êtes contente ? C'est une splendeur ! La plus belle robe que j'aie jamais réalisée. De quoi me récompenser de toutes les nuits blanches que je lui ai consacrées.

Dans la lumière du soir qui tombait, le tissu, un taffetas crémeux, accrochait le reflet de la flamme des bougies. Deux volants ornaient le bas de la jupe, merveilleusement ample, tandis que le corsage à manches ballon, avec un décolleté largement échancré et des incrustations de perles, moulait à la perfection la taille et la gorge de Trista.

La jeune femme contempla rêveusement sa

main gauche. Bientôt, elle porterait à son doigt l'anneau d'or qui scellerait à jamais sa destinée.

Réprimant un frisson, elle regarda par-dessus son épaule la longue rangée de boutons qui fermait le haut de sa robe. Et soudain, totalement imprévisible, la vision de longs doigts bronzés dégrafant cette même rangée de boutons s'imposa à son esprit.

— Quelle chance vous avez! poursuivait Adèle, intarissable. Un beau parti comme lui! Quoique je ne vous apprenne sûrement rien...

Elle posa sur le front de Trista la couronne de roses blanches et de fleurs d'oranger qui retenait le voile et se tut un moment tandis qu'elle la fixait. Le répit fut de courte durée.

— Il faudra le satisfaire, n'est-ce pas? repritelle. Vous avez réussi à trouver l'oiseau rare, j'espère que vous en avez conscience. Ah! Que ne donnerais-je pour être à votre place!

Au comble de l'embarras, Trista essaya d'accrocher ses boucles d'oreilles. Ses mains tremblaient tant qu'elle mit un temps fou à y parvenir.

— Oh! J'allais oublier! s'exclama Adèle.

Elle chercha dans l'une des malles de Trista pour en tirer un ruban de soie blanche.

— Mon cadeau de mariage, ma chérie. Pour votre nuit de noces. Quoique je doute que Nicholas vous laisse porter le moindre vêtement!

Médusée, Trista contempla la jarretière tandis qu'Adèle poursuivait inlassablement son bavardage.

— N'oubliez pas de tout faire pour le bonheur de votre mari. Aux yeux du monde, vous devrez être une femme raffinée et élégante. Un joyau au bras de votre époux. Mais une fois dans la chambre à coucher, soyez sa maîtresse, sa courtisane, tout ce qu'il désire. C'est le meilleur moyen de le garder et de l'empêcher de s'intéresser à une autre. Croyez-moi !

A ces mots, Trista sentit son cœur se serrer. Comment pouvait-elle seulement songer à devenir ce que Nicholas désirait quand elle représentait tout ce qu'il exécrait ? L'épouse qu'on lui avait imposée...

Au même moment, la porte de la chambre s'ouvrit et Esmée, resplendissante en fourreau de satin pêche, apparut.

S'ensuivirent un silence ému et un échange de regards voilés de larmes. Puis la comtesse plaça un bouquet entre les mains de sa nièce et la poussa sur le palier.

Trista dut se pincer pour s'assurer qu'elle ne rêvait pas, et que l'éblouissante créature descendant les marches était bien elle. Comme dans un brouillard, elle aperçut des guirlandes de roses le long de la rampe et dans le hall, tandis que de la salle de bal lui parvenait le murmure de l'assistance.

En bas, parmi la foule l'attendait celui qui, très bientôt, deviendrait son mari.

⁂

Accompagnée par la douce mélodie d'une harpe, Trista monta l'allée au bras de Dominic et passa devant une multitude de visages tous plus flous les uns que les autres.

Tout à coup, Nicholas apparut devant elle. Sans pouvoir se résoudre à le regarder, Trista accepta la main qu'il lui offrait et ce simple contact suffit à lui apporter apaisement et réconfort.

Face à eux, le pasteur débuta la cérémonie. Les larmes aux yeux, Trista l'entendit à peine.

Puis Nicholas prononça le oui fatidique. Un oui ferme et définitif. Un mot par lequel il faisait d'elle son éternelle captive.

Sa propre voix à peine un murmure, Trista répondit à son tour.

Nicholas s'empara alors de sa main, et elle se retrouva face à lui. Elle baissa les yeux et vit qu'il lui glissait une bague à l'annulaire.

Contrairement à ce qu'elle aurait cru, il ne s'agissait pas d'une simple alliance.

Trista tressaillit. La pierre, une émeraude sertie de brillants, était d'une incomparable beauté. Elle en sentit le poids lorsque, tremblante, elle glissa à son tour un anneau d'or au doigt de Nicholas.

Il lui reprit la main, et ils se retournèrent vers le pasteur pour que celui-ci les déclare unis à jamais par les liens sacrés du mariage.

Après quoi Nicholas enlaça Trista par la taille et lui souleva son voile. Lèvres entrouvertes, elle leva les yeux et le regarda se pencher vers elle.

Ferme et douce, la bouche de Nicholas effleura

d'abord la sienne d'un léger baiser, avant de se faire soudain fiévreuse et passionnée tandis qu'il la serrait contre lui de toutes ses forces. Puis, tout aussi brusquement, il la relâcha, peut-être au toussotement embarrassé de l'un des invités. Le cœur battant la chamade, Trista traversa de nouveau la pièce, au bras, cette fois, de son mari.

Ce fut tout juste si elle eut le temps de prendre congé de sa tante. Quelqu'un lui posa sa cape sur les épaules et, l'instant d'après, Nicholas l'entraînait vers leur voiture.

Elle fut reconnaissante à son mari de lui épargner la corvée de la réception. Trista n'aurait pas eu le courage de feindre une joie qu'elle ne ressentait pas. Et par-dessus tout, elle détestait l'hypocrisie.

Dehors, un superbe équipage noir les attendait. Avec déférence, le cocher leur ouvrit la portière. Nicholas aida sa femme à monter, avant d'adresser un signe à son domestique et de s'installer à son tour sur la banquette.

Dès qu'il fut assis, leur attelage s'élança. Il pleuvait, un brouillard froid et gris descendait peu à peu sur la ville, noyant les contours des maisons. Frissonnante, Trista se pelotonna dans sa cape, une cape dont la soie, malheureusement, ne la protégeait guère de l'humidité de l'air.

Ou des regards ardents de son mari.

Rencognée au fond de son siège, Trista maudit Adèle d'avoir fait preuve d'un zèle excessif. La jupe, dotée de trois épaisseurs de jupons, emplissait tout l'espace de la voiture. Au moindre cahot, cependant, Trista sentait la cuisse de Nicholas se presser contre la sienne. Elle eut beau changer discrètement de position, rien n'y fit. A la fin, excédée, elle se plongea dans la contemplation des rues qui défilaient à la vitre de l'attelage. Puis, comme malgré elle, son regard se posa sur la magnifique émeraude. Un bijou superbe, qui devait appartenir à la famille de Nicholas. Pourquoi avait-il donné ce joyau si précieux à une femme qu'il n'aimait pas? Là se cachait un mystère qu'elle ne pouvait éclaircir. Lasse, elle ferma les paupières et s'assoupit.

Quand elle ouvrit les yeux, Nicholas la dévisageait. Et devant l'intensité de son expression, Trista retint son souffle. Avec quelle facilité son beau visage pouvait soudain se fermer, ses traits se durcir, se dit-elle.

Une peur soudaine la saisit, une peur sans commune mesure avec ce qu'elle avait ressenti à l'idée d'épouser un homme qu'elle connaissait à peine. Car elle éprouvait pour son mari une irrésistible attirance qui lui ôtait tout bon sens et faisait d'elle un otage. Lui résister? Elle n'en avait pas la force, ni l'envie.

Elle frissonna et, au regard que Nicholas posa sur sa gorge, s'aperçut brusquement que les pans de sa cape s'étaient ouverts.

De plus en plus mal à l'aise, elle tentait de les refermer quand il l'agrippa par le poignet.

— Non.

Sourcils froncés, Trista le fusilla du regard. Et lorsque Nicholas essaya de l'attirer à lui, elle se figea.

— Il serait bon de vous rappeler, madame, dit-il sèchement, que vous êtes désormais à moi. Et je vous préfère sans cette cape.

Vif comme l'éclair, il la lui ôta et la posa à côté de lui.

Incrédule, Trista le dévisagea.

— A vous ! Mais je ne vous appartiens pas ! Je ne suis pas un meuble !

— Meuble, épouse, peu importe le terme.

— Comment ?

Le cœur de Trista se serra douloureusement. Certes, elle n'avait pas su quel mari Nicholas serait. Mais jamais elle ne l'aurait imaginé aussi cynique.

— Au milieu de tous ses préparatifs en prévision de notre grand jour, votre chère tante aura certainement trouvé le temps de vous parler des épreuves et des difficultés de la vie conjugale. Choses dont elle est fort bien instruite.

Trista rougit comme une pivoine.

— Tante Esmée a cru agir pour le mieux en organisant notre mariage avec tant de faste, dit-elle. Si cela n'avait tenu qu'à moi, la cérémonie se serait déroulée dans l'intimité.

— Ah ! Pauvre Esmée ! Elle souffre du mal qui frappe tant de riches : l'oisiveté, ironisa Nicholas.

De profil, Trista lui offrait la vision de ses longs cils noirs recourbés et de la ligne charnue de ses lèvres. Le tissu de la robe épousait les rondeurs voluptueuses de son décolleté, mais le regard de Nicholas ne s'y arrêta qu'une seconde.

Sa *femme*.

Il leva les yeux. Elle était si belle… encore plus belle, à supposer que ce fût possible, quand elle se mettait en colère.

Elle qu'on avait contrainte à un mariage dont elle ne voulait à aucun prix. Même à celui de sa réputation, si importante aux yeux de la bonne société. Il était rare, et surprenant, qu'une jeune fille accepte d'être bannie plutôt que de se résoudre à une union qui lui permettait de sauver la face et de rentrer dans les bonnes grâces de ceux qui l'avaient condamnée. Trista, elle, avait bravé les foudres de sa tante et refusé jusqu'au dernier instant qu'on célèbre ces noces…

Etait-il un si mauvais parti, qu'elle eût sacrifié son honneur pour ne pas l'épouser ? Et que penser de la nuit qu'ils avaient partagée ? Nuit qu'il n'était pas près d'oublier et qu'il rêvait de répéter, ce soir, et tous les soirs qui suivraient. Etait-elle femme à céder à un caprice, puis à passer sans l'ombre d'un scrupule dans les bras d'un autre ? Avait-elle dit vrai, lorsqu'elle avait affirmé être volage ? Elle qui avait été capable, dans sa candeur, d'éveiller en lui une passion qu'il aurait crue impossible. Elle à qui cela avait valu ce qu'elle considérait comme la pire des punitions.

Tourmenté, Nicholas se perdit dans ses pensées. Inconstance et libertinage… Etait-ce la vraie nature de celle à laquelle il était à jamais uni ?

— Peut-être vaudrait-il mieux que nous mettions les choses au point, déclara-t-il.

Blessé, Nicholas s'était exprimé d'un ton plus dur qu'il ne l'aurait voulu.

— Il va de soi que ce mariage ne sera rien de plus qu'un arrangement pour ménager nos réputations et nous laisser libres de continuer à vivre chacun à notre guise. Avec un certain respect des convenances, bien sûr, et le plus de discrétion possible. Je suis persuadé que ce modus vivendi vous conviendra. Le manoir sera entièrement à votre disposition, et il vous suffira de demander tout ce que vous pouvez souhaiter d'autre.

Trista leva vers lui un regard décontenancé.

— Je vous avoue, murmura Nicholas, que vous m'avez impressionné. Face à ce qui vous attendait, je n'espérais pas une telle sincérité de votre part. Quoique vous ayez eu depuis le temps de réfléchir et de revenir sur votre décision.

— Si c'était à refaire, je suis certaine que j'agirais exactement de la même manière.

— Voilà qui est on ne peut plus noble et honnête.

— Je n'ai jamais menti, Nicholas, et n'entends pas commencer à cause de vous. Si j'ai commis une faute, il est normal que j'en subisse les conséquences.

A ces mots, il pâlit.

— Les conséquences... Oui, je comprends. Eh bien, vous n'avez pas à vous inquiéter. Mes exigences seront minimes. Ne me regardez pas de cet air étonné, Trista. Je vous dis qu'il s'agira uniquement d'un mariage de convenance.

Nicholas posa un instant les yeux sur le beau visage de son épouse et ignora le sentiment de regret qui l'assaillait.

— Vous n'aurez pas à partager mon lit, reprit-il. Et je ne chercherai pas à vous y obliger. En revanche, j'attends de vous une conduite irréprochable, et que vous portiez dignement le nom des Brennan. Et que, bien sûr, si vous prenez un amant, vous fassiez preuve de la plus grande discrétion possible. Me suis-je clairement exprimé ?

— Parfaitement.

Trista, bouleversée, fixa ses mains.

Ce n'était certainement pas ce qu'elle avait anticipé. Et si elle était surprise, savoir que Nicholas ne profiterait pas de la situation la soulageait. Se voir imposée de force à un homme était déjà assez humiliant. Se soumettre à ses caprices, tout en le laissant continuer à mener sa vie de débauche, aurait été insupportable.

Nicholas la détestait, c'était évident, et leur nuit de passion avait suffi à apaiser le désir qu'il avait pu avoir d'elle. En vrai libertin qu'il était, il lui avait même suggéré de prendre un amant.

— Alors, êtes-vous satisfaite, madame ?

Trista haussa les épaules avec indifférence.

— Pour quelle raison ne le serais-je pas ?

Sourcils froncés, Nicholas se tourna vers la portière. Qu'elle eût aussi aisément accepté son sort était un coup des plus rudes. De rage, il en aurait presque expédié son poing au travers de la vitre. Mais fallait-il vraiment attendre autre chose d'une coquette au cœur volage ?

Et que diable allait-il faire, à présent ?

Un moment plus tard, leur attelage ralentit,

mais bien qu'elle fût dévorée de curiosité, Trista dut ronger son frein car le brouillard ne lui permit d'avoir qu'un bref aperçu de sa nouvelle demeure.

Une fois la voiture arrêtée, Nicholas sauta à terre. Engoncée par ses jupes et la cape qu'il lui avait jetée sur les épaules, Trista s'apprêtait à son tour à descendre, lorsque son talon se prit dans le montant de la portière. Déséquilibrée, elle bascula en avant.

L'instant d'après, Nicholas l'avait prise dans ses bras et se dirigeait vers le perron, chargé de son précieux fardeau.

— Ma chaussure ! s'exclama-t-elle.

— Je vous en achèterai d'autres.

Troublé par les douces rondeurs pressées contre lui, Nicholas relâcha un peu son étreinte.

— Fleming ! Les bagages ! lança-t-il.

Un jeune domestique s'empressa aussitôt de s'exécuter. Quand elle le vit, Trista se redressa, stupéfaite.

— Peter !

Nicholas la regarda.

— Je vous demande pardon ?

— Je...

Trista jeta un coup d'œil médusé en direction de son ami d'enfance.

— Il... C'est mon... Peter.

Persuadé que la fatigue lui faisait perdre la tête, Nicholas n'attacha pas d'importance à ces paroles incohérentes. Il finit de gravir les marches du perron et la déposa face au majordome qui se tenait sur le seuil.

— Fritz, mon cher, c'est une joie de te revoir ! Permets-moi de te présenter ma femme, Trista.

Le majordome salua la jeune femme en s'inclinant et la dévisagea avec un intérêt non dissimulé.

— Trista, voici Frederick Otto Hamilton. De souche germano-anglaise. L'esprit le plus vif et le plus fin que je connaisse. Il est également mon meilleur ami. Il y a des années qu'il fait partie de la famille. Si vous lui plaisez, il vous autorisera peut-être à l'appeler Fritz. Sinon...

Jetant un coup d'œil en direction de son fidèle serviteur, Nicholas laissa le reste de sa phrase en suspens.

Il ne fallut que quelques secondes à Frederick Otto Hamilton pour apprécier le charme de la jeune et belle épouse de son maître. Juste au moment où Trista commençait sérieusement à penser que Fritz était muet, il esquissa un sourire.

— C'est un plaisir, milady, déclara-t-il d'une voix bien modulée. Vous pouvez m'appeler Fritz. Soyez la bienvenue.

Trista rosit et serra la main qu'il lui tendait.

— Merci, Fritz.

Au même instant, Peter passa devant eux, les malles de Trista à bout de bras. Encore mal revenue de sa surprise, elle le suivit des yeux. Peter, son ami, employé chez son mari — chez elle, désormais ! Par quel incroyable hasard se retrouvaient-ils ainsi ?

Perplexe, elle se retourna vers Nicholas, mais s'aperçut qu'il s'était de nouveau renfrogné.

— Y allons-nous, très chère ?

Ce ton brusque parut déconcerter Fritz ; glissant une main autour de la taille de Trista, Nicholas entraîna sa femme à l'intérieur.

Stupéfaite, elle contempla l'immense hall, et les lambris d'acajou qui brillaient à la lumière des bougies d'un immense lustre en cristal. Tant de magnificence l'impressionnait. Puis elle leva les yeux vers les tapisseries de velours doré du grand escalier, avant de reporter son attention sur le mobilier en bois de rose et le tapis épais et doux, sous son pied.

A sa droite, une porte était ouverte sur une pièce richement meublée. Un feu flambait dans la cheminée et un agréable fumet flottait dans l'air.

D'une ferme pression de la main, Nicholas guida Trista jusqu'au second étage. Fritz ouvrit une double porte d'acajou, avant de s'effacer pour la laisser entrer dans ce que Nicholas annonça sèchement devoir être sa chambre.

Depuis les murs tendus de soie, à la courtepointe et aux rideaux, ce n'était qu'un camaïeu de rose. Face à la cheminée, une solide armoire occupait tout un côté de la pièce et une autre porte donnait sur ce qui se révéla être un petit cabinet, avec une coiffeuse et tout ce qu'une femme pouvait souhaiter pour sa toilette.

Comme elle se retournait, Trista découvrit un bouquet de roses posé sur la table de nuit.

— Oh ! Nicholas...

Elle caressa l'une des fleurs.

— Merci pour cette charmante attention. Elles sont magnifiques.

Nicholas, pour sa part, avait les yeux fixés sur la nuque de sa femme.

— Oui, magnifique, murmura-t-il.

Puis, comme Trista le dévisageait, il ajouta :

— Une attention de Polly, l'épouse de Fritz, j'imagine. Elle s'occupe de la cuisine et du jardin et fait office de gouvernante. Si vous avez besoin de quoi que ce soit, vous n'aurez qu'à le lui demander. Maintenant, excusez-moi. Je vous verrai au dîner.

Avec tristesse, Trista regarda la porte se refermer brusquement derrière lui.

Nul doute qu'il avait lui aussi mesuré l'énormité de la situation. Il devait regretter de ne pas être resté dans sa chambre, cette nuit-là, chez les Leighton. Son escapade nocturne lui avait valu de voir son existence à jamais encombrée d'une épouse.

Une femme qu'on lui avait mise de force dans les bras et pour laquelle il n'éprouvait pas d'affection et bien peu de désir.

Une femme qui avait cédé à la passion en dépit des mises en garde et de la promesse qu'elle s'était faite de se tenir à l'écart du seul homme qui l'ait jamais troublée.

— Je ne devais plus être moi-même, ce soir-là, murmura Trista.

Il fallait qu'elle ait perdu la tête, qu'elle ait été envoûtée. Sûrement que Nicholas n'avait pas beaucoup d'estime pour elle, à présent. Il ne devait pas mieux la considérer qu'une courtisane.

Réprimant un soupir, elle s'approcha de ses

malles. Dès qu'elle eut ouvert la première, son regard tomba sur le cadeau d'Adèle.

Si la couturière avait su... Nul doute qu'elle aurait été déçue de savoir que sa cliente ne filait pas le parfait amour avec le très séduisant M. Brennan.

Nicholas n'avait eu qu'à la regarder, ou lui effleurer la main, ces deux dernières semaines, pour qu'elle oublie tout — son arrogance, ses nombreux autres défauts, et même l'impardonnable manque de considération dont il avait fait preuve à son égard. Sitôt qu'il entrait quelque part, elle ne pensait plus qu'à la chaleur de son corps, aux baisers qu'ils avaient échangés cette nuit-là...

Et voilà où sa faiblesse l'avait menée ! Il n'y avait pas plus sévère punition que ce simulacre de mariage.

Les larmes aux yeux, Trista entreprit de déballer ses affaires. Du moins, cela lui éviterait-il de penser.

Une fois l'armoire ouverte, cependant, elle se demanda si on ne l'avait pas par mégarde installée dans la chambre d'une autre.

Plusieurs robes y étaient déjà suspendues et les tiroirs débordaient de dessous de dentelle.

Un examen plus attentif lui révéla toutefois que les vêtements étaient bien à sa taille et portaient tous la griffe d'Adèle.

Perplexe, Trista sortit une robe en satin rouge. Outrée par la profondeur du décolleté, elle la remit à sa place et en tira une autre. Quoiqu'il fût permis de douter qu'il s'agissait bien d'une robe. Cousue dans un tissu si fin que l'on aurait cru une fine résille, ce n'était en fait que quelques morceaux de lamé doré astucieusement placés aux endroits les plus stratégiques.

Décontenancée mais curieuse, Trista regarda alors dans les tiroirs et en sortit plusieurs paires de bas de soie. Puis elle souleva ce qui ressemblait à une camisole et, devant la transparence de la dentelle, s'empourpra violemment. Qui donc, se demanda-t-elle, était censé porter ces choses-là ?

— Excusez-moi ! Comme vous ne répondiez pas, j'ai pensé que vous vous étiez peut-être endormie.

Les joues en feu, Trista se retrouva face à une fragile petite dame aux cheveux gris. Murmurant de vagues excuses, elle se dépêcha de ranger ces affriolants dessous et de repousser la porte de l'armoire.

— Polly Hamilton, pour vous servir, milady.

Elle considéra sa nouvelle maîtresse d'un regard franc et direct puis hocha la tête.

— Nicholas n'est pas de ceux qui passeraient à côté d'une jolie femme sans la remarquer. Mais j'ai l'impression qu'il s'est surpassé, cette fois. Madame, vous êtes le rayon de soleil qu'attendait cette maison. Quand j'ai su que Nicholas revenait avec une épouse, je me suis doutée qu'il avait rencontré quelqu'un d'exceptionnel. Ce garçon ne m'a jamais déçue !

Le visage de Polly s'éclaira d'un sourire.

— Je vois que vous avez trouvé ses surprises !

Passant devant Trista, elle ouvrit l'armoire et commença à fourrager parmi les robes.

— Il a fait travailler cette pauvre couturière nuit et jour. Non que Fritz et moi soyons restés inactifs. Seigneur ! Il fallait que la maison soit impeccable. Ah ! La voilà !

A l'immense consternation de Trista, Mme Hamilton se saisit du fourreau rouge qu'elle accrocha précautionneusement à la porte de l'armoire.

— Le dîner sera bientôt servi, madame, et je dois vous aider à vous habiller.

— Je ne peux pas porter ça ! s'exclama Trista, affolée.

— Bien sûr que si.

Polly lui ôta sa couronne de fleurs et commença à lui déboutonner sa robe.

— Votre mari l'a expressément demandé.

Trista se raidit.

— Et je présume qu'il obtient toujours ce qu'il désire.

— En effet, milady. Toujours.

Réprimant un soupir, Trista jeta un coup d'œil par-dessus son épaule.

— Vous le connaissez depuis longtemps ?

— Oh oui ! Fritz et moi sommes au service de la famille depuis des années. Monsieur n'était même pas encore né. J'ai du mal à croire que cela fait déjà trente ans. Il est fils unique, vous comprenez.

Les doigts de Polly s'immobilisèrent un instant.

— Et le meilleur des hommes, milady. Vous devez être très fière d'être sa femme.

— Je... oui...

La gouvernante reprit sa tâche.

— Je le vois encore la première fois où il a mis les pieds sur un bateau. Il n'avait que quatre ans... Mon Dieu, j'ai l'impression que c'était hier ! Il était tellement impatient de partir vivre aux colonies.

— Ah bon ?

— On dit si souvent qu'il est américain que je le croyais né là-bas.

— Son père était américain. C'est peut-être pour cela, fit remarquer Polly en se penchant pour aider Trista à ôter sa robe. Et bien que Monsieur soit né ici, il a passé la majeure partie de sa vie en Virginie. Un pays magnifique...

— Vous y êtes allée ?

— Bien sûr. Nous sommes partis avec la famille et y avons vécu combien... quinze... non, dix-huit ans ! Mais l'Angleterre nous manquait.

— Voilà une famille qui a eu de la chance de trouver des domestiques disposés à les suivre aussi loin.

— Les Brennan ne sont pas des gens ordinaires, milady. C'est nous qui nous sommes toujours estimés heureux d'être à leur service. Même après cette horrible tragédie.

Une tragédie ?

Avant, toutefois, que Trista ait eu le temps de la questionner, Polly s'était déjà dirigée vers le cabinet de toilette.

Elle en ressortit avec une cuvette et un gant et, tandis que Trista se rafraîchissait, elle commença à lui chercher des sous-vêtements.

— J'espère que vous aimez le civet de chevreuil, milady. C'est le plat préféré de Monsieur. Il a un tel appétit ! Insatiable, comme tous les Brennan.

Trista tressaillit, mais déjà Polly poursuivait :

— Nul doute que vos enfants tiendront de lui.

Des enfants ? Polly aurait pourtant certainement compris que ce mariage n'était pas un mariage ordinaire. Les chambres séparées ne parlaient-elles pas d'elles-mêmes ? A moins que Nicholas n'ait présenté la chose sous un autre angle.

Après avoir enfilé les dessous de dentelle et le fourreau rouge, Trista eut de nouvelles questions à se poser au sujet de son mari.

La robe était tellement échancrée que Trista osait à peine respirer.

— Vous êtes magnifique, milady. Monsieur a vraiment un goût infaillible.

Polly lui arrangea quelques mèches avant de tirer sur les manches que Trista s'obstinait à remonter.

— Milady, ces manches se portent bas sur les épaules !

— J'ai l'impression que le corsage va glisser.

Femme d'expérience, Mme Hamilton jaugea d'un rapide coup d'œil la situation.

— Soyez sans crainte, madame, ce bustier n'est pas près de bouger. Maintenant, dépêchez-vous de descendre. Monsieur vous attend dans la bibliothèque. Et je dois terminer de préparer le dîner.

Le cœur serré d'anxiété, Trista s'engagea dans le grand escalier. Remontant une nouvelle fois ses manches, elle baissa les yeux sur son décolleté. Dieu du ciel ! Il était d'une totale inconvenance ! Etaler ainsi ses charmes devant un homme qui la détestait était pure folie !

Nul doute que Nicholas savait ce qu'elle éprouvait pour lui. Et qu'il se réjouissait à l'idée de l'obliger à se soumettre à ses volontés.

Mais elle ne s'inclinerait pas sans se battre !

Forte de cette résolution, Trista remit ses manches comme elles se devaient et, prête à l'affrontement, pénétra dans la bibliothèque.

9.

Au bruissement de jupe qui suivit l'ouverture de la porte, Nicholas se retourna.

Son regard croisa celui, empli de défi, de son épouse avant de se poser sur le décolleté vertigineux. La gorge brusquement serrée, Nicholas s'obligea à reporter son attention sur le feu qui brûlait dans la cheminée.

— Votre appartement vous convient-il, madame?

— Oui, tout à fait.

Etonnée de sa brusquerie, Trista parcourut des yeux sa haute et impressionnante silhouette. Même de mauvaise humeur, il lui plaisait encore au-delà des limites permises.

Prenant une inspiration, elle s'approcha de lui. Au bout d'un moment, cependant, voyant qu'il observait un mutisme maussade, elle se força à rompre le silence.

— Ivy dîne avec nous? demanda-t-elle.

Infiniment conscient du parfum qui émanait d'elle, Nicholas la regarda. La lumière du feu éclairait son profil. Il contempla un instant la ligne de ses lèvres avant de se rappeler brusquement qu'elle lui avait posé une question.

— Je... non. Ivy est retournée en pension. Nous serons seuls.

Nicholas concentra de nouveau son attention sur les flammes, les mains croisées dans le dos pour résister à l'envie qu'il avait soudain d'enlacer Trista.

Au diable Adèle et ses créations diaboliques!

La dernière chose dont il avait besoin, s'il voulait être fidèle à sa promesse, c'était de voir parader Trista à moitié nue devant lui.

— Ah! murmura Trista.

Au grand émoi de son époux, elle effleura machinalement le devant de son bustier.

— Comme vous aviez demandé que je porte cette robe, j'avais cru comprendre que nous avions des invités.

— Com...? Ah oui!

— Nicholas.

Trista le regarda sans ciller.

— Je n'entends pas que l'on me dise ce que je dois porter ni comment je dois me conduire. Mon comportement, jusqu'ici, vous aura peut-être donné quelques motifs d'inquiétude, mais je puis vous assurer que je sais comment je dois m'habiller.

— De vous à moi, très chère, vos toilettes sont vraiment le dernier de mes soucis.

Déroutée, Trista le dévisagea, et se demanda une nouvelle fois quelle était la raison de cette mauvaise humeur.

— Polly a pourtant prétendu que c'était vous qui aviez exigé que je porte ce... cette chose!

Face à sa belle mais inaccessible épouse, Nicholas éprouva un douloureux sentiment de frustration.

— J'ai dit cela comme j'aurais dit autre chose, marmonna-t-il. Et ce uniquement parce que Polly a voulu savoir si j'avais une préférence. A l'avenir, habillez-vous comme vous voudrez.

— Dois-je en conclure que cette robe ne vous plaît pas ?

Le ton de défi sur lequel Trista lui avait posé la question surprit Nicholas.

— Si, concéda-t-il. Elle me plaît.

A ces mots prononcés du bout des lèvres, Trista reprit espoir. En dépit de cette expression renfrognée, il était toujours le plus beau, le plus séduisant...

— Excusez-moi, Monsieur, annonça Fritz. Le dîner est servi.

Nicholas hocha la tête, puis il offrit son bras à Trista.

— Ecoutez-moi bien, dit-il, je ne vous le répéterai pas deux fois. Ne mettez pas ma patience à trop rude épreuve, très chère, si vous n'avez pas envie que votre situation s'en ressente.

Avant cependant qu'elle ait eu le temps de décrypter le sens de cette remarque, Trista se retrouva dans une superbe salle à manger, devant une longue table élégamment dressée.

Elle parcourut des yeux la nappe blanche damassée sur laquelle scintillaient argenterie et cristaux. Il n'y avait que deux couverts, chacun à une extrémité de la table.

Une fois assise, Trista découvrit, posé à côté de son assiette, un large écrin plat. Elle leva vers son mari un regard perplexe.

— Mon cadeau de mariage, déclara-t-il.

— Je ne peux pas l'accepter, Nicholas. Je n'ai rien pour vous.

— Je n'ai jamais attendu quoi que ce soit.

Il ouvrit le coffret et une exclamation admirative échappa à la jeune femme. Niché sur le fond de velours noir, un collier formé de trois rangs de diamants, réunis par un lourd pendentif en forme de goutte, brillait de tous ses feux.

Le souffle court, elle regarda Nicholas le prendre entre ses doigts et le présenter à la lumière des bougies.

— Ce bijou est dans ma famille depuis très longtemps — presque aussi longtemps que cette maison, déclara-t-il. Il a une grande valeur sentimentale. Mon père l'avait offert à ma mère il y a de cela de nombreuses années.

Une étrange idée vint brusquement à l'esprit de Trista.

— Pardonnez-moi, Nicholas, mais je crois me rappeler vous avoir entendu dire que vos ancêtres étaient de petites gens qui travaillaient dur. C'est curieux qu'ils aient eu les moyens de...

Au regard froid que Nicholas riva sur elle, Trista laissa sa phrase en suspens.

— C'est la vérité, chère petite curieuse. Ils travaillaient dur, à l'époque, et n'avaient donc guère le temps de se faire remarquer ou de cultiver leurs relations. Mais leur assiduité à l'ouvrage leur aura toutefois valu de réussir au-delà de toute espérance.

L'espace d'un instant, l'expression de Nicholas se radoucit et, du doigt, il souleva le menton de Trista.

— Contrairement à ce que vous pensez, très chère, tous les riches ne sont pas oisifs.

— Jamais je n'ai approuvé l'existence frivole que mène la plupart des gens de la bonne société ! Pas plus que j'ai jamais cru que l'argent qu'ils dilapidaient si aisément était le fruit de leur labeur. En fait, je trouve cette vie mondaine d'une superficialité ridicule...

A la grande horreur de Trista, Nicholas partit d'un immense éclat de rire.

— Décidément, madame, vous êtes pleine de surprises.

L'air de plus en plus amusé, alors que la frustration de Trista était à son comble, il se pencha et lui glissa une main dans le cou.

Trista pinça les lèvres.

— Vous vous moquez de moi. J'aimerais bien savoir pourquoi.

— De deux choses l'une, Trista : ou vous êtes une hypocrite, ou vous feigniez diablement bien de vous amuser durant votre séjour à Londres.

— Et qu'étais-je supposée faire ? Rester cloîtrée dans ma chambre et ne daigner paraître que lorsque la conversation ne se limitait pas à des plaisanteries futiles ? Ou, bien sûr, chaque fois que vous vous montriez pour irriter tout le monde par votre attitude ?

Une lueur amusée traversa les yeux bleus de Nicholas.

— Vous aurais-je irritée, madame?

Infiniment consciente du changement d'attitude de Nicholas, et de la main qu'il laissait courir le long de son dos, Trista sentit sa colère fondre aussi vite que neige au soleil. Elle posa involontairement les yeux sur la bouche de son mari... Une bouche parfaitement dessinée, pour un homme. Pas trop grande, ni trop mince, avec des lèvres fermes...

Puis il l'attira vers lui et elle chercha désespérément à rompre le charme.

— Le potage va refroidir, déclara-t-elle.

Au même moment, la porte s'ouvrit et Fritz, un plateau à la main, fit son apparition. Le regard furibond de son maître le fit battre en retraite précipitamment et le jeune couple se retrouva vite en tête à tête. L'intermède avait au moins permis à Nicholas de se ressaisir.

— Levez-vous, ordonna-t-il d'un ton sec. Je vais vous aider à attacher ce collier.

— Oui, murmura Trista.

Une fois debout, elle se tourna. Si les diamants lui parurent froids sur sa peau, les doigts qui effleuraient son cou étaient chauds et éveillaient en elle de délicieux petits frissons.

Cherchant quelque chose à dire, elle jeta un coup d'œil par-dessus son épaule.

— C'est un bijou superbe, Nicholas. Je ne peux m'empêcher d'être étonnée que votre mère n'ait pas voulu le garder.

— Il y a vingt-trois ans que mes parents sont morts.

A ces mots, prononcés d'une voix rauque d'émotion, Trista sentit son cœur se glacer.

— Je suis désolée, balbutia-t-elle. Je l'ignorais...

Un nouveau silence s'installa entre eux. Portant une main au pendentif qui brillait au creux de son décolleté, Trista ne sut plus quelle contenance adopter.

— Je vous remercie, Nicholas. C'est le plus beau cadeau que j'aie jamais reçu.

Plus sombre que jamais, Nicholas la dévisagea.

— Je crains de ne pas avoir grand appétit, ce soir, madame. Et mon humeur ne ferait pas de moi le meilleur des convives. Je vous laisserai donc dîner seule.

Comme la porte s'était une nouvelle fois ouverte, il gratifia le malheureux Fritz d'un regard noir.

— Je sors, déclara-t-il.

Et il s'éloigna comme s'il avait le diable aux trousses.

Le lendemain n'amena aucune amélioration du temps. Il resta aussi humide et gris. Et la nuit blanche que passèrent les époux ne fit rien non plus pour atténuer la tension qui régnait entre eux.

De fait, Trista passa la matinée à arpenter le tapis de sa chambre. Nicholas, lui avait appris Polly, avait quitté la maison de très bonne heure et ne serait pas de retour, s'il rentrait, avant le dîner. Ce qui laissait au mieux à sa femme encore une demi-journée à attendre.

A l'idée que monsieur était installé devant une table de jeux, alors qu'elle allait devoir dîner face à une chaise vide, Trista sentit la moutarde lui monter au nez.

L'odieux personnage ! Comment osait-il l'abandonner de la sorte ?

Au bout d'un moment, trouvant le rose de ses appartements par trop oppressant, elle claqua la porte derrière elle et décida d'aller explorer le rez-de-chaussée.

Le fumet de rôti qui flottait dans l'air, et le feu qui flambait dans la cheminée du salon lui furent d'un certain réconfort. L'espace d'un moment, ils l'incitèrent à oublier ses préoccupations et à savourer la chaleureuse atmosphère de la maison.

Une question, toutefois, ne cessait de la tourmenter. Et si Nicholas était parti uniquement parce qu'il ne supportait pas de la voir ?

Tout à ses pensées, Trista déboucha dans un vaste hall à l'arrière du manoir. Les portes de certaines pièces étant ouvertes, elle jeta un coup d'œil à l'intérieur et ne put que rester en admiration devant le riche mobilier de sa nouvelle demeure.

Une pièce, plus particulièrement, retint son attention. Très haute de plafond, avec de grandes fenêtres cintrées habillées de tentures en velours crème, elle était quasiment vide à l'exception d'une douzaine de fauteuils Louis XV et d'un superbe piano noir.

Trista s'approcha. Soulevant le couvercle du piano, elle enfonça timidement une touche. La note était si claire, si pure, qu'elle ne résista pas à l'envie d'en essayer une autre… puis une autre… et bientôt, sans savoir comment, elle se retrouva en train de jouer.

Etonnée, et ravie, elle s'aperçut que les morceaux qu'elle avait autrefois étudiés lui revenaient à la mémoire avec une déconcertante facilité.

Au dernier accord de sa sonate de Mozart favorite, elle prit une inspiration et, un sourire satisfait aux lèvres, leva les yeux.

Appuyé au mur, Nicholas l'observait. A son attitude, Trista devina qu'il était là depuis déjà un certain temps. En pantalon marine et bottes de cuir, avec une chemise blanche à jabot, il incarnait la séduction.

Leurs regards se croisèrent, bleu contre vert. Puis il s'avança.

— Il ne faut surtout pas vous arrêter pour moi.

Trista se leva, les jambes soudain tremblantes.

— Je... je ne m'étais pas rendu compte que vous étiez rentré...

— Ma mère jouait souvent.

Chaude et vibrante, la voix de Nicholas résonna dans la pièce.

— Ce piano, reprit-il, n'a jamais produit un plus beau son que sous ses doigts. Jusqu'à ce jour. Vous jouez merveilleusement bien, Trista.

Les joues en feu, elle détourna les yeux.

— Merci. J'espère que vous ne m'en voulez pas d'avoir pris cette liberté.

— Pourquoi vous en voudrais-je ?

— Je... Je crains d'être un peu désœuvrée, si je dois continuer à rester seule ici toute la journée.

Sourcils froncés, Nicholas la dévisagea.

— Eh bien, occupez-vous. Faites comme les autres femmes. Vous savez sûrement mieux que moi à quoi elles passent leur temps.

Une colère dévastatrice s'empara de Trista.

— Malheureusement, non. Mon père n'a pas jugé bon de limiter mon éducation à la broderie et aux leçons de maintien. Il m'a ouvert d'autres horizons. D'où mon dilemme.

— Dilemme ou pas, c'est plutôt une bonne chose, à mes yeux. Mais quoi qu'il en soit, poursuivit Nicholas, vous êtes ici chez vous, Trista. D'autre part, rien ne vous empêche de sortir vous promener ou d'aller faire des emplettes. Et ne prétendez pas que vous n'aimez pas cela. C'est la distraction favorite des femmes.

— Les emplettes offrent un intérêt très limité.

— Ne vous inquiétez pas de cela. J'ai parfaitement les moyens de vous entretenir. Quel que soit votre goût pour la dépense.

— Je n'ai jamais insinué le contraire.

Perplexe, Nicholas observa l'air de défi avec lequel Trista le regardait.

— Très bien, concéda-t-il. Alors allez chez votre couturière ou prendre le thé, rendez visite à votre tante... Tout ce que je vous demande, c'est de ne jamais vous aventurer hors de la propriété sans être accompagnée. Si je ne suis pas là, emmenez Fritz. Les routes ne sont pas sûres, et je ne tiens pas à avoir à vous tirer d'entre les mains des brigands qui rôdent dans les parages.

A ces mots, Trista réprima un frisson.

— Après ce que vous venez de me dire, il est probable que je renonce à sortir beaucoup.

— Ce ne sera pas une plus mauvaise idée. La bibliothèque est à votre disposition, si la lecture vous tente. Ainsi que le piano, les jardins et les écuries. Avec tout cela, si vous ne réussissez pas à vous occuper, vous n'aurez à ne vous en prendre qu'à vous-même.

— Les écuries?

Nicholas hocha la tête.

— Les écuries, en effet, madame. Je suppose que vous savez à quoi ressemble ce genre de bâtiment?

Furieuse, Trista le fusilla des yeux.

— Vaguement. Je commençais à me demander ce que vous aviez fait de Nero. Encore que je ne serais pas surprise de le trouver en galante compagnie sur l'un des canapés du White Club, tant il semble tenir de son maître.

— L'animal est joueur, en effet. Il a l'esprit vif, le goût du risque, et ne se laisse pas facilement démonter.

A la grande surprise de Trista, Nicholas la gratifia d'un large sourire.

— Malheureusement, il n'a jamais eu beaucoup de chance avec les femmes.

— A la lumière de votre récente *malchance*, je dirais tout de même qu'il en a eu plus que vous, Nicholas.

— Sans doute, madame, mais uniquement parce qu'aucune jument n'a jamais la langue aussi acerbe que vous-même.

— Peut-être. Quoiqu'il m'ait semblé déceler chez votre cheval une certaine noblesse de cœur et le respect d'autrui. Dans ces conditions, j'ai du mal à croire qu'aucune jument ait jamais eu besoin de déchaîner sa hargne contre lui. Après tout, c'est l'attitude de la bête qui engendre la réponse.

— Et moi qui pensais que vous passiez une partie de la journée à répéter vos fielleuses reparties.

— Sachez que ni vous ni vos changements d'humeur ne m'avez jamais fourni matière à réflexion, arrogant personnage !

— Dans ce cas, vous avez un rare talent, milady.

— Un talent récemment acquis.

— Vraiment ?

— Et un talent que je suis obligée de cultiver chaque fois que je vous vois. C'est assez épuisant.

Les bras croisés, Nicholas observa attentivement l'expression de sa femme, et soudain, sa voix se radoucit.

— Croyez que j'ai pleinement conscience de l'aversion que vous inspire cet arrangement, madame. J'espère seulement qu'à défaut de vous rendre plus aimable, le temps vous aidera à accepter la situation.

Son ton, presque rauque, et l'intensité avec laquelle il la dévisageait, troublèrent tellement Trista qu'elle se sentit, à sa grande consternation, de nouveau rougir.

Pourquoi diable le laissait-elle encore avoir sur elle ce genre d'effet — et au beau milieu d'une dispute, qui plus était ?

Se préparant à s'en aller, elle s'arrêta devant Nicholas.

— Il faudra plus que du temps. Maintenant si vous voulez bien m'excuser...

La tête haute, Trista se tourna vers la porte.

— Où diable allez-vous? questionna-t-il.

— Aux écuries, milord, puisque vous tenez à le savoir. Vous n'y voyez pas d'inconvénient?

A son air mutin, Nicholas se demanda brusquement si Trista n'était pas consciente de l'effet qu'elle produisait sur lui. En dépit de leur échange on ne pouvait moins amène, il brûlait de la soulever dans ses bras et de l'emmener jusqu'à son lit. En fait, plus elle se rebiffait et lui résistait, plus elle s'efforçait de l'éviter, plus il la désirait.

Le diable l'emporte!

Il haussa les épaules.

— Aucun. J'ai du travail qui m'attend.

— Est-ce à dire que vous serez absent le restant de la journée?

Comme elle avait l'air de l'espérer! songea Nicholas. Encore un peu, si la dame ne se dépêchait pas de se soustraire à sa vue, il n'allait plus répondre de lui.

— Non, j'ai réglé les affaires que j'avais à régler en ville. Je serai dans mon bureau.

Il la salua d'un hochement de tête.

— Amusez-vous bien, madame.

Et, lui indiquant la porte du geste, Nicholas suivit des yeux la silhouette gracieuse de sa femme qui s'éloignait dans le couloir.

Après s'être renseignée auprès de Fritz, Trista trouva les écuries à l'abri d'un bosquet, à une centaine de mètres derrière le manoir.

Dès qu'elle y pénétra, une odeur de fourrage et de cuir lui emplit les narines. Sa jupe bruissant sur le sol inégal, elle passa devant une douzaine de stalles vides et se demanda tristement si aucune autre femme ne s'était jamais sentie mieux, comme elle, parmi les chevaux que sous le toit de son mari.

Arrivée devant le box de Nero, elle eut la surprise d'y découvrir Peter en train de masser la croupe et les jambes du bel étalon.

Levant les yeux, le jeune homme eut un instant d'hésitation, avant de s'essuyer les mains et de s'approcher.

— Trista... Je veux dire, milady...

— Oh ! Peter...

Trista secoua la tête.

— Je t'en prie, pas de ce genre de politesses entre nous. Nous nous connaissons depuis trop longtemps.

Peter se préparait à répondre quand, d'un renâclement, Nero lui coupa la parole et passa le museau par l'ouverture du box.

— Bonjour, beau sauvage, lui lança Trista. J'ai un cadeau pour toi.

Tirant une carotte de sa poche, elle réprima un petit rire et la lui tendit.

— Quelle bête magnifique ! Il doit être d'un tempérament plutôt nerveux, non ?

— La plupart du temps, oui, répondit Peter, son regard rivé sur Trista. Mais il a eu suffisamment d'exercice la nuit dernière. J'ai passé la journée à le bouchonner.

— Que s'est-il donc passé, cette nuit ?

— Lord Brennan est arrivé aux écuries comme un fou. Il lui a passé une bride, n'a pas mis de selle et ils sont partis, tous les deux à un train d'enfer. Peu de temps, mais ils ont dû galoper dur. Nero était trempé, et ce n'était pas seulement à cause de la pluie. Il a tremblé un bon moment quand ils sont rentrés, et lord Brennan est resté là, même après que j'ai été couché. Planté devant la porte, à regarder la maison. Il n'a pas dit un mot. Cela fait peur de voir un homme dans cet état... On l'aurait dit qui luttait contre je ne sais quel démon.

Le cœur un peu plus léger de savoir que Nicholas n'avait pas passé la nuit dans une maison de jeux, Trista l'imagina adossé à la porte, pensif et silencieux. Se pouvait-il que lui aussi trouvât dans ces écuries un certain réconfort ? Ou bien était-ce pour s'éviter qu'ils fuyaient l'un et l'autre les murs du manoir ?

Reportant son attention sur Peter, elle le vit qui la dévisageait d'un air douloureux.

— Il s'est montré bon avec toi ? demanda-t-elle.

— Oui. Bon et généreux. C'est ce qui le rend difficile à détester, Trista. Il m'a donné du travail. D'abord ici, où il m'emploie à l'entretien du parc et des écuries. Ensuite, il va me prendre sur l'un de ses bateaux. Je suis bien payé, et il a promis que je serai bientôt en mer. C'est tout ce dont je rêve. Et puis il me permet de retourner régulièrement dans ma famille.

— Qui s'occupe de la ferme ?

— Mes frères. J'étais obligé de partir, Trista. Il fallait que je m'en aille après ce qui s'était passé entre nous. Que je quitte le village, que je change de vie. Alors je suis venu à Londres. Sans qualification, bien sûr, personne n'a voulu de moi. Je me suis vite rendu compte que j'allais sombrer dans l'alcoolisme comme mon père. Et puis je suis tombé sur lord Brennan, et il m'a engagé. Il m'a simplement demandé si j'étais travailleur. Et il m'a cru sur parole, Trista. Vraiment, il a été très bon avec moi. Mais cela me déchire le cœur de savoir qu'il t'a épousée. Comment imaginer plus mauvais tour du destin ?

— Un mauvais tour, en effet.

— C'est trop dur ! s'exclama Peter. Rester ici les bras croisés pendant qu'il… te tient dans ses bras et qu'il te fait l'amour toutes les nuits ! Je me demande comment je peux le tolérer !

— Il le faut, Peter. Lord Brennan est mon mari. Néanmoins, notre mariage n'est pas un mariage comme les autres. Nous… nous n'avons pas de… vie commune.

— Seigneur ! Quel homme faut-il être pour épouser la plus belle fille qui soit et se contenter de l'ignorer ?

Trista rougit.

— Il ne s'agit pas d'un mariage d'amour, Peter. Mais d'un mariage de convenance.

Devant l'expression perplexe de son ami, Trista marqua un temps d'hésitation.

— Nous avons été surpris dans une situation assez compromettante, reprit-elle. Chez le duc de Leighton, pas moins. Afin d'éviter un scandale qui, des années durant, aurait terni le nom de la famille, mon oncle et ma tante ont jugé indispensable que nous soyons mariés dans les plus brefs délais. Un arrangement qui n'a rien de plaisant, je t'assure.

— Bon sang, Trista, dans ces conditions, va-t'en ! Pars d'ici ! Je t'emmènerai ! Tu sais que je n'ai jamais eu pour toi que les sentiments les plus honorables, en dépit de ce qui s'est passé...

Il détourna le regard.

— Je me suis laissé emporter, ce jour-là... je... j'aurais tellement voulu que tu sois ma femme ! Tu es si belle... De la façon dont je me suis conduit... les propos que j'ai tenus... sans doute ai-je à jamais détruit ce qu'il y avait entre nous...

— Peter, je t'en prie, tais-toi !

— Comment le pourrais-je ? Trista, ton mariage n'a aucun sens ! Je me moque de ce qui est arrivé. Il faut que tu te sauves !

— Je regrette de t'avoir fait de la peine, Peter. Et Dieu sait si je n'ai pas non plus souhaité cette situation. Mais il m'est impossible de m'en aller. J'ai accepté d'épouser Nicholas, j'ai des devoirs envers lui. M'y dérober serait pire que d'accepter mon sort.

Elle posa une main sur le bras de Peter dans un geste de réconfort.

— Tout est oublié. Tu es toujours mon meilleur ami.

Avec empressement, Peter lui prit les mains.

— Si c'est tout ce que je suis en mesure d'espérer, murmura-t-il d'une voix rauque d'émotion, je m'en contenterai. Mais sache que je t'aime, Trista, et que, pour toi, je serais prêt à tout. Si tu as besoin de moi, si jamais il essayait de te forcer...

Il étreignit la main de Trista.

— Si tu changes d'avis et que tu veux partir d'ici, tu n'auras qu'à me demander.

— Merci, Peter, je...

Le reste de la phrase mourut sur ses lèvres. Du coin de l'œil, Trista avait décelé un mouvement près de la porte.

Elle tourna la tête et, se heurtant au regard furibond de Nicholas, sursauta violemment.

10.

Le cœur battant, Trista retira sa main de celle de Peter. Celui-ci s'empressa de se remettre au travail, et la jeune femme détourna les yeux.

Depuis combien de temps Nicholas se trouvait-il ici ? Mieux, depuis quand lui était venue cette manie de la surprendre ainsi ? Pourquoi n'était-il pas dans son bureau ?

Après que Peter se fut discrètement éclipsé, un lourd silence s'abattit sur l'écurie.

Au bout d'un moment, incapable de supporter plus longtemps cette tension, Trista se tourna vers Nicholas. Ses yeux se posèrent sur la boule de fourrure blanche blottie à ses pieds.

— Mon Dieu, un chien ! s'exclama-t-elle. Qu'il est beau…

Elle tendit la main et le chien se précipita vers elle. Réprimant un petit rire, Trista se baissa pour le prendre dans ses bras.

— Il est magnifique, Nicholas…

Il la regarda, stupéfait de l'aisance avec laquelle elle avait eu raison de sa colère. De la rage, légitime, qu'il avait ressentie en la trouvant en train de flirter avec le garçon d'écurie. Peter. *Son* fameux Peter!

La joie presque enfantine qu'elle manifestait le désarmait. Il l'observait, fasciné par tant de grâce et d'innocence. Plus elle s'extasiait devant ce maudit animal, plus elle le laissait se frotter contre elle, plus Nicholas, pour la première fois de sa vie, regrettait de ne pas être lui-même un chien.

Il finit par recouvrer ses esprits.

— Ça suffit, Bo. Au pied.

— Quel joli nom! Bo!

Nicholas se renfrogna encore un peu plus.

Trista et le chien se comportaient exactement comme s'ils ne l'avaient pas entendu : Bo ignora son ordre, et Trista continua de le caresser et de l'embrasser.

— Bo chéri, il y a tellement longtemps que j'avais envie d'un chien. Mais la pauvre Maggie est allergique aux poils. C'est tout juste si elle supporte Gypsy. C'est une belle jument, ma Gypsy, tu sais. Mince et nerveuse — et elle n'a pas la langue acerbe, elle.

Surpris, Nicholas fronça les sourcils.

— Bo! cria-t-il. Dépêche-toi de filer!

La bête le regarda, mais ne bougea pas d'un pouce. De son côté, Nicholas commençait à se poser des questions. D'abord Nero, puis Bo... Ses animaux seraient-ils eux aussi tombés sous le charme de sa femme?

Trista se redressa, le chien couché devant elle dans une attitude soumise.

— Vous désiriez quelque chose, Nicholas?

— Oui, je dois retourner en ville.

A cette nouvelle, Trista se figea.

— Vous rentrerez tard?

— Difficile à dire. Peut-être.

— En tout état de cause, et quelle que soit la nature de votre rendez-vous, j'espère que vous serez discret.

— Madame, je puis vous assurer que j'ai pour principe de toujours user en affaires de la plus grande discrétion.

— Je ne voulais pas parler de vos affaires.

— Dois-je en déduire que vous me suggérez de m'inspirer de la même prudence que celle dont vous faisiez preuve tout à l'heure, ici même? Dans ce cas, madame, tous les écarts de conduite peuvent m'être permis.

— Si c'est une allusion à mon attitude envers Peter, vous vous trompez, Nicholas, une fois de plus. Vous avez surpris une innocente conversation entre amis.

— Innocente, vraiment?

En proie à une colère grandissante, Nicholas s'avança vers elle.

— Alors vous comptez que je tolère semblables familiarités avec tous les hommes qui auront la chance de figurer au nombre de vos prétendus amis?

— Certainement pas! Je connais Peter depuis des années. Nous étions voisins, nous avons grandi ensemble. Il est comme un frère pour moi.

— Ce n'était pas exactement le genre d'échange

que l'on imagine entre un frère et une sœur. Bon sang, Trista! Le garçon a tout d'une âme en peine. Il n'y a qu'à voir les regards meurtriers qu'il me jette. Il est amoureux de vous, très chère. Et vous ne faites rien d'autre que l'encourager.

— Qu'espérez-vous de moi, Nicholas? Que je reste enfermée à la maison? Que je m'interdise de voir les gens que je fréquentais avant de vous rencontrer? Tout cela de peur que le moindre geste affectueux de ma part ne passe pour la preuve de ma trop grande liberté de mœurs?

Trista en frémissait d'indignation.

— Vos insinuations sont une véritable insulte. Apprenez que je ne suis pas l'une de ces femmes de mauvaise vie qui se pavanent dans vos maisons de jeux.

— Vous n'avez pourtant pas fait grand-chose pour me convaincre du contraire, jusqu'à présent.

Ces paroles n'avaient pas franchi ses lèvres que déjà Nicholas les regrettait. Il esquissait un pas vers elle, prêt à s'excuser, à lui dire que jamais il n'avait pensé une chose pareille, quand, levant la main, Trista le gifla de toutes ses forces.

Puis elle partit en courant et, atterré, il la regarda s'éloigner vers le manoir.

Figé sur place, il se maudit de sa propre stupidité. Quoi d'étonnant si sa femme recherchait plus agréable compagnie? Il se comportait avec elle comme le dernier des imbéciles.

Il poussa un soupir, se baissa pour caresser son chien.

— Tu as raison, Bo, je l'ai bien mérité, marmonna-t-il comme le chien semblait l'observer d'un air de reproche. Toi aussi, tu aimerais bien te venger, je parie ? Mais je ne te le pardonnerais sans doute pas aussi facilement. Ta maîtresse occupe dans mon cœur une place toute particulière, mon vieil ami. Maintenant, file à la maison.

La queue en panache, le chien bondit aussitôt hors de l'écurie, laissant Nicholas, une fois encore, seul avec son amertume.

Comme Trista, qui passa le restant de la journée, puis une longue nuit blanche, claquemurée dans sa chambre.

De fait, elle avait si mal et si peu dormi que le lendemain matin, elle était debout avant l'aube. Dès qu'elle eut ranimé le feu, elle procéda à une rapide toilette et commença à fulminer contre Nicholas.

L'œil étincelant, elle marchait de long en large devant la cheminée, les poings serrés. Le parquet poli brillait sous le soleil, qui semblait enfin vouloir réapparaître, mais Trista était trop agitée pour y prêter attention.

Le monstre ! Oser lui conseiller de surveiller sa conduite ! Et suggérer qu'elle n'était pas digne de plus de considération que l'une de ces vulgaires catins !

Grossier personnage, il ne manquait pas d'audace ! Qu'il s'estime bienheureux d'en avoir réchappé avec une simple gifle. Son poing dans la figure, voilà ce qu'il méritait. Et ce qui l'aurait *elle* davantage soulagée. Même si ce soulagement n'avait dû se révéler que des plus brefs tant il lui était impossible de bannir les paroles de Nicholas de son esprit.

Elles ne cessaient de la poursuivre et de lui rappeler que le seul homme qui l'ait jamais séduite, le seul homme auquel elle ait succombé, la méprisait justement parce qu'elle avait eu la faiblesse de lui céder.

— Monsieur se prend pour un gentleman, lança-t-elle à voix haute. Un gentleman qui a eu la noble attitude et ne doit donc inspirer que le plus humble respect à son épouse. Une femme déchue qu'il a galamment sauvée du déshonneur. Nul doute qu'il s'attend à ce que je sois à genoux devant lui ! Que je lui voue une éternelle reconnaissance ! Ah ! Ce serait plutôt à lui de faire preuve d'humilité ! Lui qui a profité d'une innocente...

Trista interrompit un instant sa diatribe.

Que cette innocente ait été consentante, se dit-elle, n'avait aucune importance.

Jetant un coup d'œil aux flammes qui dansaient dans l'âtre, elle recommença à arpenter la pièce.

— Il ne faudrait peut-être pas qu'il l'oublie ! s'exclama-t-elle rageusement. Si je n'avais pas reconnu mes torts, il se balancerait au bout d'une corde à l'heure qu'il est !

En proie à une fureur noire, elle marqua une nouvelle pause.

— Je lui ai sauvé la vie ! Oh ! L'odieux individu !

Comme on avait frappé, Trista s'arrêta un instant, le temps de laisser entrer Polly, avant de se remettre à déambuler devant la cheminée.

Réprimant un soupir, la gouvernante l'observa du coin de l'œil.

Sans doute Nicholas avait-il eu raison de choisir pour épouse une femme qui avait du caractère. Mais peut-être celle-ci en avait-elle un peu trop. Loin de l'avoir radoucie, la nuit semblait n'avoir qu'accentué sa mauvaise humeur.

Lèvres pincées, la femme de charge entreprit de remettre la pièce en ordre, quoique sa maîtresse eût déjà jugé bon de faire son lit. A moins que, tout comme Nicholas, elle ne l'eût pas ouvert et se fût contentée de somnoler dans un fauteuil. Et l'un et l'autre qui ne voulaient rien avaler, en plus ! Comment tout cela allait-il se terminer ?

Polly s'autorisa à penser un moment à l'homme qui était enfermé dans son bureau, l'homme qui tournait entre ces quatre murs comme un fauve en cage.

Depuis le temps qu'elle était à son service, Polly en était venue à respecter son tempérament fier et obstiné. Et à accepter les inévitables crises de mauvaise humeur qui en découlaient. Mais jamais elle n'avait encore vu lord Brennan se comporter de cette manière.

— Je vous ai préparé un bon petit déjeuner, milady, déclara-t-elle avec un coup d'œil du côté de Trista. Des framboises à la crème et des brioches. Vous ne pouvez pas continuer à jeûner.

Et puis il faudra bien finir par vous décider à sortir de cette chambre.

Son appétit brusquement aiguisé, Trista s'arrêta au milieu de la pièce.

— Vous me mettez l'eau à la bouche, Polly.

— Dans ce cas, milady, peut-être devrions-nous nous occuper de vous coiffer.

Trista eut un geste négligent de la main.

— Ne vous tracassez pas pour ça.

— Mais vous avez sûrement envie de donner la meilleure image de vous-même.

— Ah oui ? Et pour qui ? Pas pour mon mari, en tout cas. Il passe plus de temps dehors qu'à la maison.

— C'est à cause de ses affaires, madame. Attacherait-il moins d'importance à son travail, je suis certaine qu'il ne vous quitterait pas d'un instant.

— Et qu'est-ce qui vous fait croire que j'aurais envie de l'avoir toujours auprès de moi ?

La gouvernante haussa les épaules.

— Si vous ne vous terriez pas ici, vous sauriez que votre mari est rentré de très bonne heure, hier soir, et qu'il n'a pas l'intention de ressortir de sitôt.

— Comme c'est aimable à lui ! Mais apprenez que je ne me cache pas. C'est juste que je trouve son obstination... insupportable.

— Lord Brennan n'est qu'un homme, après tout, madame. Vous attendiez-vous à autre chose ?

— Très franchement, je n'ai pas la moindre idée de ce à quoi je m'attendais, admit-elle.

Riant tout bas, Polly la prit par la main et la fit s'asseoir sur le bord du lit.

— Le mariage, pour n'importe quel homme, est quelque chose d'assez effrayant, milady. Mais votre mari n'est pas comme les autres.

— Certes non ! Son incroyable suffisance n'a d'égale que sa capacité à dénaturer chacun de mes propos et de mes actes.

Polly secoua la tête avec un petit rire.

— Exactement comme son père. Je me souviens encore des disputes de Jason et de Caroline. Toute la maison en tremblait.

Le sourire de la gouvernante s'estompa.

— Si vous ne voulez pas juger trop durement votre mari, milady, peut-être vous faudrait-il savoir certaines choses le concernant. Lord Brennan est le plus généreux et le plus attentionné des hommes. Capable de charmer tout un chacun, quand il en a envie. Mais c'est aussi quelqu'un d'une volonté implacable, qui s'est promis de réparer les torts que sa famille a autrefois subis.

— Je le connais si peu, murmura-t-elle.

— Je m'en doutais. Vous avez été complètement subjuguée, et il s'est bien gardé de vous parler de lui. N'est-ce pas ?

Trista serra la main de la gouvernante.

— Dites-moi, Polly. J'ai besoin que l'on m'explique.

La gouvernante poussa un soupir.

— Il n'est pas facile de savoir par où commencer. C'était il y a si longtemps ! Et je n'ai jamais été très sûre de ce qui s'était passé. Nicholas n'avait que trois ans à l'époque des événements, quoique, je vous le répète, j'ignore ce qui s'est exactement produit. Avant la mort du père de Caroline, voyez-vous, Jason, le père de Nicholas, avait promis à son beau-père de renflouer pour lui Trent Shipping, la compagnie maritime du vieil homme, et de la sauver de la faillite. Puis un beau jour, Jason a décidé de rapatrier toute sa famille à Richmond. Au plus vite. Trop vite, si vous voulez mon avis. Il a arraché Caroline à cette maison, une maison qui appartenait aux Trent depuis plusieurs générations, la maison où son père avait rendu le dernier soupir. La pauvre en a eu le cœur brisé.

Polly secoua la tête.

— Trent Shipping a fait faillite, et bien sûr, Jason n'est jamais revenu en Angleterre. Car après cela, le malheur n'a cessé de le poursuivre... Caroline ne s'est pas rétablie de la fièvre qu'elle avait contractée sur ce maudit bateau — quoique d'après moi, c'était surtout de chagrin qu'elle souffrait. Elle n'a pas arrêté de s'affaiblir, tandis que Jason et le mari de la sœur de Jason, Joshua Cooper, travaillaient plus dur que quiconque pour fonder une nouvelle compagnie, basée à Richmond. Oh! Cela a été un beau succès! Mais Jason s'est tué à la tâche, surtout après la disparition de Caroline. C'était une obsession, pour lui, cette idée de réussir, comme si cela devait le venger du décès de sa femme et de l'humiliation de son précédent échec. Il est mort aigri et amer. Cela fut une horrible tragédie dont, je le crains, Nicholas n'est pas encore tout à fait remis.

— Il devait être très jeune, j'imagine, au décès de ses parents.

— Oui, madame. Il avait juste sept ans. Mais je dois dire que c'était un peu comme s'il ne les avait déjà plus, quand sa mère est tombée si gravement malade et après, avec son père qui n'était jamais là… Mais lord Brennan a toujours été un enfant très autonome. Je ne crois pas qu'il ait tout de suite mesuré tout ce qu'il avait perdu, avec eux. Il ne s'en est rendu compte que beaucoup plus tard et, à ce moment-là, il avait développé la même obsession que son père.

— Sûrement qu'il n'était pas encore en âge de comprendre ce qui s'était passé ?

— En effet. Mais Joshua lui a raconté, en même temps qu'il lui apprenait le métier. Depuis, Nicholas a repris la compagnie et n'a plus cessé de la développer.

— Pourquoi est-il ici, alors, s'il a si bien réussi ?

— Madame, votre mari n'est ni un dilettante, ni homme à se reposer sur ses lauriers. Un homme comme lui ne se contente pas d'un bon compte en banque pour s'estimer heureux. D'autre part, Londres est la plus gaie et la plus animée des villes. On peut ne pas seulement vouloir y traiter des affaires.

Polly se pencha vers Trista.

— Peut-être était-il venu chercher une épouse.

— Ça, j'en doute fort ! Non, Nicholas est ici

pour d'autres raisons. La première étant de reprendre possession de sa maison.

— Et qui songerait à le lui reprocher ? Le fait est qu'il a tenu à ce qu'elle soit restaurée. Elle était dans un tel état de délabrement, après tout ce temps ! Les Trent n'avaient pas vraiment les moyens d'employer du personnel. Et après le départ de Jason et de Caroline, elle est restée dix-huit ans fermée. C'est à l'époque où il est entré à Oxford, que Nicholas nous a envoyés ici, Fritz et moi, pour que nous nous occupions de la propriété. Il venait pendant les vacances, et le dimanche, nous donner un coup de main pour les travaux.

— Et maintenant, le voilà de retour en Angleterre.

Trista scruta le visage de la gouvernante.

— Il est revenu venger ses parents.

— Oh ! Milady, ce n'est pas à moi qu'il appartient d'en dire plus... à supposer du reste que je sois au courant.

Polly baissa les yeux.

— Lord Brennan ne parle guère de ses affaires... pas du tout, même, mais... enfin... il se trouve que je suis d'un naturel plutôt curieux...

Dévisageant soudain Trista, la gouvernante lui pressa la main.

— Du peu que j'ai appris, milady, je crains que Nicholas ne soit en danger.

— Comment cela ?

— Je ne voudrais pas vous inquiéter, madame. C'est juste que les individus avec lesquels il est en relation... enfin... on n'est jamais sûr.

— Sûr de quoi ?

— Si seulement je le savais, milady ! Il est tellement secret, tellement obnubilé par cette histoire... Au point que j'ai peur qu'il ne finisse comme son père.

Trista tapota le bras de la gouvernante.

— C'est déjà bien assez que tout ceci vous ait tellement perturbée. Je vais de ce pas poser la question à Nicholas et...

— Non ! Surtout pas ! Il se doutera que cela vient de moi. Il faut toujours que j'aie la langue trop bien pendue ! Fritz ne cesse de me le reprocher.

Polly pressa de nouveau la main de Trista.

— Je voulais simplement vous aider. Afin que vous puissiez voir votre mari avec d'autres yeux.

— Il est vrai que je comprends un peu mieux Nicholas, à présent. Je vous remercie de m'avoir expliqué ce qu'il avait jugé bon de me cacher...

Indécise, elle se tut un instant.

— Je présume, reprit-elle, qu'étant d'un naturel curieux, vous n'aurez pas manqué de vous apercevoir que notre mariage n'était pas exactement un mariage ordinaire.

— Oh ! Milady, ce serait certainement la dernière chose à vous souhaiter ! Mais il est vrai que je me suis rendu compte d'une certaine tension, entre vous et votre époux. Ne vous y trompez pas, cependant. Cette observation ne doit rien à ma curiosité. Non, c'est plus qu'évident, et fort regrettable, si vous me demandez mon avis.

Trista se leva.

— Vous avez raison, Polly. C'est à la fois regrettable et humiliant.

— Ce n'est pas ce que j'entendais par là, madame. Je ne me permettrais pas de vous juger, ni vous, ni lord Brennan, ni les événements qui ont conduit à votre union. Je vous suggérais juste d'oublier vos différends avant qu'ils deviennent un obstacle à votre bonheur. C'est souvent ce que l'on ne dit pas qui met un mariage en danger.

— Nicholas a été suffisamment éloquent, murmura Trista. Et si vous insinuez que son passé devrait m'inciter à plus d'indulgence, je crains fort que ce ne soit trop me demander. Ses malheurs ne sont pas une excuse à sa déplorable attitude. Ni à son mauvais caractère et à son entêtement.

Polly réprima un sourire. Aucun doute, Nicholas avait bel et bien trouvé la femme qu'il lui fallait. La gouvernante poussa un soupir, ne sachant par quel biais prendre une dame qui n'était pas elle-même des plus faciles.

— Milady, peut-être qu'un peu plus de douceur... Un petit effort...

Trista considéra d'un air songeur l'émeraude qui brillait à son doigt.

— Chère Polly, je vous suis infiniment reconnaissante. Mais j'ai peur que la raison même de ce mariage ne soit celle de son échec.

— Pas si vous essayez, milady ! Sans doute qu'avec le temps...

Un mouvement, dans la cour, attira l'attention de Trista. Elle se tourna vers la fenêtre et écarquilla les yeux.

— Gypsy !

Trista se précipita hors de la pièce avec un cri de joie. Elle descendit le grand escalier et, radieuse, passa devant Fritz, médusé.

— Gypsy !

Cheveux au vent, Trista dévala les marches du perron et courut vers sa jument favorite. Peter la tenait par la bride. L'espace d'une seconde, le jeune homme regarda celui qui venait d'apparaître sous le porche et observait sa femme.

— Oh ! Peter ! Regarde ! Gypsy, ma belle, comme tu m'as manqué !

Trista lui caressa le museau.

— Tu as l'air en pleine forme ! Ian a bien pris soin de toi, n'est-ce pas ? Tu n'auras même pas pensé un instant à moi, vilaine fille !

Se tournant vers Peter, Trista lui sourit.

— Comment est-elle arrivée ici ? Est-ce toi qui l'a amenée ?

— Oui, je...

— Oh ! Peter !

Trista lui passa les bras autour du cou et l'embrassa sur la joue.

— C'est vraiment trop gentil de ta part ! Si tu savais comme cela me fait plaisir !

Visiblement gêné, Peter s'efforça de la repousser.

— Ce n'est pas moi... Je veux dire... Ton mari m'a envoyé la chercher. Je suis parti hier soir, je viens juste de rentrer. Il m'a demandé de ramener la jument au plus vite.

Le cœur de Trista se mit à battre plus vite. En elle renaissait un espoir fou.

— Jamais je n'aurais imaginé, balbutia-t-elle. Sans doute devrais-je aller le remercier...

Comme elle se retournait, elle se heurta à Nicholas.

— Ce sera tout, Peter, lança-t-il.

Conscient de la tension qui régnait entre les deux époux, Peter emmena Gypsy à l'écurie. Atterrée, Trista ne savait que dire. Elle jouait de malchance ! Car son mari ne la croirait jamais si elle lui expliquait tout. De plus en plus mal à l'aise, Trista s'apprêtait à faire demi-tour quand Nicholas l'arrêta dans son élan.

— Vous pouvez me remercier, à présent, très chère. Et de la manière qui convient à une jeune mariée.

Avant que Trista ait eu le temps de comprendre, Nicholas la prit par la taille et l'attira à lui. L'instant d'après, il s'emparait de sa bouche et lui donnait un baiser si passionné que Trista tituba contre lui. Le souffle court, elle essaya de se dégager, mais il continua à l'embrasser jusqu'à ce qu'elle eût l'impression qu'elle allait défaillir. Trista aurait voulu que cet instant ne finisse jamais et éprouva une intense frustration quand il s'écarta d'elle.

— Remerciez-moi encore... encore et encore, ma chérie, lui murmura-t-il dans le cou. Je vous offrirai tous les chevaux que vous voudrez. Continuez simplement à me remercier...

Nicholas s'empara de nouveau des lèvres de Trista. Et comme il l'enlaçait et la caressait avec fougue, elle en perdit presque l'envie de s'enfuir.

Mais aussi douce que fût la tentation, Trista ne pouvait se permettre d'y succomber.

Tandis qu'elle se débattait, un attelage descendit l'allée du manoir, et son apparition procura une diversion inespérée. Comme la voiture se rapprochait, Nicholas leva la tête en pestant et relâcha son étreinte. Sans peine il reconnut les cheveux blancs de l'homme qui apparaissait à la vitre. Etouffant un juron, il s'immobilisa.

Trista mit à profit cet instant pour se dégager et partir en courant vers la maison.

Il fallut à Nicholas un suprême effort de volonté pour se retenir de s'élancer à sa poursuite. Sans cette arrivée impromptue, peut-être serait-il parvenu à convaincre sa femme de la passion qu'il éprouvait pour elle...

Résigné, il s'apprêta, un sourire crispé aux lèvres, à aider le vieux gentleman à descendre de voiture.

— Je ne vous attendais pas si tôt.

Le vieillard le dévisagea avec attention, notant l'expression contrariée de son jeune ami.

— Si cela n'avait été de la plus haute importance, soyez certain, mon jeune ami, que je ne vous aurais pas imposé ma présence avant l'heure convenue. Mais votre départ, quelque peu anticipé, hier soir, vous a empêché d'assister à un édifiant échange entre nos deux compères.

— Vous m'intéressez, murmura Nicholas.

Comme il esquissait un geste vers la maison, le vieil homme lui emboîta le pas.

— Voilà bien une journée à flâner sous les

arbres en compagnie de sa charmante épouse. C'est bien Trista, votre jeune femme, qu'il m'a semblé apercevoir?

— En effet, répondit Nicholas.

Le vieil homme s'appuya sur sa canne.

— Je ne l'ai guère vue, mais elle m'a paru fort belle.

— Fort belle, oui.

— Je comprends mieux à présent que vous ayez été si pressé de vous marier. Une femme comme elle tourne facilement la tête d'un homme.

— Elle peut le rendre fou aussi, mais j'avoue que cela en vaut la peine.

— Que sait-elle de notre plan, ou du rôle qu'elle a été amenée à y jouer?

— Rien.

— Pensez-vous que ce soit raisonnable?

— Il se trouve que l'occasion de lui en parler ne s'est pas encore présentée.

Le vieux gentleman s'arrêta, une main tremblante posée sur la manche de Nicholas.

— Il ne serait pas sage de tarder plus longtemps. Croyez-moi, mieux vaut qu'elle soit dans la confidence. Plus vous attendrez, plus elle aura de mal à admettre que vous n'ayez pas jugé bon de la mettre au courant. Elle est votre femme, elle vous aime.

La voix du vieillard se chargea soudain d'une émotion à laquelle Nicholas n'était pas préparé.

— Rien ne devrait jamais venir s'immiscer entre un homme et une femme qui s'aiment. Ni entre un père et ses enfants.

Au même instant, Fritz ouvrit la porte d'entrée et Nicholas escorta son hôte jusqu'à la bibliothèque.

Les paroles du vieil homme lui revenaient sans cesse à l'esprit. Bien sûr, Trista devait être informée, mais comment réussirait-il à lui expliquer alors qu'ils semblaient incapables d'avoir une conversation normale ? Un tel fossé les séparait ! Parfois, il désespérait de parvenir à le combler.

Quant à ce qui était de l'amour... Il aurait au moins fallu qu'elle accepte la situation. Comment parviendrait-elle jamais à comprendre, dans ces conditions ?

Réprimant un soupir, Nicholas laissa son hôte le précéder dans son bureau.

11.

Une cane barbotait avec ses canetons. Le soleil se reflétait sur la mare et une douce brise rafraîchissait les joues de Trista. Allongée dans l'herbe, elle déboutonna paresseusement les premiers boutons de la chemise qu'elle avait empruntée à Ian, le jardinier, des années auparavant, en même temps que le vieux pantalon qu'elle portait.

Elle regarda Gypsy. Le poil encore luisant après le galop qu'elles venaient de s'offrir, la jument, qui broutait un peu plus loin, leva la tête et jeta un coup d'œil inquiet en direction des canards.

Poussant un soupir, Trista reprit appui sur ses coudes. Quelle chance elle avait eue de découvrir cette clairière ! Dissimulée derrière un rideau de buissons à l'extrême limite de la propriété de Nicholas, c'était un véritable havre de paix et de tranquillité.

Brusquement, Trista enleva ses chaussures. Puis elle retroussa son pantalon, se leva et descendit dans la mare. L'eau était chaude et claire.

Elle s'aspergea le visage, et s'interrompit un instant pour appeler Gypsy. Mais pour autant qu'elle eût encore chaud, la jument refusa de rejoindre sa maîtresse.

— Allez, ne sois pas si timide ! la tança Trista. Nero va penser que tu manques de cran ! Ce n'est tout de même pas ce que tu...

La phrase resta en suspens comme Gypsy, les oreilles dressées, avait soudain tourné la tête du côté du chemin.

L'instant d'après, Nero émergeait des buissons. Campé sur sa monture, Nicholas parcourut des yeux la silhouette de Trista, depuis les vieux jodhpurs aux boucles qui lui cascadaient sur les épaules. Ainsi vêtue, elle avait tout d'une petite fille en dépit des charmantes rondeurs que révélait l'échancrure de la chemise.

Gênée par l'insistance du regard de Nicholas, Trista se dépêcha de fermer sa chemise.

— Votre invité est parti ?

Nicholas acquiesça d'un signe.

— Voilà une intéressante tenue d'équitation. Adèle aura sans doute omis de mentionner cette dernière folie, mais ce style vous sied à ravir.

Il apprécia une fois de plus la ravissante silhouette de sa femme.

— Je trouve que pour faire du cheval, rien ne vaut un pantalon confortable, répondit celle-ci.

Trista commençait à regretter de s'être aventurée dans l'eau, mais elle ne bougea pas.

— D'ailleurs, j'aime beaucoup monter comme un homme.

— Sincèrement, madame, je doute qu'aucun homme ait jamais si bien rendu justice à des jodhpurs. Mais quoi qu'il en soit, je serais prêt à parier que vous êtes bien meilleure cavalière que la plupart de ces messieurs.

— Vous m'étonnez. Je n'aurais pas cru que vous ayez une aussi haute estime des femmes.

— Celle dont je parle n'est pas exactement comme les autres. Néanmoins, rien ne les empêche d'être aussi habiles que les hommes. Peut-être même plus, dans certains domaines.

— Vraiment, et pour quelle raison?

— Elles montrent généralement davantage de volonté. Et bien sûr, elles sont plus subtiles, alors que les hommes ne savent souvent se servir que de leur force.

Nicholas tira sur ses rênes comme Nero esquissait un mouvement en direction de Gypsy.

— Vous auriez dû m'attendre, reprit-il. J'aurais eu plaisir à vous faire visiter le domaine.

— J'ignorais que vous aviez envie de vous promener.

— Eh bien, la prochaine fois, vous le saurez.

Il la dévorait littéralement des yeux. Comme elle se sentait rougir, Trista plongea les mains dans l'eau.

— Gypsy a été une merveilleuse surprise. Je vous en remercie.

Nicholas se contenta d'un hochement de tête.

— Le manoir et le parc sont magnifiques, poursuivit Trista. Tout ce que l'on peut désirer.

Son regard croisa celui de Nicholas. *Désirer*... Pourquoi avait-elle employé ce mot?

Mal à l'aise, Trista entreprit de se rapprocher du bord. Pour se rendre compte alors qu'elle avait les pieds englués dans la vase. Un petit sourire aux lèvres, elle tenta discrètement d'y remédier.

— Polly m'a expliqué que le manoir était dans la famille de votre mère depuis très longtemps. Vous avez eu beaucoup de mérite de le restaurer.

— C'était la moindre des choses. Et quoi d'autre cette chère Polly a-t-elle encore estimé nécessaire de vous raconter?

Faussement désinvolte, Trista haussa les épaules tout en s'efforçant de se dégager sans glisser.

— Elle m'a parlé de votre enfance, de vos parents, de Richmond.

— Décidément, jamais cette femme ne sera capable de tenir sa langue.

— Ne soyez pas injuste. Sans elle, je serais toujours mariée à un parfait étranger. Je ne sais de vous que ce vous avez jugé bon que je sache. C'est-à-dire rien, jusqu'à ce jour.

— Ce n'est pas que ce que j'ai jugé bon, milady. Vous ne cessez de m'accabler de reproches.

— Parce que vous les méritez.

— Sans doute.

Nicholas contempla un instant les reflets que le soleil accrochait dans les boucles de Trista.

— Croyez-moi, reprit-il enfin. Si je ne vous ai pas parlé de moi, non que je sois du reste un sujet très intéressant, c'est simplement que l'occasion ne s'en est pas présentée. Qui plus est, je ne me souviens pas que vous m'ayez posé de questions. Il semblerait que nous ayons eu... d'autres préoccupations, quand nous nous sommes connus.

— Des préoccupations déplacées.

— C'est vous qui le dites.

Comme, le regard brillant, il avait brusquement sauté à terre, Trista tressaillit. Puis, le cœur battant, elle le vit accrocher la bride de Nero aux branches d'un buisson et s'allonger dans l'herbe, en appui sur un bras, les yeux de nouveau rivés sur elle.

— Alors, reprit-il, qu'aimeriez-vous encore savoir? A supposer bien sûr que Polly ait omis quoi que ce soit. Je vous promets de ne pas me laisser distraire, cette fois.

— Je vous laisse décider. Ce que les gens évoquent spontanément en révèle plus sur eux qu'un long questionnaire. A mon avis, du moins.

— Comme vous voudrez.

Nicholas jeta un coup d'œil autour de lui.

— Cette mare..., murmura-t-il. Ma mère et moi y venions souvent, quand j'étais enfant. Elle me racontait des histoires. Longtemps après que nous avons été installés à Richmond, elle m'en parlait encore.

— Vous devez beaucoup la regretter.

— Oui. Mon père aussi me manque.

Leurs regards se croisèrent jusqu'à ce que, embarrassée, Trista finisse par détourner les yeux.

— Je... c'est un endroit charmant, déclara-t-elle. Je comprends que votre mère ait eu du mal à l'oublier. Quoique Richmond ne manque sûrement pas d'attrait.

— Sans aucun doute. La campagne de Virginie est incomparable. Je suis certain qu'une fois là-bas, vous aimerez tout autant notre propriété que celle-ci.

— Une fois là-bas?

— Nous partirons dès que mes affaires seront réglées.

A la perspective de quitter sa chère Angleterre pour ce continent inconnu, Trista blêmit.

— Que cela ne vous affole pas...

Nicholas la regardait d'un air amusé.

— Nombreux sont les gens qui ont fait fortune en Amérique. Pour ceux qui veulent s'en donner la peine, c'est une véritable terre promise. Vous n'avez rien à craindre... si ce n'est qu'un ou deux Indiens viennent rôder autour de la propriété.

— Des Indiens?

— Ne vous inquiétez pas, milady. Votre mari est une fine lame. Parfaitement capable de scalper quelques Peaux-Rouges.

— Scalper! Des Peaux-Rouges!

— Uniquement s'ils menacent de vous enlever ou de mettre le feu à la maison.

— Quoi? Oh non! Vous ne comptez pas sérieusement m'emmener là-bas! Jamais je ne pourrai... Je préfère encore rester ici et avoir à affronter n'importe quoi, que... que... Oh!

Trista perdit soudain l'équilibre. Elle battit des mains pour essayer de se retenir, sans grand succès. Impuissante, elle partit à la renverse, plongea pour refaire surface en crachant. Elle n'eut que le temps de voir Nicholas se jeter à l'eau. Le sol se déroba de nouveau sous ses pieds. Puis elle sentit un bras l'entourer par la taille et se retrouva serrée contre son mari.

— Arrêtez de remuer! lui intima-t-il. Sinon, nous n'arriverons jamais à sortir de cette mare!

Une fois sur le bord, il prit conscience du comique de la situation. L'expression rageuse et mortifiée de Trista acheva de le faire rire aux éclats.

— Si j'avais deviné que vous réagiriez de la sorte, s'esclaffa-t-il, jamais je ne me serais amusé à vous taquiner à propos des Indiens!

— Taquiner? Vous avez osé me taquiner?

Voyant que le fou rire de son mari redoublait, Trista perdit son sang-froid.

— Arrêtez de rire! Cela n'a vraiment rien de drôle! s'écria-t-elle.

— Je vous en prie, Trista. Réservez vos mines indignées à ces messieurs dames de la haute société. Notez que vous voir les quatre fers en l'air dans cette mare en aurait sûrement déridé plus d'un.

En dépit du regard noir que Trista lui lançait, Nicholas ne put réprimer un sourire.

— Dites-moi, milady. Avez-vous toujours été aussi gauche, ou bien s'agit-il d'un défaut que vous avez récemment acquis?

— Ni l'un ni l'autre, répliqua sèchement Trista. J'avais les pieds dans la vase.

— Dans la vase?

Nicholas partit d'un nouveau rire.

— Pourquoi ne pas me l'avoir dit? Je vous aurais aidée.

En réponse, Trista se contenta de le toiser d'un air hautain.

— Ah! Je vois! murmura-t-il. Votre fierté ne vous l'aurait pas permis. Les femmes seront toujours pour moi un mystère. Et pour mon malheur, celle que j'ai épousée semble encore plus compliquée que les autres!

— D'après le peu que j'ai pu en juger, vous n'êtes pas homme à ignorer un défi. Bien au contraire.

— L'on dirait que vous me connaissez bien, très chère...

Nicholas baissa les yeux. Trempée, la chemise de Trista épousait sa gorge.

— Vous avez froid, observa-t-il.

— Je... je ferais mieux d'aller chercher Gypsy...

Elle tressaillit quand, tout à coup, Nicholas se rapprocha et la prit dans ses bras.

Le cœur battant la chamade, Trista pivota vers lui.

— Nicholas, je vous en prie...

— Je vais vous réchauffer.

Trista ferma les yeux. S'abandonner, sentir les mains de Nicholas sur son corps...

— Nicholas! Ce n'est pas ce que je veux, balbutia-t-elle, comme déjà il lui ôtait sa chemise.

— Que voudriez-vous d'autre, chère séductrice? Ceci?

D'un geste preste, Nicholas lui défit les rubans de sa camisole.

— Trista, vous êtes si belle... Pourquoi vous refuser à moi?

Avec passion, il lui couvrit le cou et la gorge de baisers.

Frémissante, Trista s'obligea à se dérober à ses caresses.

— Il le faut...

Elle le repoussa.

— Nicholas, je vous en prie, écoutez-moi.

— C'est à peine si j'arrive encore à me raisonner... Comment réussirais-je à vous écouter?

— J'y tiens.

— Il vaudra mieux que cela en vaille la peine, alors.

— S'il vous plaît, Nicholas.

Trista écarta la main qu'il tendait une nouvelle fois vers elle.

— Vous exigez trop de moi, chère épouse.

— C'est vous qui exigez trop, Nicholas, et je veux que vous m'entendiez, pour une fois.

Il baissa les yeux sur une goutte d'eau restée accrochée au décolleté de Trista.

— Comment pourrais-je? murmura-t-il.

Alors que Trista se détournait pour rajuster sa camisole, Nicholas l'enlaça par la taille.

— Vous avez mis mon âme en feu, madame. Dépêchez-vous de parler avant que je perde mon sang-froid et que je vous aime ici même, sur l'herbe de cette clairière.

Alors qu'à ces mots, un frisson de volupté la

parcourait, Trista se dégagea. Voyant que Nicholas ôtait sa chemise, elle retint un instant son souffle. Puis il s'approcha, son torse nu et bronzé sous le soleil, et lui jeta sa chemise sur les épaules.

— Si vous restez ainsi, je crains que mon esprit ne s'égare. Couvrez-vous, que j'essaye de me concentrer un peu.

« Et moi ? » se dit Trista.

Son regard s'égara un instant sur la peau dorée de la poitrine de Nicholas. Elle s'exhorta à résister à la tentation.

— J'ai peur de ne pas avoir très bien compris lorsque vous avez parlé d'un mariage de convenance, déclara-t-elle.

— J'ai dit cela sans trop réfléchir, avoua-t-il. Je n'ai d'ailleurs cessé depuis de le regretter. Faites comme moi, n'y pensez plus.

— Non. Tout ce que je souhaite, justement, c'est un arrangement de ce genre.

— Excusez-moi, Trista, mais j'ai du mal à le croire. Votre réaction, il y a quelques instants, tend plutôt à prouver le contraire.

— Non, je ne pense pas. Ma réponse n'était pas aussi ardente que vous le prétendez. Après tout, nous ne nous sommes pas jetés dans les bras l'un de l'autre...

— Nous avons bien failli, ma chère.

— Nicholas, je vous en prie, écoutez-moi !

Levant les yeux vers lui, Trista poussa un soupir.

— Cette fameuse nuit, chez les Leighton, avant que nous... ou plutôt au moment où...

— Je me souviens parfaitement de la scène.

— Vous avez dit que vous ne continueriez pas, si je ne voulais pas.

— En effet. Je n'éprouverais guère de plaisir à vous forcer. Mais cela n'a pas été le cas. C'est d'ailleurs pour moi un grand bonheur de me rappeler que vous étiez plus que consentante.

— A ma grande honte.

— Vous n'avez pas à en avoir honte.

— Je me suis laissé guider par mes sens, mais mon cœur, lui, ne voulait pas. D'où mon déchirement. Je crains de ne jamais être en paix si je dois constamment lutter contre moi-même.

Sa déclaration jeta un froid entre eux. Nicholas devint livide, et elle vit qu'il luttait contre une très forte émotion.

— Vous rendez-vous compte que vous me privez de mes droits de mari? lança-t-il enfin.

— Et qu'en est-il des miens? riposta-t-elle. Allez-vous me contraindre au désespoir pour exercer vos droits?

— Je ne me doutais pas que vous étiez si malheureuse.

— Je ne le suis peut-être pas tant. C'est juste que tout est arrivé si vite... Il y a un mois, le mariage était encore la dernière de mes préoccupations. J'étais loin de penser à trouver un mari quand j'ai fait mes débuts dans le monde.

Nicholas se mit à rire.

— Croyez-vous que les femmes de votre beauté soient légion dans les rues de Londres? On a peine à imaginer — et ce n'est pas à l'honneur des gentlemen de cette capitale — que quinze jours se soient écoulés avant que l'un d'eux demande votre main.

— Ne vous moquez pas de moi, Nicholas. Je souhaite simplement que les choses se passent au mieux. Comme je présume que vous le souhaitez aussi.

Pour toute réponse, il prit une expression contrariée.

— Il me faut le temps de m'habituer à vous, à votre maison, reprit Trista. Le temps d'apprendre à vous connaître.

— Je vois.

Nicholas lui jeta un regard noir.

— Je vous rappellerais toutefois que je ne suis qu'un homme, Trista. Ce que vous me demandez est déjà assez difficile à accepter. Puis-je savoir combien de temps vous comptez m'imposer jeûne et abstinence ?

— Je ne sais pas ! Pourquoi me posez-vous une question aussi injuste ?

— Et ce que vous exigez de moi, ce n'est pas injuste ?

En deux enjambées, Nicholas fut sur elle et l'agrippa par les épaules.

— Combien de temps, Trista ? Un mois ? Deux ? Dix ? Plusieurs années ?

— Je ne sais pas ! Lâchez-moi !

— Pas avant que vous m'ayez écouté. Votre façon d'agir me déplaît, mais j'accepte néanmoins de me soumettre à votre requête. Je vous laisserai le temps que vous voudrez. Mais prenez garde de ne pas abuser de ma patience, madame. Elle a ses limites.

— Vous n'aurez qu'à assouvir vos besoins avec les filles de vos maisons de jeux. Ou encore avec Bianca. Je suis sûre qu'elle ne demanderait pas mieux !

Les yeux brillants de colère, Nicholas se pencha sur Trista.

— Méfiez-vous de ce que vous dites, chère épouse. Sinon, il se pourrait bien que je suive vos suggestions ! Je ne serais pas loin de penser que vous l'espérez, d'ailleurs.

Bouleversée, Trista fut prise d'un léger tremblement.

— En toute sincérité, je ne tiens pas à ce que vous cherchiez réconfort dans les bras d'une autre. Mais s'il doit en être ainsi...

— Je n'ai pas l'intention d'oublier les engagements que j'ai pris envers vous le jour de notre mariage. Soyez tranquille. Il faudra encore longtemps avant que l'on me trouve dans les bras d'une autre femme. Vous auriez cependant intérêt à vous rappeler que c'est avec vous que je pourrais à tout instant choisir d'assouvir mes besoins, comme vous dites. Avec ou sans votre consentement.

— Je m'en souviendrai.

— Très bien.

Nicholas se redressa.

— Il vaudrait mieux rentrer ou Polly sera furieuse contre moi, si le dîner est déjà servi.

Qu'un homme comme lui puisse redouter les

foudres de sa gouvernante étonna Trista. Mais des liens très forts ne l'unissaient-ils pas à ses domestiques ? Elle regarda son mari siffler les chevaux puis il l'aida à se mettre en selle avant de sauter lui-même sur Nero et de pousser aussitôt l'étalon au galop.

Trista lança Gypsy derrière eux. D'abord hésitante, la jument recouvra vite sa fougue habituelle, une fois qu'ils eurent rejoint la prairie. Quelques minutes plus tard, elle était remontée à la hauteur de Nero.

Grisée par un sentiment d'absolue liberté, Trista savoura ce moment. Cheveux au vent, elle avait l'impression de s'envoler, de vivre intensément. L'espace de quelques instants, les deux chevaux restèrent côte à côte. Trista risqua un coup d'œil en direction de son mari, et fut surprise de lire dans son regard un mélange de défi et d'admiration. Puis Nicholas éperonna de nouveau sa monture et Trista se pencha sur l'encolure de Gypsy. Moins robuste, cependant, la jument n'avait aucune chance de l'emporter. Elle arriva devant l'écurie quelques secondes après Nero.

Trista sauta à terre et reprit son souffle tandis que Nicholas s'approchait.

— Vous êtes une excellente cavalière, observa-t-il. Et de toute évidence, vous vous entendez aussi bien avec Gypsy que moi avec Nero.

— Peut-être pourrais-je essayer de le monter, à l'occasion ?

— Vous êtes folle ! J'ai mis six mois à le dresser, et il y a encore des moments où il se cabre. Il est beaucoup trop fougueux pour une femme.

Vexée, Trista confia Gypsy à Peter, qui rentra les deux bêtes à l'écurie.

Puis la jeune femme se retourna vers son mari.

— N'est-ce pas vous qui prétendiez qu'une femme était aussi capable qu'un homme? demanda-t-elle. Ou bien cela s'appliquait-il seulement à la couture et au jardinage?

— Certainement pas! Vous auriez été un homme, je vous aurais mise en garde exactement de la même manière!

— Mais je suis une femme.

L'entêtement de Trista agaça son mari.

— Il s'agit d'une question de capacité physique, Trista. Rien de plus.

— C'est justement là que se situe votre problème.

— Mon problème? Quel problème?

— Dans des situations où vous vous en remettez à la force, moi, j'utilise le charme.

Voyant la stupéfaction qui se peignait sur le visage de Nicholas, Trista ne put s'empêcher de sourire.

— Le charme? répéta-t-il. Aucun homme n'a jamais obtenu quoi que ce soit d'un cheval par le charme, Trista!

— Peut-être parce qu'aucun homme n'y a jamais songé. Je vais prendre un bain, à présent. Je vous retrouve au dîner.

Comme elle s'éloignait, il voulut la retenir.

— Ne vous avisez pas de toucher à Nero, vous m'entendez?

Trista ne daigna même pas répondre.

— Ou alors il ne faudra pas venir vous plaindre, après !

Mécontent, Nicholas regarda son épouse se diriger vers le manoir. Cette femme allait finir par le rendre fou ! Jamais il n'avait rencontré créature plus obstinée que Trista.

— Les femmes, marmonna-t-il. Certaines ont le don de vous compliquer la vie !

Il admira un instant la démarche pleine de grâce de Trista avant de soupirer.

— Le charme, vraiment ! s'exclama-t-il. A-t-on jamais entendu pareille ineptie !

12.

Chantage.

Nicholas observa le mot que sa plume venait de tracer.

Chantage.

Etait-ce possible?

Préoccupé, il poussa un soupir et recula sa chaise. Un feu flambait dans la cheminée. Nicholas contempla un moment les flammes, jusqu'à ce que le carillon de la pendule le tire de sa rêverie.

10 heures.

Le soleil entrait à flots par les fenêtres. Nicholas se frotta les yeux, trempa les lèvres dans une tasse de thé qui avait depuis longtemps refroidi et se concentra de nouveau sur ses papiers.

— Archibald Sleeth, marmonna-t-il, vous êtes un fieffé renard, j'ai l'impression. J'ai eu tort de vous sous-estimer. Ce n'est certainement que grâce à un habile chantage que vous avez réussi à vous faire admettre au sein du tout-Londres.

Et de quel billet d'entrée l'homme disposait! Il détenait sûrement des preuves si accablantes que sa victime ne pouvait que céder. Et ces preuves,

Sleeth les avait sans nul doute trouvées dans les documents qu'il avait récupérés chez son frère, le défunt Oswald Sleeth.

« Et moi, dans tout cela? se demanda Nicholas. Quelle est ma marge de manœuvre? »

Il pouvait évidemment se permettre de proposer une coquette somme en échange de ces documents. Mais, Nicholas le devinait, ce n'était pas l'argent qui intéresserait Sleeth. Non, il s'attacherait plutôt aux relations que Nicholas entretenait avec la bonne société avant de devenir un paria. Avant que la passion dévorante qu'il portait à sa belle épouse l'ait pour ainsi dire mis au ban de ce monde très fermé.

Nicholas se remémora la soirée de la veille et la manière dont Trista avait paru apprécier les efforts qu'il avait déployés pour se montrer aussi agréable et charmant que possible. La conversation, durant le repas, s'était révélée plutôt facile et agréable. Trista l'avait ensuite remercié d'un sourire lorsqu'il l'avait aidée à se lever de table et lui avait suggéré de prendre le thé dans le salon.

Assis face à elle, Nicholas s'était abîmé dans une profonde rêverie, écoutant sa femme d'une oreille distraite. Il ne savait plus très bien de quoi Trista lui avait parlé. Tout ce dont il se souvenait, c'était du plaisir qu'il avait pris à la contempler, si belle à la lumière des flammes. Il avait étudié le moindre de ses gestes avec ravissement. Trista avait des mains longues et fines, et il se rappelait ensuite avoir imaginé leur caresse sur sa peau.

Encore heureux que Trista ne possède pas le don

de lire dans les pensées, car elle aurait sans doute rougi de connaître les images troublantes que son imagination en délire lui avait suggérées.

Désenchanté, Nicholas se leva de sa chaise. Cette situation lui pesait. Combien de temps allait-elle durer? Trista se rendait-elle compte du supplice qu'elle lui infligeait? Réprimant un soupir, il sortit de la pièce.

Le silence qui régnait dans la maison lui parut insolite; il observa un instant les portes de la chambre rose, en face de la sienne, et descendit.

Il était sur le perron, les mains enfoncées dans les poches de son pantalon, quand le grondement d'un attelage se fit entendre. Une voiture s'apprêtait à tourner dans l'allée du manoir. Quelle idée saugrenue de venir déranger les gens à une heure pareille! se dit-il. Pestant tout bas, il ferma la porte, fermement décidé à se réfugier dans son bureau. En chemin, il se ravisa. On s'activait dans la cuisine et, curieux de voir ce qui s'y passait, il s'approcha.

Avec surprise, il découvrit sa femme occupée à pétrir vigoureusement de la pâte. Manches retroussées, le tablier de travers et les cheveux en désordre, elle frappait la pâte contre le marbre de la table avec une énergie débordante.

— Voilà que j'en suis à préparer le pain, à présent.

Trista, qui ne s'était pas aperçue de la présence de son mari, se passa une main sur la joue.

— A croire que je suis devenue la parfaite et docile maîtresse de maison!

Depuis quand Trista parlait-elle seule? Passablement étonné, il jeta un coup d'œil circulaire et aperçut la gouvernante qui s'affairait autour du fourneau.

— Cela n'a rien d'un gage de docilité, milady, rétorquait celle-ci. Mais je reconnais que c'est un louable effort de la part d'une dame qui n'en a pas l'habitude. Je ne m'attendais pas à vous trouver debout de si bonne heure.

— J'ai passé une mauvaise nuit. J'étais éveillée bien avant l'aube.

Trista se remit à malaxer la pâte de plus belle.

— Jamais je ne me serais doutée que faire du pain soit aussi épuisant ! s'exclama-t-elle.

— Vous y mettez trop d'ardeur, milady. Je dirais même que vous pétrissez cette pâte avec une hargne... Etes-vous toujours autant contrariée par monsieur ? demanda-t-elle de but en blanc.

Stupéfaite, Trista dévisagea la gouvernante. Celle-ci, comme d'habitude, se montrait d'une étonnante perspicacité.

Jugeant le moment opportun de se montrer, Nicholas passa la tête dans l'entrebâillement de la porte et toussota.

— Nous avons de la visite, annonça-t-il.

Embarrassée par sa tenue qui manquait singulièrement d'élégance, Trista s'essuya les mains sur le tablier.

— Vous attendiez quelqu'un ? questionna-t-elle.

Nicholas s'assit à une extrémité de la table.

— Non, pas ce matin. Et vous, Trista ? Serait-ce un admirateur qui se languit de vous ?

Trista préféra ne pas répliquer. Du reste, la porte venait de s'ouvrir, livrant passage à Fritz.

— La comtesse Catalani et sa nièce sont dans le salon, milady. Elles vous attendent.

— Oh non ! s'exclama Trista. Je ne peux pas les recevoir dans cet état !

Prise de panique, Trista dénoua son tablier et commença à épousseter sa robe.

— Laissez-moi faire.

Joignant le geste à la parole, Nicholas s'approcha pour l'aider.

— Vous n'avez pas votre bague, observa-t-il.

Trista, distraite, contempla la main hâlée qui caressait la sienne.

— Elle est là, répondit-elle.

Trista tira l'émeraude de sa poche et, d'un geste tendre, Nicholas la lui glissa au doigt.

— Vous avez de très jolies mains, murmura-t-il.

Il repoussa une mèche de cheveux égarée sur le front de la jeune femme qui se laissa faire, le cœur battant. Très tendre, il lui souleva le menton.

— Vous êtes mon rayon de soleil. Votre seule présence a redonné vie à ce manoir. Que ferais-je sans vous, milady ?

Il lui décocha un sourire qui la fit rougir.

— Allons-nous accueillir nos visiteuses, à présent ?

Infiniment troublée, Trista acquiesça et, prenant le bras qu'il lui offrait, se dirigea vers le salon.

Esmée, plus resplendissante que jamais en costume jaune paille et chapeau de plumes assorti, parut ravie de voir sa nièce.

— Ma chérie !

Elle se précipita vers Trista et la serra dans ses bras.

— Oh ! Ma chérie... il fallait absolument que je sache comment tu allais !

Pour la forme, et visiblement à contrecœur, la comtesse adressa un bref salut à Nicholas avant de reporter son attention sur sa nièce.

— C'est gentil à vous d'être venues, murmura Trista.

Dans son dos, elle sentait la main de Nicholas qui se promenait en un lent va-et-vient.

— Il le fallait absolument, Trista ! renchérit Bianca.

Elle s'avança d'une démarche provocante, les yeux rivés sur Nicholas. Furieuse, Trista détailla l'Italienne des pieds à la tête. La toilette de satin rouge qu'arborait Bianca épousait ses formes de façon indécente. Bien que spectaculaire, la robe était tout à fait déplacée en la circonstance. Bien entendu, Bianca s'en moquait. L'important n'était-il pas qu'elle avait tout pour séduire un homme ? Du coin de l'œil, Trista guetta la réaction de son mari. Et quand l'Italienne s'arrêta devant lui pour embrasser son hôte sur la joue, une jalousie intense envahit Trista.

— Nicholas, susurra Bianca, il y avait si longtemps...

Son numéro de charme n'eut pas l'effet escompté. Nicholas se contenta d'esquisser un sourire poli et indifférent. La moue boudeuse, Bianca se tourna vers Trista.

— Eh bien, chère cousine ! Serait-ce que la vie

conjugale ne te convient pas? Tu es dans un état épouvantable!

— Vous m'avez surprise en train de pétrir le pain. Si j'avais su que...

— Le pain! s'écria Esmée. Quelle idée surprenante, ma chérie! Ton mari t'obligerait-il à faire la cuisine?

— En aucune façon, répliqua Trista. C'est moi qui ai pris cette initiative. En fait, je m'amusais comme une folle lorsque vous êtes arrivées.

Le rire de Bianca s'éleva, méprisant.

— Etrange passe-temps pour une si jeune mariée, fit-elle remarquer d'une voix suave. A cette heure-ci, nous nous serions plutôt attendues à te tirer du lit et des bras de ton époux.

— Bianca! s'écria Esmée, scandalisée.

— Trista n'est pas femme à paresser à longueur de journée, intervint Nicholas. Et je me félicite d'avoir une épouse aussi active.

— Décidément, tu es une perle, ma chère Trista! ironisa Bianca.

Fritz entra, chargé d'un plateau de thé qu'il posa sur une table basse. Trista convia ses invitées à prendre place.

— Je vous en prie, asseyez-vous, dit-elle.

Nicholas se pencha vers elle.

— J'ai du travail, chérie. Si vous avez besoin de moi, je serai dans mon bureau.

Son regard, plein de tendresse, se posa sur son épouse.

— Excusez-moi, comtesse, mais je suis contraint de vous abandonner. Ce fut un grand plaisir de vous revoir.

Après un bref hochement de tête à l'intention de Bianca, il se retourna vers Trista.

— A plus tard, mon cœur.

Sur quoi il lui déposa un baiser sur le front, et prit congé.

— Jamais aucun homme n'aura aussi bien porté un pantalon, observa rêveusement Bianca en suivant leur hôte des yeux.

Outrée, Esmée lui adressa une tape sur le bras.

— Eh bien quoi ? ajouta-t-elle en pouffant. C'est la vérité !

— Là n'est pas la question, riposta Esmée. On ne parle pas ainsi du mari d'une autre. Maintenant, pour l'amour du ciel, tiens-toi correctement ! Sinon je t'envoie m'attendre dans la voiture.

Vexée, Bianca fit la moue et se blottit à une extrémité de la banquette.

La comtesse serra la main de Trista.

— Il semblerait que tu te sois plutôt bien adaptée à la situation, finalement.

— Nicholas me laisse toute la liberté que je veux, répondit Trista. Ce que j'apprécie beaucoup.

— Nous avons reçu une lettre de ton père...

Esmée tira une enveloppe de son sac et la tendit à Trista.

— Ouvre-la vite. J'imagine que tu es impatiente de le voir. Quant à moi, je redoute son arrivée, je l'avoue !

La comtesse s'éventa.

— Le remords me ronge, reprit-elle. Je ne me pardonne pas ce qui s'est passé. Ton père a été prévenu, mais qui sait... peut-être sera-t-il rentré avant que la nouvelle lui soit parvenue. Mon Dieu !

Ne prêtant qu'une oreille distraite à sa tante, Trista parcourut la lettre de son père.

— Il se voit obligé de prolonger son voyage à cause d'un contretemps survenu en Italie. Il ignore quand il sera de retour en Angleterre, déclara Trista.

— Je comprends que tu sois déçue, ma chérie. Mais sois sans crainte : ton père approuvera la manière dont nous avons agi.

— Ce n'est pas cela, tante Esmée. J'ai envie de revoir mon père, certes, mais pas parce que j'espère que son retour changera quoi que ce soit à ma situation.

Visiblement étonnée, la comtesse contempla un instant sa nièce.

— C'est une surprise, finit-elle par admettre, mais une agréable surprise. Pas un jour ne s'est écoulé depuis ton mariage sans que je m'inquiète à ton sujet. Je me sens tellement fautive!

— Je t'en prie, tante Esmée, tu n'y es absolument pour rien. C'est moi seule qui suis à blâmer. Maintenant, cesse de t'en vouloir et goûte plutôt le thé de Polly.

— Quel soulagement pour moi! s'exclama Esmée. Et j'imagine que la générosité de ton mari te rend les choses plus agréables, n'est-ce pas?

Mal à l'aise, Trista souleva la théière pour servir.

— Oui, il est bon envers moi.

— J'en ai l'impression!

Bianca se pencha pour examiner l'émeraude qui brillait au doigt de Trista.

— Bien qu'il soit permis de se demander d'où

Nicholas tient sa fortune, dit l'Italienne. Il est vrai que les cartes semblent lui réussir. D'après oncle Dominic, il est même étonnant que Nicholas soit encore à la tête d'une affaire, compte tenu du temps qu'il passe chez White's.

Elle s'interrompit un instant à dessein, afin que Trista assimile l'information.

— Laisser ton mari traîner ainsi dans les maisons de jeux... Ce n'est pas prudent, Trista.

Sur cette pique, Bianca se leva.

— Excusez-moi. J'ai besoin de sortir respirer un peu.

— Ne va pas trop loin! cria Esmée.

La porte refermée, la comtesse leva les yeux au ciel, accablée.

— Ne lui prête pas attention, ma chérie. Elle est dévorée de jalousie.

Elle avait en tout cas réussi à semer le doute dans l'esprit de Trista. Nicholas avait-il effectivement retrouvé ses anciennes habitudes?

— A ce propos, reprit Esmée. J'ai croisé Kendall Barry, l'autre jour. Toujours aussi bien élevé, ce garçon... Il m'a demandé de tes nouvelles et m'a paru très malheureux.

— Avec le temps, il finira par se remettre, répondit Trista. Et Dominic? Comment vont ses affaires? Bien, j'espère.

Le beau visage de la comtesse s'assombrit.

— Qu'y a-t-il, tante Esmée?

— Non, ce n'est rien...

Esmée contempla fixement le fond sa tasse.

— Je t'en prie, tante Esmée, je vois bien que ce n'est pas vrai. Dis-moi ce qui se passe.

— Dominic a pratiquement perdu toute sa fortune sur les tables de jeux, avoua-t-elle, les larmes aux yeux. J'ai été stupide! Sa mère, la marquise, cette horrible vieille femme, était au courant depuis un certain temps déjà. Elle avait d'ailleurs plusieurs fois menacé de déshériter Dominic, s'il ne se modérait pas. Récemment, j'ai surpris Dominic en train de fouiller dans mon coffret à bijoux... Oh! Si tu savais le choc que cela m'a causé! Il avait l'intention de vendre les boucles d'oreilles que mère m'avait offertes quand je me suis mariée avec Gaston. Nous avons eu une dispute orageuse au cours de laquelle il m'a dit des choses horribles. C'est à ce moment qu'il m'a révélé la vérité. Il a contracté des dettes qu'il ne peut régler, sa mère lui a coupé les vivres. Il est aux abois. La plupart des bijoux appartiennent à la marquise, de même que la maison. Il n'a plus rien! C'est affreux et terriblement humiliant. Sans parler des répercussions sur notre mariage.

Pareilles révélations plongèrent Trista dans la stupéfaction. Jamais elle n'aurait imaginé que son oncle puisse se trouver dans une situation aussi critique.

— C'est incroyable! s'exclama-t-elle. Que vas-tu faire?

Tirant un mouchoir de son sac, Esmée s'essuya délicatement les yeux.

— Figure-toi que je n'ai tout de même pas été naïve au point de lui abandonner tout ce que je possédais quand nous nous sommes mariés! Dominic est persuadé que je n'avais pas de bien lorsqu'il m'a épousée. Ce qui, entre nous, n'est pas tout à fait exact. Non que j'estime le mensonge souhaitable entre époux, loin de là! Mais une femme, et plus particulièrement lorsqu'elle a mon âge, a tout intérêt à se montrer prudente, surtout en ce qui concerne l'argent. En réalité, mon regretté Gaston m'a laissé une petite fortune. Et voilà près d'un an que j'ai chargé ton père de la gérer.

— Tu as l'intention de t'en servir pour rembourser les dettes de Dominic?

La comtesse tressaillit, choquée.

— Crois-tu que je sois devenue folle?

— Folle, non. Mais amoureuse...

— Amoureuse!

Esmée partit d'un petit rire.

— Il fut peut-être un temps où par amour, j'aurais été prête à tout sacrifier. Pour Gaston, je n'aurais certainement pas hésité un instant. Mais Dominic n'est pas Gaston. Je me suis rendu compte que je n'avais guère réfléchi avant d'épouser Dominic. J'étais seule, et sans doute ai-je trop facilement succombé à son charme. Il était si drôle! Nous avons passé d'excellents moments ensemble! Mais l'humour ne suffit pas à bâtir une union solide. Non, rassure-toi, il n'est pas question que je le suive dans la ruine et la déchéance. Et je ne vais pas lui abandonner une fortune que Gaston avait honnêtement amassée. Dominic ne mérite pas une telle loyauté de ma part. En fait, j'ai de bonnes raisons de penser qu'il n'est pas un mari des plus loyal. Ne sois pas aussi choquée, ma chérie. L'infidélité est chose courante, de nos jours.

— Je ne sais pas quoi dire, tante Esmée. J'aimerais faire quelque chose.

— Peut-être pourrais-tu envisager de donner une réception dans ce cas, ma chérie. Ou une petite soirée. Histoire de rompre cette ennuyeuse monotonie. On s'ennuie à Londres et plus personne n'ose sortir depuis le drame. Les gens ont trop peur.

— Peur ?

— L'assassinat de cette pauvre Chorlis a provoqué une véritable panique. Les gens ne s'invitent plus de crainte que ce scélérat récidive sous leur propre toit. Malgré les recherches, la police n'a toujours pas réussi à l'identifier. Mon Dieu ! Cette malheureuse duchesse ne s'est pas encore remise du choc — ni du déplorable effet que cette affaire a eu sur sa vie sociale.

Esquissant un sourire, Esmée tapota une dernière fois la main de sa nièce.

— Mais assez parlé de cela. Allons plutôt voir où est passée notre insupportable Bianca.

Insupportable était l'adjectif qui convenait... Trista et Esmée la trouvèrent accrochée au bras de Nicholas, lequel remontait le corridor à grands pas.

— Ton mari me faisait les honneurs de la maison, déclara-t-elle.

Elle caressa le bras de son hôte qui se dégagea. Elle lui adressa un regard en coin, mais ne désarma pas.

— Et le second étage, Nicholas ? dit-elle en minaudant. J'aimerais tellement le visiter.

— Une autre fois, décréta Esmée.

Attrapant Bianca par le coude, elle la poussa vers la porte.

— Nous ne voulons pas déranger plus longtemps nos hôtes. Trista, ce fut une joie de te voir. Lord Brennan, prenez le plus grand soin de ma nièce.

— Vous pouvez compter sur moi, comtesse, répondit-il en enlaçant Trista par la taille.

Trista et Nicholas accompagnèrent leurs invitées jusqu'au perron. L'attelage de la comtesse s'ébranla et emprunta la majestueuse allée.

— C'est visite vous a-t-elle fait plaisir ? demanda Nicholas.

— Très. J'ai eu l'occasion de découvrir ma tante sous un jour qui m'a quelque peu surprise. Quant à Bianca, j'ai constaté que son attitude à votre égard n'avait pas changé.

La remarque amusa Nicholas.

— Ah ! Vous trouvez ?

— Vous m'avez très bien comprise. Inutile de jouer les innocents, Nicholas. Je sais pertinemment que cette petite peste vous plaît.

— J'ai l'impression que vous avez besoin que l'on vous rassure, milady.

— Moi ? se récria Trista. En aucune façon.

Nicholas la gratifia d'un sourire.

— Nier que Bianca est une femme très séduisante ne servirait qu'à aggraver vos soupçons, j'imagine.

— Ce ne sont pas des soupçons ! Vous étiez constamment à flirter avec elle avant notre mariage.

Cette fois, Nicholas éclata de rire.

— Il semblerait que Bianca vous ait raconté des histoires, très chère. Et que vous vous soyez empressée de la croire. Vous auriez dû vérifier, cependant, avant de me cataloguer comme un vaurien. Et vous interroger au sujet de Bianca. Sans doute n'avez-vous jamais réfléchi qu'elle pouvait vous mentir parce qu'elle vous considérait comme une rivale.

— En quoi étais-je une rivale? Chaque fois que Bianca ou tante Esmée étaient là, je faisais de mon mieux pour vous ignorer. Tandis que votre comportement avec Bianca n'aurait su être plus encourageant.

— Je vous assure qu'en dépit de ses charmes, je n'éprouvais aucune attirance pour cette dame. Mon attitude visait un autre but.

— Vous voulez dire que vous vous êtes servi d'elle...

— Chut...

Nicholas lui pressa un doigt sur les lèvres.

— Pourquoi continuer à parler d'une femme qui me paraît bien terne, comparée à celle que j'ai devant moi?

Il prit le visage de Trista entre ses mains.

— Milady, vous êtes, mieux que tout autre, tout ce que j'ai jamais désiré.

Troublée, Trista resta sans voix. Et son émoi redoubla lorsqu'elle vit le regard de son mari sur sa bouche.

Lentement, il se pencha vers elle. Ses mains se refermèrent sur les épaules de Trista et, l'attirant à lui, il l'embrassa. Douces et chaudes, ses lèvres s'attardèrent sur celles de Trista avec une infinie tendresse. Puis il se redressa.

— Vos baisers sont trop doux, madame, murmura-t-il d'une voix rauque. Ils éveillent en moi quelque chose qu'il vaudrait mieux étouffer.

Tandis que, le cœur battant, Trista reprenait son souffle, Nicholas la relâcha.

— J'ai reçu un message pendant que vous bavardiez avec votre tante, reprit-il. Je dois me rendre à une réunion avec certains de mes associés. Je partirai dès aujourd'hui car il me faudra une journée pour me rendre au lieu convenu.

Trista éprouva une immense déception à l'idée qu'il s'éloigne. Elle prit soin cependant de le cacher.

— Quand reviendrez-vous ? demanda-t-elle.

— Pas avant une dizaine de jours. Les personnes que je dois rencontrer sont disposées à investir de fortes sommes dans Brennan Shipping. Par ailleurs, j'ai à prendre livraison d'une importante cargaison. Je suis obligé d'être sur place.

— Bien sûr, murmura Trista. Je risque de me sentir un peu seule, ici.

Nicholas la serra dans ses bras.

— Ne faites pas de sottises, et gardez-vous de Nero. Si vous avez envie d'aller quelque part, ajouta-t-il, demandez à Fritz de vous accompagner.

Trista acquiesça, songeuse. Jamais elle n'aurait imaginé que le départ de Nicholas la laisse aussi désemparée et pourtant, il allait terriblement lui manquer.

Elle eut toutefois vite trouvé de quoi se distraire. Tous les matins, elle commençait par monter Gypsy. Puis elle retrouvait Polly à la cuisine, soit pour l'aider à préparer le repas, soit pour bavarder avec elle. Le piano l'occupait encore une heure ou deux par jour, de même que les livres de l'immense bibliothèque de Nicholas. De temps en temps, elle allait prendre des nouvelles de Peter aux écuries, et continuait d'explorer la maison.

Un après-midi, Trista se retrouva devant la porte de la chambre de Nicholas. Et bien qu'elle hésitât un peu, la curiosité finit par l'emporter. Avec un sentiment de culpabilité cependant, Trista poussa la porte.

Dès qu'elle fut dans la pièce, elle perçut le parfum de Nicholas, mêlé à celui du bois d'acajou. Le soleil qui entrait par les fenêtres projetait des carrés de lumière sur les tapis et le parquet. Il n'y avait pas beaucoup de meubles. Une table basse, avec quelques fauteuils, et un grand lit à baldaquin. Voyant les draps blancs entre lesquels son mari s'endormait tous les soirs, Trista sentit sa gorge se serrer. Avant de s'en être rendu compte, elle avait pris un oreiller et le pressait contre son visage.

Seigneur, songea-t-elle, les larmes aux yeux, pourquoi fallait-il qu'il lui manque autant?

Elle était sur le point de sortir lorsqu'elle avisa des papiers éparpillés sur un petit bureau dans un coin de la pièce. Curieuse de découvrir en quoi consistaient les affaires de Nicholas, Trista s'approcha. Un peu gênée, elle jeta un rapide coup d'œil à la première page avant de s'enhardir et de poursuivre sa lecture. Plusieurs documents étaient rédigés de la main de Nicholas. Trista observa un instant sa signature. Elle était ferme et assurée, exactement, réfléchit Trista, à l'image de l'homme.

Un sourire aux lèvres, elle mit le papier de côté et saisit une autre feuille. A son étonnement, elle vit mentionné en haut et à plusieurs reprises le nom de Sleeth. En dessous figuraient les noms de différents endroits, avec des dates. Et, plus bas, le mot « chantage ».

Perplexe, Trista s'apprêtait à parcourir la feuille suivante quand la voix de Polly l'interrompit. La gouvernante l'appelait pour dîner.

En toute hâte, Trista remit les documents en ordre. Puis, après un regard à l'extérieur pour s'assurer que la voie était libre, elle se glissa dans le corridor.

13.

La lune brillait haut dans le ciel lorsque les chevaux s'arrêtèrent devant l'entrée du manoir. Avant que le cocher ait eu le temps de lui tenir la portière, Nicholas descendit de voiture. La démarche un peu lasse, il gravit les marches du perron et s'avança vers la porte que Fritz venait de lui ouvrir.

— Je te remercie, Fritz, mais tu n'avais pas besoin de m'attendre.

Le majordome frotta ses yeux rougis par le sommeil.

— Si cela n'avait dépendu que de moi, il y a beau temps que je serais au lit, grommela-t-il. Ce n'est pas une heure à traîner debout ! Mais comme madame n'est pas encore couchée...

Nicholas jeta un coup d'œil au courrier posé à son intention sur une console.

— Comment cela ?

— Cela fait trois soirs qu'elle s'obstine à rester au salon de manière à être en bas pour vous accueillir. Seulement passé 10 heures, madame est incapable de résister au sommeil. Alors je me suis dit qu'il valait mieux entretenir le feu pour qu'elle ne prenne pas froid.

— Je suis sûr qu'elle appréciera ton attention, Fritz. Est-elle toujours là ?

— Oui.

— C'est bon, je m'occupe d'elle, déclara Nicholas. Tu peux disposer.

— Je vais de ce pas me coucher. J'espère que votre réunion aura été fructueuse.

— Très.

Nicholas jeta son pardessus sur le dossier d'une chaise et s'avança vers le salon.

— Cela aura valu le déplacement. Bonne nuit, Fritz.

Nicholas fut la proie d'une forte émotion quand il découvrit sa femme pelotonnée sur un canapé.

Son peignoir de soie rose accrochait le reflet des flammes. Un bras replié sous la tête, elle était allongée sur le côté, les jambes légèrement repliées. Comme il s'approchait, Nicholas contempla le galbe de la hanche. Il laissa ses yeux remonter de la ceinture du déshabillé au grand col qu'elle avait sagement drapé autour de sa gorge. Une mèche, échappée de sa natte, serpentait sur son épaule.

Trista dormait à poings fermés.

Sous le charme, Nicholas vint s'asseoir à côté d'elle. Doucement, il souleva une boucle parfumée et la porta à ses lèvres. Puis, saisi soudain du désir fou de lui arracher son peignoir et de l'aimer, il se pencha vers elle. Aussitôt la chaleur de son corps, si délicieusement féminin, l'enveloppa. Le pouls brusquement plus rapide, Nicholas tendit une main tremblante vers un pan du peignoir et s'arrêta dans son élan.

Couché devant la cheminée, Bo observait son maître. Contrarié, Nicholas lui indiqua la porte. Mais l'animal ne voulut rien entendre. Il se contenta de pousser un soupir et de s'installer confortablement, le museau entre les pattes, pour continuer de monter la garde.

Nicholas regarda son épouse endormie, puis de nouveau son chien.

La brave bête était-elle totalement dépourvue de cœur ? Ou bien tenait-elle absolument à protéger Trista de la passion qui consumait son mari ?

Nicholas se redressa soudain et frappa tout doucement les mains.

— Allez, Bo, dehors, murmura-t-il. Et si tu es sage, ajouta-t-il en se dirigeant vers la porte, tu auras droit à une récompense.

Le mot « récompense » parut produire son effet. Le chien passa docilement dans le couloir.

Satisfait, Nicholas revint s'installer dans un fauteuil, face au sofa. Il vit un livre que Trista avait posé sur la table, et, curieux de savoir ce qu'elle lisait, il se pencha. Au même moment, sur le canapé, Trista remua. Son peignoir s'entrouvrit, révélant une fine chemise de batiste. Incapable de résister à la tentation, Nicholas se leva.

Tendrement, il pressa les lèvres contre la gorge de sa femme. Elle gémit dans son sommeil, puis glissa les doigts dans les cheveux de Nicholas et l'attira près d'elle. Le cœur battant, il attendit quelques secondes, le temps de s'assurer que Trista dormait toujours, avant de lui effleurer la bouche d'un baiser.

Remuant de nouveau, Trista se cambra vers lui.

— Nicholas...

Nicholas repoussa le peignoir. Elle eut un autre soupir, et il laissa courir la main sur le ventre et les cuisses satinées.

— Trista, ma chérie...

Du corridor parvint soudain à Nicholas le bruit d'un gémissement persistant.

Levant les yeux au ciel, Nicholas étouffa un juron. Toujours endormie, Trista marmonna quelque chose avant de se retourner et de serrer son peignoir autour d'elle.

Nicholas la regarda un instant, la passion le cédant à la brusque et irrésistible envie d'étrangler le maudit animal qui grattait à présent contre la porte.

— Le diable l'emporte!

A peine Nicholas lui eut-il ouvert que Bo se précipita vers sa maîtresse et lui lécha la main. Au grand chagrin de son mari, Trista finit par se réveiller.

— Bo, s'il te plaît.

Elle tressaillit en voyant Nicholas.

— Vous êtes rentré?

Nicholas la dévisagea, inquiet de savoir si elle avait ou non eu conscience de ses caresses.

— J'arrive à l'instant.

Etouffant un bâillement, Trista se redressa.

— J'imagine que votre réunion se sera bien passée.

— Oui.

Nicholas la regarda serrer la ceinture de son peignoir et se pencher vers Bo.

— Vous êtes satisfait?

— Très.

Trista s'efforça de dissimuler un nouveau bâillement.

— Excusez-moi, Nicholas, mais je suis affreusement fatiguée. Ne pourrions-nous parler de votre voyage une autre fois? Ce n'est pas que cela ne m'intéresse pas...

— Je comprends.

Non sans un infini regret, Nicholas se résigna à les laisser, elle et son chien, le précéder dans la montée d'escalier.

Une fois sur le palier, Trista se retourna. Elle appuya la main contre la poitrine de Nicholas.

— Je suis contente que vous soyez de retour, murmura-t-elle d'une voix ensommeillée.

Se haussant sur la pointe des pieds, elle lui effleura la joue d'un baiser.

— Bonne nuit, Nicholas. Vous m'avez manqué...

Avant que Nicholas ait eu le temps de la prendre dans ses bras, elle avait tourné les talons et disparu avec Bo à l'intérieur de sa chambre.

Nicholas contempla un instant la porte de l'appartement de son épouse.

Comment un homme apte à diriger avec succès une compagnie de l'envergure de la sienne pouvait-il se trouver aussi désemparé face à sa propre femme? se demanda-t-il.

Une autre réflexion lui vint à l'esprit, un peu plus tard, alors qu'il buvait un cognac seul dans sa chambre. Qu'est-ce qui l'empêchait de frapper à la porte de Trista et d'exiger d'elle ce que tout mari était en droit d'attendre de son épouse?

Il réchauffa son verre entre ses mains et le vida d'un trait.

« Du temps », avait dit Trista. Elle avait besoin de temps et Nicholas, dont la patience n'était pas la première vertu, se voyait forcé d'attendre.

Attendre.

C'était son triste lot, depuis quelques semaines. Il lui fallait attendre que Maurice, son homme de main, termine d'appâter leur proie. Attendre que Sleeth morde à l'hameçon. Attendre que la chance tourne une fois de plus en sa faveur de manière que cette prétendue transaction soit conclue.

Attendre.

Bonté divine! Jamais il n'avait encore autant attendu de sa vie.

La robe de Gypsy brillait sous les premiers rayons du soleil. La jument renâcla, pressée de dévaler la colline, mais, d'humeur apparemment différente, sa cavalière la retint.

Au bout d'un moment, cependant, Trista finit par se décider à prendre la direction du manoir. Et à l'idée de croiser son mari, l'homme qui avait hanté son sommeil une grande partie de la nuit, la jeune femme sentit son cœur se serrer d'appréhension.

Elle avait la certitude que Nicholas s'était aperçu de son trouble, la veille, dans le salon, lorsqu'elle s'était éveillée au beau milieu d'un rêve. Et de quel rêve...

C'était comme si Nicholas l'avait caressée, comme s'il l'avait effleurée de ses lèvres. Comme s'il lui avait tendrement murmuré...

Trista se reprit. Du rêve à la réalité, il y avait un pas.

Plus tard, dans son lit, elle avait encore eu l'impression de sentir la présence de Nicholas. Elle avait ouvert les yeux et, tel un songe, l'image de son mari s'était fondue dans l'obscurité.

— Vous êtes matinale, aujourd'hui, Trista.

Profonde et chaude, la voix de Nicholas tira brusquement la jeune femme de ses pensées. En redingote et pantalon noirs, il était la séduction personnifiée.

Nicholas enveloppa Trista d'un regard appréciateur.

— Vous descendez ?

— D'accord.

Elle noua les rênes et se figea lorsqu'il la prit par la taille pour l'aider à mettre pied à terre.

Une lueur amusée au fond de ses yeux bleus, Nicholas la tint un instant enlacée. Puis elle se dégagea.

— Que vous soyez rentré tard ne vous a pas empêché de vous lever de bonne heure, fit-elle remarquer.

— J'ai rendez-vous. J'ignore à quelle heure je serai de retour.

— Je vois.

L'irritation envahit Trista.

— S'agit-il d'un rendez-vous en relation avec votre voyage ?

— Mon rendez-vous de ce matin a un rapport avec mon voyage, en effet. Celui de cet après-midi est en revanche de nature plus personnelle.

— C'est-à-dire ?

— Vous êtes bien curieuse, aujourd'hui !

— Peut-être suis-je un peu lasse d'être tenue à l'écart des prétendues affaires de mon mari.

— Qu'entendez-vous par prétendues affaires, Trista ?

— Affaires, jeu, appelez cela comme bon vous semblera. J'espère sincèrement que vous ne gaspillez pas tout votre temps et votre argent aux cartes, Nicholas. Il est vrai que d'après Kendall, c'est Dominic qui a perdu gros contre vous.

— Vous voilà bien informée.

— Je vous promets que si vous êtes à l'origine de la ruine de Dominic et des tourments de ma tante...

— Les ennuis de votre oncle ne doivent pas uniquement à ma chance au jeu, Trista. Il a effectivement laissé une assez jolie somme à ma table, mais vous ne croyez tout de même pas que c'est moi qui l'ai délesté de toute sa fortune ?

Un éclair malicieux traversa son regard.

— Je ne suis pas si fort que cela, mon cœur.

— Vous excellez dans d'autres domaines ! Dans celui des mauvaises manières, par exemple. Lorsque nous nous sommes connus, votre audace mettait tante Esmée dans tous ses états. Vous aviez une façon de me regarder en public...

— De vous dévorer du regard, vous voulez dire?

— Très juste. Vous vous conduisiez de manière tout à fait inconvenante, me volant un baiser dès que vous le pouviez, rôdant autour de moi à la moindre occasion. Je ne savais plus que faire!

— Votre beauté m'attirait, Trista. Et j'avais deviné au premier coup d'œil que vous étiez une femme d'une rare intelligence.

— Hélas! Je n'en ai guère montré la nuit où nous sommes restés enfermés dans la cave du duc.

— Quoi que vous ayez montré, mon plus cher désir serait que vous recommenciez. Vous n'avez pas de regrets, au moins?

Trista se tourna vers Gypsy pour lui ôter sa selle. Un frisson la parcourut lorsque Nicholas l'enlaça par la taille.

— Dussiez-vous continuer à garder vos distances une éternité, que je n'en aurai jamais aucun, pour ma part, murmura-t-il. Dominic Catalani aura bientôt ce qu'il mérite, je puis vous l'affirmer.

Quelque chose, dans la voix de Nicholas, alerta Trista. Elle se tourna vers lui.

— Vous paraissez bien sûr de vous.

L'expression de Nicholas se durcit. Ses yeux étincelèrent, puis il prit le visage de Trista entre ses mains.

— Vous devez me faire confiance, Trista.

— De quoi diable voulez-vous parler?

Trista essaya de le repousser, mais il resserra son étreinte.

— Cela a-t-il quelque chose à voir avec le décès de vos parents ou la ruine de votre famille?

questionna-t-elle. Pour l'amour du ciel, Nicholas, je suis votre femme, j'ai tout de même le droit d'être au courant!

— Faites-moi confiance, c'est tout ce que je peux vous dire, mon cœur.

Et il s'empara fiévreusement des lèvres de Trista et lui donna un baiser qui la laissa étourdie.

Quelques secondes plus tard, il enfourchait Nero et partait au galop.

La rage au cœur, Trista le suivit un instant des yeux. Puis, sous l'empire d'une subite impulsion, elle courut vers le manoir. Dans sa hâte, elle manqua renverser Fritz qui lui ouvrait la porte. Balbutiant une vague excuse, elle attendit que le marjordome s'éloigne pour se glisser dans le bureau de Nicholas.

Sans l'ombre d'une hésitation, elle se précipita vers la table de Nicholas et fouilla parmi les papiers. En vain. Elle trouva les papiers qu'elle cherchait dans un des tiroirs et se plongea dans leur lecture.

Trista espérait y découvrir la clé de l'énigme et comprendre ainsi le but que poursuivait son mari. Elle tomba sur une sorte de contrat, daté d'avril 1797. Quoique les caractères se fussent en partie effacés avec le temps, Trista réussit à reconnaître les deux signatures apposées au bas : Trent, pour l'une, et Oswald Sleeth, pour la seconde. D'après ce qu'elle put déchiffrer, le contrat concernait une importante quantité de marchandises que Trent Shipping devait acheter à Oswald Sleeth et acheminer ensuite aux colonies.

Trista regarda pensivement par la fenêtre. Ainsi donc, cet Oswald Sleeth et certainement son parent, qu'elle ne connaissait que trop bien, étaient, d'une manière ou d'une autre, mêlés à la faillite de la famille Trent. Et peut-être impliqués dans les projets de vengeance de Nicholas. Et qu'en était-il de cette histoire de chantage ?

Perplexe, Trista se pencha sur le document qui se trouvait en dessous du contrat. Et, devant ce qui ressemblait à une liste d'adresses, assorties de plusieurs colonnes de chiffres, elle comprit et ce fut comme si une chape de plomb s'abattait sur ses épaules. « Catalani », était-il inscrit en haut de la page.

Nicholas était bel et bien à l'origine des dettes de jeu de Dominic ? Le montant mentionné était considérable. Pauvre Esmée ! Nicholas était-il donc complètement dépourvu de scrupules ?

Le cœur battant, Trista regarda les dates qui figuraient en face de chaque somme. Elles se suivaient presque toutes. De plus en plus perplexe, Trista remit les papiers dans l'ordre où elle les avait trouvés, lorsqu'elle découvrit une feuille qui portait, de la main de Nicholas et plusieurs fois souligné, son nom à elle : « Trista ».

— L'arrogant personnage ! s'exclama Trista, un peu plus tard, dans la solitude de sa chambre.

Elle boutonna son tailleur vert, et, penchée vers la glace, noua rapidement ses cheveux en un chignon bas sur la nuque.

Ce scélérat était retourné à ses affaires, de quelque ordre qu'elles fussent, persuadé que sa femme allait sagement l'attendre à la maison. Pour qui Nicholas se prenait-il ? Comme si elle ignorait que ses activités n'avaient rien d'innocent !

Cherchant son sac, Trista fit plusieurs fois le tour de la pièce avant de le trouver. Son agitation était à son comble depuis qu'elle avait lu ces maudits documents.

— Si seulement je savais ce qu'il a derrière la tête ! murmura-t-elle.

Le fourbe ! Ces derniers temps, il avait fait assaut de charme et d'attentions pour qu'elle néglige de se poser la moindre question. Et la méthode s'était révélée efficace. Qui n'aurait succombé ? Au jeu de la fourberie, ses associés ou autres avaient peu de chance de l'emporter contre lui. Mais que manigançait Nicholas ?

Une fois son sac retrouvé, Trista se mit en quête de son chapeau.

Elle serait aussi rusée que lui, peut-être même plus. Si Nicholas refusait de lui dire ce qu'elle voulait savoir, elle se débrouillerait pour le découvrir elle-même.

La seule erreur de son mari, jusqu'ici, avait été de sous-estimer les ressources de sa femme.

Ayant enfin réussi à mettre la main sur son chapeau et ses gants, Trista demanda la voiture sous prétexte d'aller faire quelques emplettes.

Une heure plus tard, et non sans un coup d'œil perplexe, le cocher arrêtait sa maîtresse à proximité du White Club.

L'établissement, observa Trista, n'avait rien du lieu de perdition auquel elle s'était attendue. Avec sa façade élégante et ses grandes baies vitrées, l'on aurait même cru quelque respectable maison de commerce. Pas un endroit où des hommes, entraînés par des femmes vulgaires, dilapidaient des fortunes.

Bien à l'abri à l'intérieur de la voiture, Trista contempla un moment l'entrée. Jusqu'à ce qu'une tache de couleur vive, dans la rue, attire son regard. Clothilde St John, la belle courtisane, arrivait au bras d'un gentleman, Trista la reconnut aussitôt. Le couple gravit les marches du perron et, comme l'homme s'avançait pour ouvrir la porte à sa compagne, Trista distingua son visage et crut que son cœur allait cesser de battre.

Nicholas !

14.

— Vous ici, Brennan ! Quelle surprise !

Ironique, Archibald Sleeth avait levé le nez de sur ses cartes.

— On ne vous voyait plus guère, ces derniers temps. Votre bonne fortune ne serait-elle plus ce qu'elle était, depuis que vous êtes marié ?

Le regard de Sleeth passa de Nicholas à Clothilde St John.

— A moins que les relations que vous entretenez hors du lit conjugal aient eu raison de toute votre belle énergie ?

Nicholas masqua de son mieux le dégoût que lui inspirait le personnage.

— Au contraire, riposta-t-il. Ma femme n'a fait que me porter chance. Jamais mes affaires n'ont été aussi florissantes. Quant à mes relations, vous admettrez qu'il faudrait être fou pour être infidèle à aussi délicieuse épouse que la mienne.

Nicholas décocha à Archibald Sleeth un sourire glacial.

— Mais peut-être est-ce votre manque de succès auprès des femmes qui vous dicte ces propos acides... Quoi qu'il en soit, j'ai l'impression que cette partie manque un peu de relief. Vous permettez, messieurs?

D'autorité, Nicholas tira une chaise. Puis il sortit un cigare de sa poche et esquissa un sourire à l'intention de Dominic, lequel était assis à côté de Sleeth.

Jetant un regard noir à Nicholas, le comte but une gorgée de cognac.

— Vous n'êtes pas le bienvenu à cette table, Brennan, jeta-t-il.

Le sourire de Nicholas alla s'élargissant.

— Faut-il comprendre que les cartes ne sont pas avec vous, comte? Rassurez-vous. Je m'efforcerai de vous ménager, aujourd'hui. A condition bien sûr que vous n'abusiez pas de ma bonté.

La riposte de Dominic fusa, mais Nicholas s'était déjà tourné vers le vieux gentleman aux cheveux blancs qui lui faisait face.

— Enchanté de vous revoir, monsieur Maurice. Il semblerait que notre dernière rencontre remonte à quelque temps. Il est vrai que je viens de me marier, pour mon plus grand bonheur, et que mon penchant pour les cartes l'a cédé à d'autres plaisirs.

L'œil pétillant de malice, le vieil homme salua Nicholas.

— Mes félicitations et tous mes vœux, Brennan. Quoique le mariage semble plutôt bien vous réussir, d'après ce qu'il m'est permis d'en juger.

Le dénommé Maurice examina un instant ses cartes d'un air dépité.

— Il va falloir me ménager aussi, Brennan,

reprit-il. La chance ne semble guère vouloir me sourire, ces derniers temps. Pas plus au jeu qu'en affaires, du reste. Heureusement que je m'étais constitué quelques économies.

Le vieillard se perdit un moment dans ses pensées, en apparence inconscient du regard calculateur que Sleeth posait sur lui.

« Ferre-le doucement, Maurice, se dit Nicholas. De ton habileté dépend notre réussite. »

Il reporta son attention sur Dominic. Le comte semblait absorbé dans la contemplation de ses cartes. A moins que ce ne fût qu'une ruse.

La voix du vieux gentleman s'éleva de nouveau.

— Il apparaît, Brennan, que plusieurs de mes fournisseurs ont trouvé plus avantageux de travailler avec votre compagnie qu'avec la mienne. Votre réputation, et surtout votre connaissance des milieux d'affaires américains, ont joué en votre faveur. Il est vrai que vos compatriotes ont de l'argent, et qu'ils sont disposés à payer nos marchandises anglaises beaucoup plus cher que je ne puis me le permettre.

— Des bâtards de *Yankees*, c'est tout ce qu'ils sont, murmura Dominic.

Il leva une nouvelle fois son verre pour s'apercevoir que celui-ci était vide et le reposer violemment.

— Ces *Yankees* sont des bons à rien qui volent les Anglais, reprit-il avec hargne.

Si un éclair de mauvais augure traversa son regard, Nicholas avait trop de sang-froid pour céder si facilement à la provocation. Pas quand il lui importait avant tout de mener son projet à bien. Il se laissa aller contre le dossier de sa chaise.

— Au contraire, comte, observa Maurice. C'est tout au bénéfice des Anglais. Quand les Américains payent plus cher, le négociant que je suis est lui aussi en mesure de traiter à un prix plus élevé avec ses fournisseurs. Ce que je ferais volontiers, si j'étais sûr d'avoir des débouchés sur le marché américain.

— Si ce sont des débouchés que vous voulez, je pourrais vous introduire auprès de certaines de mes relations, proposa Nicholas. Mais rappelez-vous qu'ils ne doivent leur réussite qu'à leur travail et à leur sens des affaires. En d'autres termes, n'essayez pas de les abuser.

— Bien entendu.

Maurice le remercia d'un hochement de tête.

— Il ne me reste plus qu'à trouver quelqu'un qui ait de la marchandise à vendre, à présent. Vous n'iriez pas jusqu'à me présenter aussi quelques fournisseurs, par la même occasion, Brennan?

— Ce ne sera peut-être pas nécessaire, intervint Sleeth.

— Vraiment?

Maurice le dévisagea froidement.

— Un gentleman de ma connaissance a une cargaison à faire transporter, dit Sleeth. Il a hésité à s'assurer les services d'une grande compagnie telle que celle de notre ami *yankee*, de peur qu'on ne lui demande trop cher. Ce que je n'oserais certainement lui reprocher.

Nicholas regarda Sleeth d'un air dédaigneux pour, aussitôt après, se tourner vers Maurice.

— J'ignore dans quel bouge Sleeth a bien pu rencontrer ce prétendu gentleman, railla-t-il. Quant à la cargaison, je serais tenté de penser qu'elle est d'origine douteuse...

Interrompant Nicholas d'un geste, Maurice s'adressa à Sleeth.

— Quoi que dise Brennan, je serais curieux de savoir de quelles marchandises il s'agit, et de la somme à laquelle pense votre gentleman. Quand serait-il possible de le rencontrer?

— Vous le rencontrerez, soyez sans crainte, l'assura Sleeth. Quant au prix, il est assez élevé — quoique des plus raisonnables, si vous songez aux bénéfices qu'il vous permettra de réaliser.

Sleeth jeta un coup d'œil à Dominic qui contemplait sombrement son verre, avant de reporter son attention sur le vieil homme.

— Ce gentleman m'a pris comme conseiller pour...

— Ha! Vous voyez! s'exclama Nicholas. Comment croire après cela que cet homme n'est pas le dernier des imbéciles?

La mine dégoûtée, Nicholas se leva.

— Si vous voulez bien m'excuser, messieurs, j'ai grand besoin de boire un verre...

Comme il se dirigeait vers le bar, Sleeth le suivit des yeux.

— Voilà bien le plus arrogant bâtard que j'aie jamais eu le malheur de rencontrer! marmonna-t-il.

— Sans aucun doute...

Certain que Nicholas riait sous cape, le vieillard réprima lui-même un sourire. Puis son regard erra du côté de l'entrée du club et il crut avoir une hallucination.

Trista Brennan ! Sous le choc, il contempla la jeune femme en costume vert. Tout le portrait de sa mère au même âge. La ressemblance était à ce point frappante que Maurice en fut un instant médusé.

La jeune femme jeta un bref coup d'œil à l'intérieur de la pièce. Ce fut si rapide que Maurice eut du mal à savoir si elle avait ou non reconnu ses deux compagnons.

Puis, avec une hardiesse quelque peu stupéfiante, elle s'engagea à la suite d'une courtisane dans l'escalier qui menait aux appartements de ces dames.

Il but une gorgée de cognac pour apaiser son anxiété. Le diable soit de la jeune femme ! Sa subite apparition risquait fort de compromettre leur plan. Il épia discrètement Brennan et se força à reporter son attention sur Sleeth.

— Clothilde St John ?

Dans le salon aux appliques roses, plusieurs des élégantes qui se prélassaient sur les sofas manifestèrent leur étonnement à l'arrivée de Trista.

Un sourire aux lèvres, ce sourire mutin qui l'avait rendue si célèbre, la belle Clothilde s'avança vers Trista.

— A qui ai-je l'honneur, chérie ?

Clothilde avait la voix aussi profonde et grave que les formes de son corps étaient voluptueuses.

Face à une telle beauté sophistiquée, Trista se sentit gauche et faillit perdre tous ses moyens.

— Je suis Trista Brennan. Peut-être nous serait-il possible d'avoir une conversation?

Visiblement surprise, la courtisane la dévisagea un moment. Puis, se levant, elle murmura quelque chose à l'une de ses compagnes et passa devant Trista.

Le regard rivé sur les boucles auburn qui cascadaient jusqu'à la taille de la divine Clothilde, Trista lui emboîta le pas. Plutôt que de s'entretenir avec elle, elle aurait volontiers étranglé la créature. Dire qu'elle était venue là pour mettre Nicholas au pied du mur, exiger la vérité, la lui arracher, s'il le fallait. A l'idée qu'il ait pu la tromper avec cette... cette Vénus, Trista n'éprouvait plus qu'un immense désarroi. Il avait beau n'être qu'un mufle, elle ne voulait pas le partager. Elle le voulait à elle toute seule.

Trista suivit Clothilde St John le long d'un corridor et chercha en vain quelque défaut à la gracieuse silhouette de la femme.

« C'est mon comportement qui a éloigné Nicholas de moi », se dit-elle.

Elles pénétrèrent dans un boudoir élégamment tendu de velours crème.

Comment, se demandait Trista, avait-elle pu espérer garder Nicholas quand existaient des femmes du genre de cette maudite Clothilde?

Tendue, elle s'assit à l'extrémité d'une banquette.

Cela avait été pure folie d'épouser un homme

aussi convoité. Peut-être Nicholas avait-il été subjugué par l'esprit et le charme de la courtisane? Peut-être riait-il avec elle ou bien était-il séduit par son expertise dans les jeux de l'amour? Clothilde devait éveiller en lui une passion que sa trop froide épouse était incapable de susciter.

La gorge nouée de sanglots, Trista prit conscience de l'incroyable vérité. Elle ne supportait pas que Nicholas la trompe *parce qu'elle l'aimait!* Cette découverte lui fit l'effet d'un coup de tonnerre. Son cœur s'emplit d'allégresse.

— Tout va bien, madame Brennan? demanda Clothilde St John, inquiète.

— Oui, tout va bien, je vous remercie.

Rassemblant tout son courage, elle en vint au but de sa visite.

— Je vais être franche avec vous, mademoiselle St John, déclara-t-elle. Je suis venue vous prier de renoncer à mon mari.

Si Clothilde fut quelque peu décontenancée, elle le cacha bien. Elle éclata de rire.

— De quel droit osez-vous vous moquer de moi? s'écria Trista.

Elle se leva d'un bond.

— Ne vous suffit-il pas de vous afficher au bras de mon mari aux yeux du tout-Londres?

La belle Clothilde demeura impassible.

— Je crains que vous ne vous mépreniez, chérie. Les relations que j'entretiens avec Nicholas n'ont rien de répréhensible.

— Vraiment? J'imagine que vous êtes amoureuse de lui, alors. Et lui de vous, bien sûr. Ne croyez pas que je vais vous le laisser aussi facilement. Parce que je l'aime, moi aussi, et j'ai la ferme intention de me battre. Quoique vous en pensiez, je suis tout aussi capable que vous de séduire un homme. Je vais m'y employer jusqu'à ce que vous ne soyez plus pour lui qu'un lointain souvenir ! Me suis-je clairement exprimée ?

— Tout à fait. Mais permettez-moi de rectifier un petit malentendu. Il n'a jamais été dans mes habitudes de me lier, au-delà de la simple amitié, j'entends, avec un homme que je sais éperdument amoureux de sa femme.

— Qu'avez-vous dit ?

— Que votre mari — que j'adore, car c'est quelqu'un de merveilleux — vous aime.

— Vous n'êtes donc pas... enfin, il n'est pas...

— Nicholas et moi sommes devenus de très grands amis au fil des ans — et cette amitié ne survivrait pas à une liaison. Par ailleurs...

Les yeux bleus se firent un instant pensifs.

— ... dès qu'il vous a rencontrée, je n'ai plus eu aucune chance. Il ne me l'a jamais dit, naturellement, mais ce n'était pas nécessaire. Et apparemment, il semblerait qu'il ne vous ait pas fait de confidences, à vous non plus.

Décontenancée, Trista se laissa tomber sur le fauteuil le plus proche.

— Je suis désolée ! Je ne me doutais pas... Quand je vous ai aperçus ensemble, j'en ai tout de suite déduit qu'il y avait... enfin que vous étiez...

— N'importe quelle femme amoureuse en aurait conclu de même. Quoique l'on ne puisse s'empêcher de se demander pourquoi vous nourrissiez de tels soupçons au sujet de Nicholas. Ils sont tout à fait injustifiés, je vous assure! A moins, bien sûr, qu'il ignore tout de vos sentiments. Auquel cas, il vaudrait peut-être mieux les lui avouer. Je suis certaine que cela le comblera.

Clothilde partit d'un petit rire de gorge.

— Et vous n'aurez pas à le regretter, reprit-elle. Etre aimée d'un tel homme est un rare privilège. Ne le gâchez pas.

Trista rougit.

— Je veillerai à ce qu'il sache et j'apprécierais que vous vous absteniez de lui rapporter notre conversation.

— Ce sera un secret entre vous et moi. J'ai été ravie de faire votre connaissance, lady Brennan. L'on parle beaucoup de vous, depuis que vous avez ravi le plus beau parti de Londres. Et je ne fais pas seulement allusion à la bague que vous portez au doigt. Ce n'est qu'un symbole, qui a parfois vite perdu sa signification. L'infidélité est très répandue, de nos jours. Non, vous, vous avez aussi ravi le cœur de votre mari. Sans qu'il s'en rende compte. Voilà qui est absolument charmant. Et il y a pléthore de femmes qui aimeraient être à votre place!

Trista fit la grimace.

— Hélas! Comment vont-elles se remettre du fait que Nicholas n'est plus libre?

— Votre mari n'est pas un coureur de jupons. Au contraire. C'était sa froideur qui le rendait si séduisant. Aucune femme n'avait eu l'heur de lui plaire avant vous.

Décidément, cet entretien se révélait riche en surprises ! Trista médita un instant cette surprenante révélation.

— Il devait bien y en avoir ici qui lui plaisaient, objecta-t-elle. Il avait pratiquement établi ses quartiers au White, si j'en crois ce qui se dit.

— Ce ne sont que des rumeurs. Rien de plus. Le fait est qu'on le voyait souvent au club, ces derniers temps, mais je suis certaine que ce n'était ni par passion du jeu ni pour aucune d'entre nous. A mon avis, ses affaires l'attiraient au club — quoiqu'il ne parle guère de ces choses-là, et que je n'aie pas jugé bon de poser de questions. Nicholas n'a pas le tempérament d'un joueur. Il ne venait jamais ici qu'une ou deux fois par an, tout au plus. Au grand désespoir de ces dames, d'ailleurs. C'est la raison pour laquelle j'ai été très étonnée lorsqu'il a commencé à se montrer régulièrement, toujours en compagnie de ce comte italien et de ce répugnant M. Sleeth.

Clothilde frissonna de dégoût.

— Que Nicholas fréquente ce débauché dépasse mon entendement.

Une lueur malicieuse au fond des yeux, Clothilde se pencha vers Trista pour lui faire une confidence.

— Peut-être Nicholas ignore-t-il que Sleeth... comment dire... est assez porté sur les jeunes gens.

Trista rougit et s'empressa de mettre un terme à l'entretien.

— Il faut que je m'en aille, à présent. Je vous remercie de m'avoir reçue, mademoiselle St John.

— Ce n'est pas la peine de me remercier. Dépêchez-vous plutôt de rejoindre votre mari avant que la jalousie ait raison de mes bons sentiments !

Au moment où elle fermait la porte derrière elle, Trista poussa un soupir. Et maintenant, que faire ? Avoir une discussion avec Nicholas ne semblait plus être une excellente idée. Fureter dans les parages, toutefois, réussirait peut-être à lui ôter certains de ses doutes.

Forte de ce raisonnement, elle prit la direction de l'escalier lorsqu'elle se rendit compte que le gentleman qui s'avançait à grands pas vers elle n'était autre que Nicholas. Le sourire qu'esquissait Trista s'estompa aussitôt quand elle vit le regard meurtrier de son mari. Le cœur battant, elle s'arrêta, et chercha une excuse, un alibi.

— Que diable faites-vous ici ? lança Nicholas d'une voix grondeuse.

Il l'empoigna par le bras et la poussa sans ménagement contre le mur.

Irritée autant qu'indignée, Trista se débattit pour se dégager.

— Nicholas ! Lâchez mon bras, je vous prie !

— Ne vous inquiétez pas, petite sotte, je vous laisse.

Il s'écarta, mais n'en continua pas moins à la fixer d'un air menaçant.

— Pourquoi êtes-vous ici ? Et ne me racontez pas que vous vous êtes soudain découvert la passion des cartes.

— Il s'est simplement trouvé que je passais à proximité.

— Tiens donc ! En allant prendre le thé, sans doute ? Je vous connais bien, milady. Suffisamment en tout cas pour savoir que vous mentez. Vous êtes décidément bien naïve, Trista. Et surtout, un peu trop gâtée.

— Gâtée ! s'exclama rageusement Trista. Butor sans cervelle...

— Je vous en prie, épargnez-moi ce genre de scène.

— Je ne vous épargnerai rien du tout !

Furieuse, Trista lui martela la poitrine de coups de poings.

— Laissez-moi passer ! C'est vous le sot, pas moi !

— Vous avez raison, dit Nicholas en lui immobilisant les mains. Je suis le dernier des sots d'avoir pris pour épouse une gamine butée. Sans doute étais-je sous l'emprise de quelque sortilège...

Ses yeux se posèrent sur la bouche de Trista. Aussitôt, la jeune femme oublia tout. Sa colère disparut comme par enchantement. Ses lèvres s'entrouvrirent dans l'attente d'un baiser.

Nicholas la repoussa durement.

— Peut-être avez-vous parfois réussi à faire de moi un pantin, Trista.

Il eut un sourire cynique.

— N'espérez pas ruiner mes plans aussi facilement que vous m'avez tourné la tête, chère épouse. Méfiez-vous ! Je ne supporte pas que l'on m'épie.

— M'avez-vous laissé le choix ?

La voix de Trista vibrait de fureur à peine contenue.

— Vous me connaissez bien, vraiment, si vous croyez que je vais me contenter d'attendre que mon mari ait obtenu sa vengeance. Puisque vous voulez me traiter comme une petite fille, me tenir à l'écart de ce que vous manigancez, il est normal que je prenne les choses en main.

— Est-ce ainsi que vous avez confiance en moi ?

— Confiance ? C'est vous qui osez parler de confiance ! Ce n'est pas parce que je serai au courant que votre projet échouera, Nicholas ! Qui plus est, je commence à croire que votre revanche n'aura apporté que ruine et chagrin à ma famille.

— Vous ignorez tout.

— En effet. Et comme j'en suis réduite à faire des suppositions, j'en suis arrivée à me demander si je n'y jouais pas moi-même un rôle.

Le regard de Trista se voila de larmes.

— Dites-moi, Nicholas. Vous servez-vous de moi de la même manière que vous vous êtes servi de Bianca ? Ne suis-je là que pour que vous m'utilisiez à votre convenance ?

— Si c'était cela, il semblerait que je m'y prenne fort mal. Rassurez-vous. Vous n'avez été qu'une source de complications depuis le début. Ceci n'a rien à voir avec vous, je vous le certifie.

— Alors pour quelle raison vous acharnez-vous contre Dominic ? Et qu'en est-il de Sleeth et de cette histoire de chantage ? Que vient-il faire là-dedans ? Etes-vous de mèche avec lui ? Ou avec le vieux gentleman que j'ai aperçu en bas ? Je suis votre femme, j'ai le droit de savoir !

— C'est un droit que vous devez mériter,

milady, répondit-il froidement. D'ici là, ne vous mêlez pas de mes affaires.

Sur quoi il tourna les talons et disparut à l'angle du couloir.

— Arrogant personnage !

La stupeur et la colère figèrent Trista sur place. Une larme, qu'elle avait été incapable de retenir, roula le long de sa joue. Puis elle se précipita vers l'escalier.

Tout au cours tumultueux de ses pensées, elle ne remarqua pas la silhouette tapie dans un recoin du hall. Un sourire satisfait aux lèvres, Sleeth suivit Trista des yeux, avant de partir dans l'autre sens, enchanté de ce qu'il venait d'entendre.

15.

Penché sur l'encolure de son cheval, Nicholas jeta un coup d'œil vers le ciel et poussa Nero au galop. La journée avait été suffisamment pénible. Il n'avait pas la moindre envie, pour couronner le tout, de se laisser surprendre par l'orage.

Il était toutefois obligé d'admettre que les choses avaient plutôt progressé. Tout se mettait en place, le piège était prêt à fonctionner. Il ne s'agissait plus à présent que d'une question de temps et de patience.

De patience.

Il gronda tout bas comme l'image de sa belle épouse s'imposait de nouveau à lui. Encore un peu, et elle aurait pu tout faire échouer. Si Maurice ne l'avait pas vue qui rôdait dans les parages...

Que Maurice, qui n'avait jamais rencontré Trista, l'eût aussi aisément reconnue, ne semblait guère étonner Nicholas. Il était encore sous le coup du soulagement et de ce qu'il avait ressenti, dans ce couloir, lorsqu'il avait failli la prendre dans ses bras. Eût-elle esquissé le moindre geste...

— Le diable l'emporte, marmonna Nicholas,

juste au moment où les premières gouttes commençaient à tomber.

Le temps qu'il arrive, trempé des pieds à la tête, la pluie s'était quelque peu calmée.

Il trouva l'écurie déserte. Curieusement, Peter n'était nulle part en vue. De mauvaise grâce, Nicholas finit par se résigner à s'occuper lui-même de Nero. Puis il se dirigea vers le manoir.

Sa mauvaise humeur s'atténua cependant quelque peu lorsqu'il gravit les marches du perron. Enfin à la maison, songea-t-il. Un bon feu, un lit bien chaud, sa femme...

A sa grande surprise, le hall, à l'exception d'une bougie qui brûlait sur la console, était plongé dans l'obscurité. Fritz n'était pas là pour l'accueillir — pas plus que Trista. Nicholas expédia son pardessus dégoulinant de pluie sur une chaise et s'apprêtait à enlever sa chemise quand un aboiement se fit entendre.

— Bo!

Le chien approcha.

— Serais-tu le seul à m'attendre?

Le sourire de Nicholas s'évanouit, toutefois, quand le chien passa son chemin sans s'arrêter. Autant pour la fidélité du prétendu meilleur ami de l'homme!

Ce fut alors que du salon lui parvint l'écho d'un rire. Tiré de ses réflexions, Nicholas poussa la porte pour se trouver confronté à une scène d'une confondante intimité.

Peter et Trista assis côte à côte sur le tapis, devant la cheminée.

Un bon feu, sa femme… et un autre homme.

Peter.

Maudite soit-elle ! Jamais Trista n'avait eu pour Nicholas ce regard, ce doux regard qu'échangent des amants.

Comme la porte claquait contre le mur, Peter et Trista se tournèrent vers Nicholas d'un même mouvement.

Une rage indicible s'empara de celui-ci.

— Dehors ! intima-t-il à Peter.

Le jeune homme, livide, ne se le fit pas dire deux fois.

Trista se leva à son tour, avec cependant moins d'empressement que Peter. Elle semblait affreusement mal à l'aise. L'effet de la culpabilité, sans doute. A moins, songea-t-il brièvement, que ce fût de voir les vêtements trempés de son mari lui coller à la peau de façon très révélatrice.

Les poings serrés, Nicholas lutta contre le désir fou qu'il avait de l'attraper et de lui tordre son joli petit cou.

— Qu'il ne s'avise pas de remettre les pieds à la maison, dit-il d'un ton cinglant.

— De quel droit osez-vous ?

Nicholas s'avança. En dépit de tout, il brûlait de la toucher, de sentir la douceur de sa peau sous ses doigts, de la serrer contre lui.

— J'ai tous les droits, madame. C'est ma maison, vous êtes *ma* femme, et ce… palefrenier est à *mon* service. Et vous avez tous les deux intérêt à faire ce que je vous dirai de faire.

Cette fois, Trista manqua s'étrangler.

— Vous êtes odieux! Je n'appartiens à personne, espèce d'arrogant bâtard!

Un tel vocabulaire dans la bouche de son épouse avait de quoi surprendre, mais il n'eut pas le loisir de s'interroger plus avant. Folle de rage, Trista se ruait sur lui, toutes griffes dehors. Il se recula pour la maîtriser. Ce à quoi il parvint — jusqu'à ce que Trista lui enfonce le talon de sa sandale dans le pied.

Nicholas poussa un cri. Puis il attrapa sa femme par la taille et, l'attirant à lui, s'empara de sa bouche. Il avait besoin de savoir que, d'une certaine manière, elle était encore à lui. Un fugitif instant, elle donna exactement cette impression. Douces, ses lèvres se prêtèrent au baiser de Nicholas, s'entrouvrirent... puis elle le mordit.

— Vous êtes bien présomptueux, Nicholas!

Trista s'était déjà dégagée.

— Vous arrivez ici comme une furie, et vous croyez tout arranger en me prenant dans vos bras. Quelle belle assurance de votre part! Et comme...

Au même moment, la tête de Peter apparut dans l'embrasure de la porte.

— Lord Brennan!

Furieux, Nicholas se tourna vers lui.

— Sortez d'ici!

— Mais, Monsieur, je...

— Tout de suite!

Nicholas s'élança vers le jeune homme, mais Peter n'en insista pas moins.

— Monsieur, ce sont les chevaux. Vous avez oublié... Vous avez laissé l'écurie ouverte. Les chevaux se sont échappés.

Tandis qu'il adressait au palefrenier un regard furibond, Trista se mit à pouffer.

— Vous trouvez ça drôle ? jeta-t-il.

Elle s'abstint de répondre, sans doute pour ne pas envenimer la situation. Nicholas prit une profonde inspiration, s'exhorta au calme.

— C'est bon, dit-il. Venez avec moi, Fleming. Nous allons les rattraper.

La porte d'entrée se referma si violemment que le bruit résonna dans tout le manoir.

Assise devant sa coiffeuse, Trista resta un instant la brosse en suspens au-dessus de sa tête. La brise du soir agitait les rideaux et elle frissonna. Sa camisole ne la protégeait guère de la fraîcheur nocturne. Elle voulut se lever pour prendre un peignoir et couvrir ses épaules nues, mais se figea en entendant un bruit de pas dans le couloir.

Quelques secondes plus tard, la porte de la chambre s'ouvrit, livrant passage à Nicholas.

Longuement, ils s'affrontèrent et Trista soutint sans ciller le regard de son mari. Aussi furieux qu'exaspéré, il alla à l'armoire et commença à fouiller parmi les vêtements de Trista. Il prit une robe au hasard et la jeta sur le lit.

— Habillez-vous ! lança-t-il. Nous sortons.

Et, toujours aussi furieux, il tourna les talons.

— Cet homme me rendra folle ! s'exclama Trista.

Elle donna un vigoureux coup de brosse à ses boucles. S'imaginer qu'elle lui obéirait au doigt et à l'œil après la dispute qu'ils avaient eue ce soir? C'était insensé! Non mais, pour qui se prenait-il?

— Je m'habillerai comment et quand j'en aurai envie! Allez au diable, vous et votre maudit caractère!

Se levant, elle s'approcha du lit et regarda avec stupéfaction la robe qu'il lui avait choisie. A croire que l'homme n'avait pas toute sa tête...

Incrédule, Trista effleura le fameux fourreau de mousseline et lamé doré. Puis son regard se posa sur la chemise — ou plutôt le semblant de chemise — quasiment transparente qu'il avait posée à côté.

Exiger qu'elle s'exhibe dans cette tenue comme une vulgaire entraîneuse! L'audace de son mari ne connaissait pas de limites! S'il pensait qu'elle accepterait de se prêter à ses caprices...

Comme elle jetait un coup d'œil en direction de la glace, Trista se rappela la discussion qu'elle avait eue avec Clothilde St John. Celle-ci lui avait conseillé de tout avouer à Nicholas et Trista avait fait le vœu de le séduire. Allait-elle renoncer à son plan et perdre son temps à se battre avec lui? Son mari comptait plus que tout à ses yeux et il méritait qu'elle mette pour une fois sa fierté de côté.

« Il m'aime, Clothilde me l'a dit. Peut-être n'attend-il que l'occasion de le montrer. »

Elle ôta rapidement sa camisole pour enfiler la chemise diaphane que Nicholas avait sortie de l'armoire.

Quand elle se retourna vers le miroir, elle ne put s'empêcher de rougir. Aussi fine qu'un voile, la soie dévoilait impudiquement ses formes. Trista s'imagina un instant se dévêtir sous les yeux de son mari...

Puis, se rappelant à la raison, elle prit la robe en lamé et termina de se préparer.

Lorsque Polly entra, un moment plus tard, la gouvernante s'arrêta net, manifestement surprise.

— Ah! Polly! vous voilà.

Trista lui jeta un coup d'œil par-dessus son épaule.

— Peut-être réussirez-vous à venir à bout de tous ces boutons?

L'espace de quelques secondes, la gouvernante contempla la masse de cheveux artistiquement ébouriffés qui cascadait jusqu'aux reins de sa maîtresse. C'était là une coiffure pour le moins inhabituelle... et une bien étrange robe, d'après ce qu'il était permis d'en voir. Heureusement que la dame avait une silhouette irréprochable! Le vêtement ne laissait rien à l'imagination. Il lui moulait les hanches et les cuisses pour s'évaser à partir des genoux. Qu'elle puisse marcher tenait du véritable miracle.

— Alors, qu'en pensez-vous, Polly?

Radieuse, Trista se retourna. Polly resta muette.

— Je n'ai pas trop forcé sur le rouge, j'espère!

Se tournant une nouvelle fois vers le miroir, Trista effleura du doigt sa joue poudrée. Puis elle se passa la langue sur les lèvres.

— J'ai pensé que cela me changerait.

Elle fit quelques pas pour mieux apprécier le jeu de la flamme des bougies sur le lamé doré.

« Adèle, songea Trista, vous êtes une reine. »
Puis Trista jeta un coup d'œil à la gouvernante qui semblait frappée de stupeur.

— Eh bien, Polly, dites quelque chose!

Trista eut un sourire malicieux.

— Ne trouvez-vous pas ce fourreau tout ce qu'il y a de plus affriolant?

La gouvernante hocha la tête.

— En effet, milady, très affriolant. Lord Brennan risque de ne guère approuver.

Trista éclata d'un rire ravi.

— Bien au contraire!

Elle ouvrit son coffret à bijoux.

— C'est lui-même qui m'a demandé de le mettre.

Déconcertée, Polly regarda sa maîtresse fouiller parmi ses bijoux.

Si lord Brennan avait exigé que sa femme s'habille de cette façon — ce qui, à la lumière de la récente mauvaise humeur de son maître n'avait rien d'impossible — c'était sans doute uniquement par esprit de provocation. Lady Brennan s'en serait sûrement rendu compte.

Selon toutes les apparences, ce n'était pas le cas. Et il semblait que madame voulût à son tour elle aussi faire un coup d'éclat.

La gouvernante réprima un soupir tandis que Trista tirait de sa cassette le superbe collier de diamants que Nicholas lui avait offert le soir de leur mariage.

— Je pense que celui-ci conviendra le mieux. C'est aussi votre avis, Polly, n'est-ce pas?

La gouvernante accrocha le bijou au cou de Trista. Tout en commençant à chercher un prétexte pour s'être éclipsée avant que lord Brennan ait vu son épouse ainsi vêtue.

Nul doute que la maison allait encore une fois trembler de la cave au grenier.

Trista était presque arrivée au bas de l'escalier quand Nicholas sortit du salon.

Et si Nicholas blêmit lorsqu'il leva les yeux vers son épouse, le cœur de Trista se mit à battre à coups précipités.

Son mari était un homme si merveilleusement beau. Noirs et brillants, ses cheveux accrochaient la lumière des bougies et lui donnaient une allure canaille qui ne manquait pas de charme.

Comme leurs regards se croisaient, Trista se demanda si c'était à cause d'elle, et de sa tenue, que Nicholas avait pâli. Ou bien s'il n'était pas, à en juger par la légère odeur de cognac qu'elle percevait, sous l'emprise de l'alcool.

La manière glaciale dont il la dévisagea ne fut guère pour la rassurer. Avec appréhension, elle prit le bras qu'il lui tendait.

— Bonsoir, murmura-t-elle de sa voix la plus charmeuse.

Un sourire aux lèvres, Trista s'arrêta sur la dernière marche, face à lui. Et comme elle l'avait anticipé, le regard de Nicholas tomba sur le diamant qui brillait au creux de ses seins.

Trista lui effleura la veste.

— Je vous trouve très séduisant, Nicholas.

Vif comme l'éclair, il lui attrapa le poignet.

— J'ignore à quel jeu vous jouez, madame, mais je suis tout disposé à m'y prêter. Néanmoins, je tiens à vous prévenir que vous aurez à en assumer les conséquences. Quelles qu'elles soient. C'est bien clair?

— De quoi voulez-vous parler?

Mutine, Trista dégagea sa main avec un petit rire.

— Je ne joue à aucun jeu, je vous assure. C'est juste que je suis un peu... surexcitée, ce soir. Peut-être ferions-nous mieux de ne pas tarder à nous mettre en route.

— Comme il vous conviendra.

Tandis qu'il la guidait vers le perron, Trista se rendit compte qu'il ne cessait de la dévorer des yeux. C'était un vrai miracle, songea-t-elle, que son mari parvînt encore à descendre aussi facilement les marches sans trébucher.

Quand il continua à la regarder, une fois assis dans la voiture, Trista, pleine d'audace, fixa son mari.

— Dois-je déduire de la manière dont vous m'observez que vous trouvez ma tenue à votre goût, Nicholas?

— Vous êtes... sublime.

Il n'esquissa pas un geste, mais ce n'était pas nécessaire. Son regard, comme une caresse, dessinait sur la peau de Trista d'érotiques arabesques.

Réprimant un soupir, elle se pencha vers lui. Leurs bouches étaient proches. Lentement, elle leva les yeux.

— Vous aussi, mon galant chevalier, chuchota-t-elle, les paupières mi-closes.

La voiture fit une embardée. Projetée en avant, Trista fut stabilisée par Nicholas qui l'enlaça.

— Peut-être devrais-je vous montrer à quel point je vous trouve à mon goût, murmura-t-il.

Nicholas lui glissa une main derrière la nuque et Trista se retrouva assise en travers de ses genoux.

Tout en lui couvrant la gorge de baisers, Nicholas la poussa sur les coussins de la banquette. Puis il souleva le bas de sa robe et, parcourue d'un long et délicieux frisson, Trista l'agrippa par les épaules.

— Oh ! Nicholas...

— Je vous désire tellement, ma chérie, chuchota-t-il.

Il l'attira sous lui et lui caressa la cuisse.

Ce qui se serait produit, ensuite, Trista en fut réduite à l'imaginer. La voiture s'arrêta si brusquement qu'ils faillirent tomber du siège. Jurant tout bas, Nicholas se redressa et rabattit la jupe de la jeune femme. L'instant d'après, il avait entrouvert la portière.

— Que se passe-t-il ? lança-t-il au cocher.

Pendant que l'homme répondait, Trista rajusta sa robe d'une main tremblante.

Nicholas se retourna. Un instant elle le crut sur le point de parler, puis il se ravisa et esquissa un geste en direction de la vitre.

— C'est à se demander où cet imbécile a appris à tenir un fouet, marmonna-t-il. Nous sommes arrivés, Trista.

Il marqua une pause, la scruta avec une troublante intensité.

— Etes-vous prête ? questionna-t-il.

— Oui, bien sûr, balbutia-t-elle.

Trista accepta la main que Nicholas lui tendait tout en regrettant que leur galant tête-à-tête ait été si brutalement interrompu. Nicholas avait-il éprouvé la même déception qu'elle ? Trista n'aurait su le dire tant l'expression de son mari était impavide.

S'inclinant vers elle, il lui offrit le bras et ils se dirigèrent vers un établissement brillamment éclairé.

Trista n'en menait pas large. Pourvu que sa tenue ne paraisse pas déplacée dans l'endroit où il l'emmenait ! Jamais elle n'avait porté toilette aussi osée. Du coin de l'œil, elle épia son mari. Sûr de lui, élégant et distingué, il avançait d'un pas ferme. Aucune émotion ne s'inscrivait sur ses traits et à le voir, on n'aurait jamais deviné qu'il venait d'enlacer sa femme dans une étreinte passionnée... Trista lui en voulut un peu de la maîtrise qu'il témoignait alors qu'elle avait du mal à recouvrer ses esprits.

Un attelage se rangea le long du trottoir. Ses occupants, de joyeuse humeur, riaient et on percevait des exclamations étouffées. La portière s'ouvrit, et une femme en robe rouge et boa à plumes en descendit. Outrageusement fardée, elle pouffa de plus belle comme, de l'intérieur du véhicule, un homme tendait la main pour l'attraper. S'emparant de la main de son compagnon, la femme la posa dans l'échancrure de son décolleté.

Atterrée par ce spectacle, Trista s'accrocha au bras de Nicholas et gravit avec lui les quelques marches de l'entrée. Juste au moment où ils atteignaient le seuil, une voix bizarrement familière la fit de nouveau se retourner.

Médusée, elle vit Kendall Barry sortir à son tour de la voiture dont était descendue la femme en rouge. Il semblait avoir du mal à se tenir debout, — que ce fût à cause de la manière dont sa compagne se serrait contre lui, ou de ce qu'ils avaient apparemment bu.

La stupéfaction de Kendall, lorsque son regard croisa celui de Trista, parut toutefois montrer qu'il conservait encore un soupçon de lucidité. Comme s'il avait craint de perdre l'équilibre, il agrippa la femme en rouge par la taille.

Nicholas se pencha à l'oreille de sa femme pour lui chuchoter une recommandation.

— Il vaudrait mieux éviter de dévisager les hommes de cette façon, chérie. Surtout ceux que vous avez éconduits. J'ai l'impression que votre ancien amoureux n'a toujours pas révisé sa conduite.

Sur ces paroles, il l'entraîna dans un vaste hall étincelant de lumière. Surprenant le regard désorienté de Trista, Nicholas se mit à rire.

— Je comprends votre surprise, madame, mais Barry Kendall a toujours été grand amateur de ce genre de spectacle et de plaisirs. Vous auriez de quoi être flattée si c'était le désespoir qui l'avait amené à se consoler de la sorte. Malheureusement, ce n'est pas le cas. Bien avant de vous rencontrer, il fréquentait déjà un certain nombre de... ces dames, disons. Et je doute fort qu'il ait eu l'intention, même après votre mariage, de changer de style de vie.

Nicholas effleura d'une caresse le dos de Trista.

— Alors ? Ne vous félicitez-vous pas de m'avoir épousé ? demanda-t-il.

— Jamais je n'aurais imaginé une chose pareille ! Pourquoi ne m'a-t-on rien dit ?

— Vous ne pensez tout de même pas que j'allais perdre mon temps à dénigrer votre distingué soupirant ! Jamais vous ne m'auriez cru, de toute façon. Par ailleurs, les gens n'estiment pas qu'il soit nécessaire d'avertir la fiancée. Barry n'est pas le seul à se conduire ainsi. C'est un comportement assez répandu, au sein de la bonne société, et parfaitement accepté. Ce sont au contraire les hommes qui ne mènent pas cette existence, qui sont plutôt mal vus.

Trista, abasourdie par de telles révélations, en fut réduite au silence. Et le spectacle de la foule colorée et bruyante qui se bousculait autour d'eux eut tôt fait de la distraire.

Sa robe, découvrit-elle, était certainement l'une des moins osées de celles qu'elle voyait. Au loin, elle aperçut Clothilde St John au bras d'un grand et beau jeune homme et la courtisane lui adressa un petit signe amical de la main.

De son côté, Nicholas lui mit une coupe entre les mains.

— Champagne, chérie !

— Nicholas, je vous en prie, dites-moi... Où sommes-nous ?

— A Covent Garden, très chère. L'endroit où

viennent s'encanailler les nouveaux riches et tous ceux qui ont envie de s'amuser. C'est tout de même un peu plus animé que les salons mondains, vous ne trouvez pas ? A moins que vous eussiez préféré que je vous emmène à l'opéra?

Le ton, ironique, décontenança Trista qui but une gorgée de champagne pour se donner une contenance. Au désespoir, elle songeait aux chances qu'elle avait de mener son entreprise de séduction à bien. Elles étaient, hélas! minimes. Parmi toutes les beautés qui se pressaient ici ce soir, n'était-elle pas insignifiante?

— Absolument pas, cher mari, répondit-elle.

Elle adressa un sourire enjôleur à son mari.

— Non, puisque nous sommes ici, je ne vois aucune raison de ne pas en profiter.

Pour en profiter, Trista en profita. Elle trouva le spectacle, une succession d'attractions tantôt burlesques, tantôt coquines, des plus à son goût. Le champagne aussi.

Chaque coupe la rendait un peu plus exubérante. Elle ne cessait de rire et de bavarder avec le couple qui partageait leur box, une blonde vulgaire et son amant qui, de l'avis de Nicholas, lorgnait le décolleté de Trista avec un peu trop d'insistance.

De fait, au fur et à mesure que la nuit avançait, Nicholas se demanda plusieurs fois ce qu'il était venu faire là. Son rôle se limitait à se tenir dans l'ombre de sa ravissante épouse, à aller lui chercher du champagne et à s'efforcer de ne pas la perdre de vue.

Il était le seul à blâmer, se dit-il. L'on n'exhibait

pas impunément une femme aussi belle que la sienne dans ce genre d'endroit !

Il aurait dû se douter qu'elle susciterait des convoitises. Plus la soirée avançait, plus son humeur devenait agressive. Au point que, lorsqu'un jeune blanc-bec vint se heurter délibérément à Trista et l'attraper par les hanches, il dut se faire violence pour ne pas expédier son poing dans la figure de l'impudent.

En proie à une agréable euphorie, Trista ne se rendait compte de rien. Elle ne cessait de sourire, de remercier Nicholas de la bonne idée qu'il avait eue de l'amener à Covent Garden. Enthousiaste, elle tenait absolument à y retourner le plus vite possible.

Nicholas, quant à lui, se jurait de ne pas y remettre les pieds avant longtemps. Sans doute aurait-il mieux valu qu'il s'abstienne de la provoquer. Alors qu'il pensait se venger en mettant sa femme dans l'embarras, c'était lui que Trista avait tourné en ridicule.

Dévoré par un intense sentiment de jalousie, il la contempla de nouveau. Cette maudite robe ne dissimulait rien de son anatomie. Jamais il n'aurait dû la laisser sortir ainsi !

De plus en plus sombre, Nicholas se remémora la scène, hélas trop tôt interrompue, de la voiture. Soudain, Trista agita un bras — pour saluer sans doute l'une de ses nouvelles relations. Geste ô combien innocent qui eut toutefois pour effet de tirer dangereusement sur son bustier et de laisser apparaître un sein.

Juste au moment où, furieux, Nicholas s'apprêtait à lui jeter son pardessus sur les épaules et à la ramener chez eux, un individu passablement éméché se heurta à Trista, lui renversant le contenu de sa coupe de champagne sur la robe.

L'homme s'excusa de sa maladresse, non sans fixer avec insistance le bustier de Trista. A l'évidence, il trouvait la jeune femme très à son goût.

Avant qu'il puisse commettre l'erreur de flirter avec elle, Nicholas lui adressa une bourrade et lui jeta un regard noir. Abrégeant les politesses, l'individu préféra s'éloigner plutôt que d'encourir les foudres de ce mari jaloux.

Cet incident fut la goutte d'eau qui fit déborder le vase... Décidé à en finir et à rentrer au plus vite au manoir, Nicholas attendit que l'individu eût passé son chemin pour se tourner vers Trista.

Celle-ci n'était plus à son côté. Accompagnée de la blonde vulgaire qui partageait leur loge, elle s'était éloignée en direction des toilettes.

16.

— Voilà, cela devrait aller.

Trista posa la serviette avec laquelle elle venait d'essuyer sa robe.

Puis, jetant un coup d'œil dans la glace, elle se dépêcha de remettre un peu d'ordre dans sa coiffure. La rougeur qui envahissait ses joues ne devait rien au fard, mais plutôt à un excès de champagne. Il allait falloir qu'elle se modère, songea-t-elle en s'approchant de la porte.

A sa surprise, la poignée resta bloquée. Que se passait-il ? se demanda Trista. La blonde qui l'avait accompagnée n'aurait pas commis l'erreur de l'enfermer dans les lavabos. Elle essaya une nouvelle fois d'ouvrir — sans plus de résultat.

Décontenancée, elle regarda autour d'elle et avisa une autre porte. Sans doute aurait-elle plus de chance de ce côté-là.

Elle fit quelques pas quand un courant d'air envahit les toilettes. Sans doute quelqu'un avait-il pu venir à bout de la poignée récalcitrante, se dit-elle, soulagée. Avant qu'elle ait pu se retourner, cependant, la pièce se retrouva plongée dans l'obscurité. Affolée, Trista vit se découper sur le seuil une haute et imposante forme noire.

L'instant d'après, une main gantée lui bâillonnait la bouche, étouffant le cri de la jeune femme.

— Tu as réussi à m'échapper une première fois, n'est-ce pas ?

Sinistre, la voix lui résonna à l'oreille.

— Et je t'ai abandonnée à ton maudit *Yankee.* C'est toi que j'aurais dû prendre, cette nuit-là, au lieu de cette petite catin de Chorlis. Elle ne m'a guère donné de plaisir. Beaucoup moins que tu ne m'en donneras...

Les yeux écarquillés de terreur, Trista tenta en vain de se dégager. Son agresseur la maintenait dans une étreinte de fer.

Il ricana.

— Inutile de te débattre, ma belle. Tu ne parviendras pas à t'enfuir !

Il se pressa contre elle.

— Je t'aurai...

Une terreur sans nom submergea Trista. Les forces décuplées par la peur, elle s'efforça de le repousser, mais l'homme l'immobilisa contre la porte et lui inséra un genou entre les cuisses. Le souffle rauque, il lui arracha son bustier.

Horrifiée, Trista tressaillit.

— Lâchez-moi !

Tout en se débattant, elle lui laboura les épaules et le visage de ses ongles.

Quand, soudain, elle se rendit compte que son agresseur avait changé d'attitude et que ses intentions étaient maintenant d'une tout autre nature.

Il l'avait prise à la gorge. Pesant de tout son poids sur elle, il accentuait peu à peu la pression de ses doigts.

Trista essaya de le griffer, mais il ne fit que resserrer son étreinte. Elle commençait à étouffer, un voile noir obscurcissait sa vision.

L'homme émit un grognement; un bref instant, l'étau de ses mains se relâcha légèrement.

Rassemblant le peu d'énergie qui lui restait, Trista en profita pour le pousser. Déséquilibré, l'homme la lâcha et elle réussit à lui échapper. Courant à l'aveuglette, elle chercha fébrilement la porte. Ses mains glissèrent le long du mur et elle accrocha le miroir posé au-dessus du lavabo. Celui-ci se fracassa sur le carrelage dans un bruit assourdissant. Terrorisée, Trista perçut le souffle saccadé de son agresseur qui tâtonnait lui aussi dans le noir. En proie à une folle panique, elle continua d'avancer et toucha quelque chose qui avait la forme d'un loquet. Sauvée ! Elle était sauvée ! Hélas, sa joie fut de courte durée : ce qu'elle avait pris pour un loquet n'était en réalité qu'un crochet.

Réprimant un sanglot, Trista pivota. Tout à coup, le mur céda la place à un panneau de bois. La porte, enfin ! L'espoir au cœur, elle saisit la poignée qui s'abaissa sans peine, cette fois. Ouvrant le battant, Trista se précipita dans le couloir puis revint sur ses pas.

Son agresseur lui aussi avait trouvé la sortie. Pour le retarder, elle se précipita vers la porte et tenta de la fermer en pesant de tout son poids.

L'homme, qui se trouvait juste derrière, n'avait pas prévu cette manœuvre et se laissa surprendre, la main dans l'ouverture de la porte. Poussant un hurlement de douleur, il tomba en arrière.

Tremblante, Trista ne demanda pas son reste. Elle courut le long du couloir en direction de la salle et se retrouva au sein d'une véritable marée humaine. Ses oreilles bourdonnaient; devant elle, les visages dansaient et devenaient flous. Nicholas! Où se cachait-il? Pourvu qu'elle le trouve vite! La nausée la gagnait et elle n'avait qu'une crainte : s'évanouir avant d'avoir trouvé refuge auprès de lui.

Soudain, on la saisit par la taille et la jeune femme crut mourir de frayeur. Son agresseur l'avait retrouvée! Il allait en finir avec elle et elle n'avait plus la force de lutter, cette fois. Se dégageant, elle se faufila vers la sortie, inconsciente des regards étonnés qu'elle suscitait sur son passage.

Enfin, une bouffée d'air frais lui parvint et elle se retrouva dehors. Hébétée, elle n'entendit pas la voix alarmée de son mari. A genoux, elle se laissa tomber par terre, le buste courbé en avant, victime d'un violent malaise.

Les larmes ruisselaient le long de ses joues et elle ne vit pas Nicholas s'accroupir à côté d'elle. Il lui entoura les épaules d'un bras et, comme elle ne réagissait toujours pas, la souleva dans ses bras pour la porter jusqu'à la voiture.

Quelques minutes plus tard, Trista se retrouva sur les coussins de la banquette. S'efforçant de la réconforter, Nicholas la tenait blottie contre lui et la berçait.

Trista accrocha les mains autour du cou de son mari et éclata en sanglots.

Patiemment, il attendit qu'elle se calme. Bien à l'abri dans le havre rassurant des bras de Nicholas, elle finit par s'apaiser et trouver assez de force pour parler.

D'une voix que l'émotion altérait, elle lui fit le récit de sa mésaventure, n'omettant aucun détail.

En silence, Nicholas l'écouta. Une colère dévastatrice luisait dans ses yeux, colère qu'il semblait avoir toutes les peines du monde à maîtriser.

Une fois que Trista eut fini, Nicholas se pencha sur son visage baigné de larmes et lui déposa un tendre baiser sur les lèvres.

— J'aurai la peau de ce monstre, Trista, dit-il. Qui qu'il soit.

Sa voix tremblait, une fureur sans nom l'habitait.

— Je vous en fais le serment, ma chérie, reprit-il.

L'attirant à lui, Nicholas cala la tête de Trista contre son épaule, et ils demeurèrent ainsi pendant tout le trajet.

Trista blottie dans ses bras, Nicholas gravit les marches du perron et traversa le hall sous les yeux médusés de Fritz. Avant de s'engager dans l'escalier, Nicholas lança quelques rapides instructions à son majordome et, une fois sur le palier, se dirigea résolument vers sa propre chambre.

Trista le laissa repousser la porte du pied sans émettre la moindre protestation.

Doucement, Nicholas la fit s'asseoir dans un fauteuil. Puis il s'agenouilla devant elle et, lui prenant la main, la porta à ses lèvres. Ses yeux bleus plongés dans ceux de Trista, il lui effleura la joue — pour se relever lorsque Fritz apporta un plateau en argent.

Le majordome le posa sur la table et se retira aussitôt en refermant derrière lui.

Otant son pardessus et sa redingote, Nicholas les lança sur une chaise. La carafe en cristal accrocha le reflet des flammes lorsqu'il la souleva. Il versa une généreuse rasade de cognac dans chacun des deux verres, et en mit un dans la main de Trista.

Perdue dans ses pensées, la jeune femme semblait frappée de mutisme. Sans doute était-elle encore sous le choc des récents événements. Il préféra respecter son silence et s'assit à côté d'elle. Soucieux, il contempla un instant son verre et le feu qui flambait dans la cheminée.

Il aurait tant aimé lui dire... mais ne savait comment s'y prendre.

N'y tenant plus, il repoussa une mèche sur le front de Trista. Quelle ne fut pas sa surprise quand elle lui prit la main et la pressa contre sa joue. Elle resta un instant ainsi, la tête appuyée contre les doigts de Nicholas, puis elle se tourna et lui déposa un baiser au creux de la paume.

Sans lui lâcher la main, Trista but une gorgée de cognac. Un soupir s'échappa de ses lèvres tandis que son regard se posait sur leurs doigts entrelacés.

En dépit de lui-même, et de la retenue qu'il entendait s'imposer, Nicholas fut troublé et songea au lit qui se trouvait derrière eux.

Aussitôt il s'en voulut de concevoir pareilles envies. Ce n'était pas le moment, se dit-il. Ce dont Trista avait besoin, c'était de douceur et de réconfort.

Détournant les yeux, il vida son verre d'un trait et sursauta lorsque, tout à coup, la voix de Trista s'éleva, songeuse :

— Je crois que la première chose que j'ai aimée en vous a été vos mains.

Apparemment inconsciente de l'effet que pareils propos produisaient sur son époux, elle poursuivit :

— Plus tard, je me suis aperçue qu'elles étaient à votre image.

Elle leva les yeux vers Nicholas.

— Physiquement, vous êtes d'une force et d'une volonté impressionnantes. Néanmoins, j'en suis venue à préférer ce que vous cachiez soigneusement derrière cette façade sévère. Nicholas, cher et merveilleux mari, amour de ma vie...

Elle lui effleura la joue.

— ... j'ai envie d'être à vous, ce soir et tous les soirs à venir. Pas seulement pour oublier ce qui s'est passé tout à l'heure, mais pour être votre femme. Pour vous appartenir, mourir de plaisir sous vos caresses et savoir que je ne vous aime pas en vain.

— Oh non ! Trista ! Sûrement pas en vain...

Bouleversé, Nicholas prit Trista dans ses bras.

— Seigneur ! O combien je désirais entendre ces mots de votre bouche. Trista, ma chérie, je vous aime avec toute la passion dont un homme est capable.

Se penchant sur elle, Nicholas s'empara tendrement des lèvres de Trista, et la sentit frémir de tout son être.

— Je suis à vous, Nicholas, murmura-t-elle. Prenez-moi, corps et âme.

Ces mots enflammèrent l'ardeur de Nicholas qui s'empara des lèvres de sa femme avec toute l'ardeur qu'il avait si longtemps contenue. Sous ses doigts, la peau de la jeune femme avait la douceur de la soie. Le parfum de Trista l'envoûtait. Tout en cette femme le rendait fou : sa grâce, la volupté de son corps aux courbes si féminines, l'audace dont elle faisait preuve en amour...

Possessives, ses mains s'attardèrent sur la taille fine et descendirent plus bas, effleurant le doux renflement du ventre. Quand il s'attarda sur les cuisse satinées, la jeune femme s'abandonna totalement et l'appela en murmurant son nom. Galvanisé, Nicholas la déshabilla en toute hâte sans aucun égard pour l'œuvre d'Adèle. Enfin, Trista s'offrit nue à son regard, et il se laissa envahir par l'émotion que ce spectacle suscitait en lui.

Quand il la prit entre ses bras, ce fut comme un brasier qui s'éveillait en lui et le dévorait de ses flammes. Il la désirait au point d'en perdre la tête, au point d'en devenir fou... Cette femme l'avait ensorcelé pour toujours. Le souffle rauque, il la déposa sur le lit et s'allongea à côté d'elle. Ce fut à peine si la fraîcheur des draps apaisa son corps enfiévré. D'une main, il engloba la rondeur délicate d'un sein et connut un sentiment de triomphe quand Trista soupira. Puis toute pensée cohérente le déserta et il se laissa gouverner par les forces obscures de son désir.

Son visage dans le cou de Trista, Nicholas savoura le parfum de sa peau. Il l'écouta respirer et, au rythme régulier de sa respiration, la crut endormie.

Un soupir de contentement s'échappa des lèvres de Trista et elle noua les bras autour du cou de son mari.

Nicholas se souleva sur un coude afin de mieux pouvoir la contempler.

La lumière des flammes jouait avec la couleur de miel de ses boucles, et ses cils recourbés ombraient ses joues veloutées.

Trista esquissa un sourire et, battant des cils, attira Nicholas à elle pour l'embrasser.

— Tu es un pur ravissement, murmura-t-il.

Nicholas écarta une mèche vagabonde.

— Jamais je n'avais encore connu une telle passion — ni aimé aussi fort.

Il se pencha de nouveau sur la bouche de Trista.

— Tu m'as ensorcelé, ma chérie. Je suis à jamais entre tes mains.

— Quel bonheur de t'entendre parler ainsi...

Trista se blottit contre lui.

— Il semble que j'ai longtemps eu peur de l'amour que je te portais...

— Un amour dont je remercierai éternellement le ciel, murmura Nicholas. Tu n'as jamais eu aucune raison d'avoir peur, mon cœur. Parce que j'étais moi aussi en proie aux mêmes sentiments et aux mêmes doutes.

Il lui laissa courir un doigt sur la joue.

— Je crois que je suis tombé amoureux de toi à la seconde même où je t'ai tirée des griffes de M. Sleeth. Tu étais si fière ! Si arrogante ! Si belle, aussi, et tellement jeune... Depuis ce jour, je n'ai plus pensé et respiré que pour toi, mon amour.

— Tu t'étais bien gardé de me le dire. Je n'en avais pas la moindre idée.

— En effet. Aurais-tu préféré que je me traîne à tes genoux, comme Barry et je ne sais combien d'autres soupirants énamourés, pour que, d'un méchant coup de talon, tu me piétines le cœur ?

Nicholas se mit à rire.

— C'est la vérité, ma chérie. Je n'avais aucune raison de plaider ma cause. Depuis le début, tu me traitais comme un pestiféré et tu sortais les griffes à chacune de nos rencontres. Ceci en dépit de la chaleur avec laquelle tu répondais à mes avances.

— Des avances audacieuses qui me déroutaient car tu m'avais caché tes sentiments.

Trista poussa un soupir comme Nicholas s'était penché sur elle.

— Il est des choses qu'un homme ne contrôle pas, Trista.

Nicholas pressa les lèvres contre la courbe d'un sein.

— Si j'avais imaginé les plaisirs qui m'attendaient...

Sa voix se fit plus rauque comme, sous ses caresses, Trista se cambrait.

— Je t'aurais enlevée au nez et à la barbe de tous les fâcheux du beau monde. Et je t'aurais emmenée dans mon repaire pour t'avouer mon amour et me livrer avec toi à toutes les débauches possibles.

Un gémissement s'échappa de la gorge de Trista.

— Et je ne t'aurais opposé aucune résistance, Nicholas.

Après quoi l'on n'entendit plus dans la chambre que le bruit de souffles rauques et des mots d'amour tendrement chuchotés.

Ce fut peut-être le cri d'un hibou, ou peut-être les premiers bruits de la campagne qui éveillèrent Trista. A moins que ce ne fût un étrange pressentiment lorsqu'elle tendit la main, et ne trouva pas à côté d'elle celui qu'elle cherchait jusque dans son sommeil.

Encore un peu endormie, Trista s'assit et se frotta les yeux. La chambre était plongée dans la pénombre. Elle jeta un coup d'œil en direction de la cheminée, où le feu avait depuis longtemps cessé de brûler puis elle découvrit son mari, debout devant l'une des fenêtres.

Une légère brise agitait les rideaux, mais Nicholas semblait ne pas avoir conscience du froid. Nu et immobile, il contemplait le gris du ciel.

Repoussant les draps, Trista se leva et vint le prendre par la taille.

Les mains de Nicholas se refermèrent aussitôt sur les siennes.

— Quelque chose te tracasse, murmura-t-elle.

— Oui.

Son regard figé au loin, Nicholas ne bougea pas.

— Il y a quelque part un homme, déclara-t-il enfin, qui, le jour où je l'aurai trouvé, se repentira de t'avoir terrorisée. C'est moi qui te le dis, Trista ! Sa peur sera sans commune mesure avec celle qu'il t'a infligée. D'ici là, je ne dormirai pas tranquille. Pas tant que je saurai qu'il rôde dans les parages et qu'il n'attend qu'une autre occasion de s'en prendre à toi. La mort serait encore pour lui un châtiment trop doux.

— Nicholas !

Trista lui déposa un baiser sur l'épaule.

— Ne parle pas ainsi, je t'en prie ! Tu ne voudrais tout de même pas avoir la mort de quelqu'un sur la conscience.

— Rassure-toi, ce n'est pas encore le cas, ma chérie.

Il l'étreignit farouchement contre lui.

— Je reconnais avoir voulu me venger par moi-même et en tout cas, jamais je n'ai aussi ardemment désiré que justice soit rendue et que ce monstre ait le châtiment qu'il mérite. S'il t'arrivait malheur, mon amour, je deviendrais fou.

Blottie contre lui, Trista se demanda quel malheur pourrait bien lui arriver.

— Chéri, auprès de toi, je suis sûre que je ne risque rien, murmura-t-elle. Maintenant, viens te coucher. Ce lit est trop grand pour moi seule.

Elle esquissa un sourire.

— Et puis, je commence à avoir froid. J'aurai besoin que tu me réchauffes.

17.

Les paupières closes, Trista savoura les délicieuses sensations éveillées par les lèvres qui couraient le long de son dos. Une main s'insinua au creux de sa taille et, d'un souple mouvement, l'obligea à se retourner.

Comme Nicholas se penchait au-dessus d'elle, Trista lui passa les doigts dans les cheveux pour l'attirer plus près. S'ensuivit un baiser qui les laissa tous deux à bout de souffle. Le désir renaissait entre eux, les emmenait au-delà de toute raison. Les mains de Nicholas couraient sur la peau de la jeune femme, promettant mille plaisirs. Grisée, elle s'offrit aux sensuelles caresses qui l'éblouissaient, la laissaient au bord du vertige. Nicholas s'interrompit et pesa de tout son poids sur elle. Il allait la faire sienne et elle appelait ce moment de tous ses vœux.

Quelques coups frappés à la porte de la chambre interrompirent ce sensuel intermède.

Tournant la tête, Nicholas sortit du lit avec une exclamation de mauvaise humeur tandis que Trista remontait pudiquement le drap et le regardait aller ouvrir.

Ce fut tout juste si elle eut le temps d'apprécier la perfection du dos de son mari. Furieux d'avoir été dérangé, Nicholas tira la porte à lui et Trista plongea sous les couvertures.

— Qu'y a-t-il ? l'entendit-elle demander d'un ton rogue. Cela ne pouvait pas attendre midi ?

Quelque peu gêné de surprendre lord Brennan dans cette tenue, Fritz ne put s'empêcher de jeter un coup d'œil à l'intérieur de la chambre.

— C'est qu'il est *déjà* midi, monsieur. Non que ce soit ce qui ait motivé mon interruption, même si Polly apprécierait que... vous preniez le temps de descendre déjeuner. En fait...

A l'expression ombrageuse de son maître, Fritz baissa ostensiblement la voix.

— Il est arrivé un message, monsieur. De la part de M. Maurice. Il semblerait que ce soit de la plus extrême urgence.

Nicholas attrapa le pli qui lui était tendu et le parcourut rapidement des yeux.

— Très bien, Fritz. Je te remercie. Fais-moi seller Nero, reprit-il. Et dis à Polly de préparer un plateau et un bain chaud pour lady Brennan. Et pendant que tu y seras, demande-lui d'installer les affaires de madame dans ma chambre... à titre définitif.

Après un nouveau coup d'œil au message que Fritz lui avait remis, Nicholas repoussa la porte.

De son côté, Trista s'adossa aux oreillers.

— Un problème ?

Le front barré d'un pli soucieux, Nicholas commença par hausser les épaules. Lorsqu'il vit l'expression inquiète de son épouse, il se radoucit.

— Quel problème pourrais-je avoir quand une aussi jolie dame repose dans mon lit?

Il la rejoignit en deux enjambées. Un genou posé sur le matelas, il se pencha au-dessus de Trista.

— Je n'ai aucun problème en tout cas que ne saurait arranger un doux baiser...

Il s'empara tendrement de la bouche de sa femme jusqu'à ce que celle-ci le repousse gentiment.

— Je ne voudrais pas te retenir, murmura-t-elle d'un ton faussement ingénu.

Nicholas eut un sourire en coin.

— Ceci, ma chérie, ne dépend pas de toi.

Il considéra de nouveau le message de Maurice.

— Ne s'agirait-il précisément de cette affaire, sois certaine que nous ne sortirions pas de cette chambre avant au moins deux jours! Toutefois, il semblerait que mon plan soit enfin sur le point d'aboutir. Je vais avoir ma revanche dans la journée.

La mine pensive, Nicholas effleura la joue de Trista.

— Curieusement, cela m'importe beaucoup moins que de savoir le fou qui s'en est pris à toi toujours en liberté.

Trista prit la main de Nicholas et la pressa contre ses lèvres.

— Me garderais-tu enfermée ici avec toi jusqu'à demain que ce fou, comme tu dis, mon chéri, serait toujours en liberté. Ne t'inquiète pas pour moi. Fais ce que tu as à faire.

Réprimant un soupir, Nicholas lui déposa un baiser sur le front.

Puis il se mit en quête de son pantalon.

— Il faut que je rejoigne Maurice, dit-il. C'est lui qui sert d'appât et je ne voudrais pas qu'il se retrouve en mauvaise posture.

Nicholas se pencha derrière un fauteuil.

— Sais-tu où sont mes bottes?

— Par ici, mon chéri.

Trista lui indiqua le dessous du lit.

— Alors, c'est ce vieux monsieur qui t'a prêté main-forte?

— On peut le dire.

Nicholas prit une chemise et enfila son pantalon.

— Sans lui, j'aurais passé des mois à essayer d'identifier le responsable de la mort de mes parents. Alors que Maurice a été en mesure de me fournir son nom le jour même où nous nous sommes rencontrés. C'est à partir de là que nous avons mis notre projet au point.

— Et dans quel but ce Maurice s'est-il proposé de t'apporter son aide?

— Il en veut au même homme que moi — quoique pour des raisons différentes, et qu'il entend garder secrètes. Ne me demande pas non plus comment il s'appelle; je ne connais que son prénom. S'il ne s'était pas montré aussi droit et loyal, j'aurais sans doute cherché à me renseigner. Mais je lui fais confiance, tout simplement.

— Es-tu certain qu'il ne t'a pas désigné un

innocent — ou du moins quelqu'un qui n'a rien à voir avec l'affaire qui te préoccupe — uniquement dans son propre intérêt?

— Chérie, il est au courant de certaines choses au sujet de ce qui est arrivé à ma famille. Je n'ai pas le temps de tout te raconter, mais, par une indiscrétion du frère de notre ami Sleeth, il a eu connaissance, il y a de cela de nombreuses années, de certaines informations.

— Sleeth? Mais je pensais que toi et lui étiez...

— Complices? Surtout pas, Trista. Son frère, Oswald, a été mêlé, par le passé, à une escroquerie au profit d'un jeune comte italien.

— Dominic? murmura Trista.

— Lui-même. Le cher mari d'Esmée, bien qu'il n'ait pas été son mari, à l'époque. Je ne crois d'ailleurs pas que ta tante se serait beaucoup intéressée à ce jeune dandy aux abois. Désespéré, en fait, au point qu'il a pris le risque de s'associer à Oswald Sleeth et d'effectuer avec lui une transaction plus que douteuse.

— Sais-tu comment ils ont procédé?

— Si je sais? Je vais procéder de la même manière! Pour te résumer en quelques mots, ma chérie, Trent Shipping appartenait à la famille de ma mère. Oswald, qui servait d'intermédiaire à Catalani, est entré en contact avec mon père qui avait alors pris la direction de l'entreprise. Oswald lui a promis une importante cargaison à acheminer et à revendre aux colonies. Ceci, bien sûr, en contrepartie d'une très grosse somme. La situation étant ce qu'elle était, et bien que cela représentât la quasi-totalité des liquidités de la compagnie, mon père s'est empressé d'accepter. Il a acquitté sa part du marché et a versé l'argent. Mais avant que la marchandise ait été livrée, Oswald s'est évanoui dans la nature. Catalani et lui se sont partagé les bénéfices, et ils ont laissé ma famille complètement ruinée. Quand il s'est vu dans l'incapacité de retrouver Sleeth, mon père n'a pas eu d'autre choix que s'exiler aux colonies. Ma mère est décédée peu de temps après, et lui aussi.

— Une véritable tragédie...

Trista caressa la main de Nicholas.

— L'on imagine aisément que tu aies eu envie de te venger. Quoique je ne comprenne pas très bien la nécessité de tendre le même piège à Dominic. Ne te suffirait-il pas d'apporter la preuve que...

— C'est là que je n'ai pas eu de chance dans cette histoire. Oswald détenait apparemment certains documents compromettants que je n'ai malheureusement pas réussi à me procurer. A la mort d'Oswald, son frère, Archibald, s'est arrangé pour mettre la main sur ces papiers. Depuis, il a exercé un chantage sur Catalani et lui a soutiré le peu de l'argent qui restait au comte. Quoique je pense que Sleeth considère plutôt Catalani comme le moyen d'obtenir ses entrées dans la bonne société — une bonne société qui ne l'avait jusqu'ici jamais accepté.

Comme l'on venait une nouvelle fois de frapper, Nicholas se leva et prit son pardessus.

— A ce soir, ma chérie. Je finirai de t'expliquer.

Il s'aperçut que le drap avait glissé et alla déposer un baiser sur la gorge de Trista.

— Franchement, Nicholas! protesta-t-elle. Est-ce bien le moment?

— Rassure-toi. Cela me servira de souvenir jusqu'à mon retour.

Après un ultime baiser, Nicholas se redressa.

— Sois prudent, mon cœur, murmura Trista.

Elle s'agenouilla sur les couvertures et, le prenant par le cou, se serra tendrement contre lui.

— J'ai envie de passer encore de nombreuses nuits avec toi. Reviens-moi sain et sauf, mon chéri.

— Par pitié, chérie, ne me rends pas les choses plus difficiles qu'elles ne le sont déjà. Si tu continues, jamais je ne vais réussir à partir...

Nicholas embrassa une dernière fois sa femme et se dirigea vers la porte. La main sur la poignée, il se tourna.

— Attends-moi et ne bouge surtout pas d'ici. Tu n'as aucune inquiétude à avoir. Je t'aime trop pour laisser un Sleeth ou un Catalani mettre un terme prématuré à notre lune de miel. A plus tard, ma chérie...

Sur quoi il disparut en abandonnant Trista à sa solitude.

Assise sur l'un des bancs du jardin, Trista observait le manège d'un écureuil, apparemment en quête de son repas du jour. Puis elle baissa les yeux et se laissa de nouveau entraîner par le cours tumultueux de ses pensées.

— Une rose parmi les roses! N'est-ce pas le plus charmant spectacle qu'il soit permis d'espérer?

Trista se tourna et eut la stupéfaction de voir Archibald Sleeth en train de se pavaner au milieu de l'allée.

Un sourire de satisfaction aux lèvres, il s'approcha.

— Surprise de me voir?

— Allez-vous-en d'ici sinon mon mari vous jettera dehors!

Sleeth eut un rire qui glaça la jeune femme.

— Ah! Lady Brennan! Je crains fort que votre mari, à l'heure où nous parlons, ne se soit absenté pour rien. J'en suis très amusé, d'ailleurs. Et c'est ce qui me retient de vous punir de votre insolence.

Trista se sentit pâlir.

— Vous mentez! Vous n'avez pas la moindre idée de l'endroit où est mon mari.

— Vous voulez dire que mon message de ce matin — message de la plus extrême urgence, devrais-je ajouter — de la part de ce cher Maurice n'a pas été suffisamment crédible? Je ne pense pas, ma belle. Votre mari ne l'avait pas lu qu'il avait déjà sauté en selle.

Sleeth ricana de plus belle.

— Non, c'est vous, ma jolie, qui mentez. Et c'est là votre seconde erreur. La première, au cas où vous aimeriez le savoir, a été d'avoir été trop peu discrète, l'autre jour, au White. Vous étiez tellement occupée à vous disputer avec votre mari que vous n'avez pas mesuré vos paroles. Vous imaginez ma joie lorsque vous avez dévoilé à qui voulait l'entendre ce qu'il tramait! L'occasion était si belle que j'en ai conçu des doutes. Un instant, j'ai cru que vous aviez agi à dessein. Mais même Brennan n'aurait pas été aussi malin. Pas aussi malin que moi, en tout cas !

— Vous êtes fou !

— Non, non, très chère. Rassurez-vous, je suis en pleine possession de mes moyens.

— Où avez-vous envoyé Nicholas ?

— Chaque chose en son temps, mon trésor. Soyez sans crainte, il ne lui arrivera rien ; il importe, pour la suite de mes projets, qu'il reste en vie. J'avais simplement besoin de l'éloigner un moment. Le temps de mettre la main sur vous. Vous, à qui ce maudit *yankee* tient autant qu'à la prunelle de ses yeux. Je suis sûr et certain qu'il sera prêt à verser une coquette somme pour vous revoir. Je parierais qu'il irait même volontiers jusqu'à se sacrifier lui-même. Il se moquera bien, au bout du compte, que sa vengeance contre Catalani soit un fiasco. Maintenant, si vous voulez bien me suivre, très chère... Nous n'avons pas toute la journée devant nous.

Stupéfaite, Trista le regarda lui indiquer l'allée qui menait au manoir.

— Vous plaisantez, monsieur Sleeth ! Il n'est pas question que je me prête...

D'un geste brusque, Sleeth l'attrapa par le bras. Se penchant sur elle, il lui enfonça le canon d'une arme dans les côtes.

— Vous allez m'obéir au doigt et à l'œil, petite peste ! C'est un pistolet que je pointe sur vous. Et je vous préviens qu'il est chargé.

L'haleine fétide de Sleeth lui parvint aux narines

et elle lutta contre la nausée. Cet homme lui répugnait.

— Ne vous avisez pas de vous enfuir ou d'appeler au secours. Apprenez que j'ai été autrefois le disciple d'un homme qui m'a appris les mille et une façons de se servir d'une arme. Sans que la balle soit forcément mortelle. Sachez que je pourrais tout simplement vous priver de l'usage de vos jambes jusqu'à la fin de votre existence.

Le visage de Sleeth s'éclaira d'un sourire mauvais.

— Et je doute qu'une femme infirme soit du goût de Brennan, n'est-ce pas?

— Misérable! s'écria Trista. Vous êtes le plus sinistre gredin que la terre ait jamais porté.

Trista fulminait, mais force lui fut d'avancer quand Sleeth la poussa sans ménagement. L'homme était tout à fait capable de mettre sa menace à exécution et de tirer.

— J'ai déjà entendu pire, chère Trista. Inutile de gaspiller votre énergie. Les insultes me laissent froid.

— Parce que vous en avez l'habitude!

Quand ils furent sortis du jardin, Sleeth lui fit faire le tour de la maison et Trista vit une voiture noire qui attendait dans l'allée.

— J'imagine que vous avez aussi un pistolet braqué sur le cocher et les laquais, ironisa-t-elle.

— D'une certaine manière, oui. Quoique je sois vexé que vous ne me jugiez pas digne d'arriver à bord d'un aussi splendide équipage.

— Vous n'êtes que vice et malice, Sleeth. En

vertu de quoi vous jugerais-je digne de quoi que ce soit ?

— Nul doute que Brennan apprécie la finesse de votre raisonnement. Peut-être vais-je lui demander plus que ce que j'avais initialement prévu...

Sleeth parut méditer un instant cette éventualité puis il tira résolument Trista vers la voiture.

— Jetez plutôt un coup d'œil au blason de cet attelage, milady. Comme vous pouvez le constater, c'est celui de votre oncle. Le comte Catalani a cru bon de mettre son véhicule et ses domestiques à mon entière disposition. En d'autres termes, ces hommes sont à mon service.

— Il a cru bon ! s'exclama Trista. Dites plutôt que vous l'y avez forcé en le soumettant au chantage ! D'après ce que je devine, il y a déjà un certain temps que le comte est, lui aussi, à votre service.

— Je vous accorde que l'homme ne brille pas par son intelligence quand il s'agit des cartes, mais il n'est pas complètement idiot. Maintenant, chère Trista, vous allez vous tourner bien gentiment et saluer vos amis. Ils sont sur le perron. Souriez... Parfait ! Je vais leur adresser un petit signe, moi aussi. Ce sont de si braves gens. Un peu naïfs, toutefois, si vous voulez mon avis. Mais qu'espérer d'autre de la part d'un Brennan ? Qui se ressemble s'assemble, n'est-ce pas ? Maintenant, montez sans faire d'histoires. Dépêchez-vous, très chère. Je vois un domestique qui semble vouloir poser des questions. Ne m'obligez pas à le tuer, Trista... Encore un petit sourire, s'il vous plaît.

Non sans effort, Sleeth se hissa à son tour à bord de la voiture et s'assit en face de Trista.

Celle-ci contempla un instant le pistolet d'un noir luisant qu'il avait tiré de sous son pardessus et qu'il tenait à présent pointé vers elle.

Désemparée, elle se tourna vers la vitre et aperçut Peter, que la scène semblait avoir laissé des plus perplexes.

Leurs regards se croisèrent, mais Trista ne put savoir si le jeune homme avait la moindre idée de ce qui se passait. Au même moment la voiture s'élança et la secousse envoya Sleeth rebondir contre le siège capitonné.

Trista le dévisagea d'un air méprisant.

— Que leur avez-vous donc raconté pour qu'ils vous laissent m'enlever?

— Une histoire très crédible, Trista, du moins pour l'instant. Je suis un fidèle ami de la famille, vous comprenez. Je me sers même de la voiture du comte... alors c'est tout dire. J'ai pour mission de vous ramener auprès de votre tante Esmée. La pauvre se trouve actuellement plongée dans une si grande détresse qu'elle a été obligée de se mettre au lit. Sachant l'affection que vous lui portez, vos domestiques n'ont bien entendu vu aucun inconvénient à ce que je vous conduise au plus vite au chevet de la comtesse. Le temps qu'ils se soient rendu compte de la supercherie, à supposer qu'ils se doutent jamais de quelque chose, il sera trop tard.

Sleeth eut une moue de satisfaction, mais Trista ne la vit pas. Elle gardait les yeux rivés sur le canon du pistolet qu'il braquait sur elle avec une sorte de fascination. C'était en effet la première fois qu'elle voyait une arme à feu.

Le danger rôdait, Trista en avait conscience. Sleeth, un homme dénué de scrupules, n'hésiterait pas à la supprimer si besoin était. Elle se devait cette fois de ronger son frein et de brider sa nature impétueuse.

De plus, le bon sens lui disait que Sleeth préférerait de loin que l'affaire se conclue sans effusion de sang. Si c'était l'argent qui intéressait Sleeth, qu'il empoche le montant de la rançon! Trista la lui aurait volontiers payée elle-même. En fait, elle était disposée à céder à tous les caprices de l'individu en échange de l'assurance que son mari lui reviendrait sain et sauf.

Elle observa son ravisseur dont le regard brillait d'un éclat sournois.

Mieux valait cependant qu'il ne mesure pas l'étendue de sa bonne volonté, songea Trista. Après tout, elle ignorait tout de l'ampleur de la dépravation du personnage.

Comme il venait de poser ses petits yeux noirs sur les rondeurs de sa gorge, Trista resserra les pans de sa veste pour se soustraire au regard avide posé sur elle.

Sleeth eut un petit rire sarcastique.

— Force m'est d'avouer, très chère, que vous êtes la plus jolie femme que j'aie jamais rencontrée, déclara-t-il d'une voix grasseyante. Peut-être auriez-vous de quoi ramener un homme comme moi sur la bonne voie, dirons-nous. Il vaudrait d'ailleurs mieux, pour mon image et mon statut, que l'on me voie avec vous qu'avec une cohorte de jeune gens, aussi sémillants fussent-ils. Du reste, c'est tout de suite ce à quoi j'ai pensé, le jour où nous nous sommes rencontrés. Jamais la bonne société ne songerait à désapprouver une beauté de votre genre. Au contraire, les gens croiraient que je possède de merveilleuses qualités pour vous avoir séduite. Et je suppose que, de temps à autre, je pourrais peut-être faire l'effort de vous être agréable et de vous rendre hommage.

Sleeth affecta d'ignorer la répulsion que pareille perspective inspira à Trista.

— Peut-être cela vaudrait-il la peine de se pencher sur la question, reprit-il, pensif. A supposer, bien entendu, que Brennan ne vous accorde pas une si grande valeur. Malheureusement, ma chère, vos charmes ne présentent pour moi qu'un bien pâle attrait, comparé à la petite fortune dont je vais bientôt disposer.

— Monsieur Sleeth, je trouve navrant de vous voir prêt à toutes les bassesses pour faire partie du meilleur monde.

— Vraiment?

Les traits déformés par la colère, Sleeth se pencha vers elle.

— Que savez-vous de ma vie, d'abord? Avez-vous la moindre idée de ce que c'est que d'être affligé d'un physique comme le mien? De n'avoir droit qu'à l'indifférence et au mépris des gens? Ils ne s'en cachent même pas. Les imbéciles! Ils se moquent ouvertement de moi, alors qu'ils idolâtrent des individus du genre de votre mari. Mais il est vrai que Brennan a tout ce qu'il faut lui : l'allure *et* l'argent. Il incarne l'homme que ces abrutis rêvent d'être. Et pour couronner le tout, il a eu la chance de vous épouser.

L'espace de quelques secondes, Sleeth posa sur Trista un regard envieux et triste à la fois.

— Non, dit-il dans un soupir. Jamais vous ne connaîtrez le même calvaire que le mien.

En dépit de l'élan de pitié qu'il avait suscité en elle, Trista n'oublia pas le pistolet dont il la menaçait toujours. Ni quelles sordides intentions il caressait.

— Je ne perdrai pas mon temps à vous juger, déclara-t-elle. Soyez sans crainte. Je me préoccupe seulement de mon mari et de sa sécurité.

— Alors, si vous voulez vraiment qu'il ne lui arrive rien, il faudra vous conformer à mes ordres. Chère lady Brennan... Vous voilà désormais transformée en martyre. Et tout cela uniquement pour l'amour de ce bâtard de *Yankee*. Ne pensez-vous pas un instant à votre propre sécurité ?

— Elle ne compte pas si jamais un malheur devait survenir à Nicholas.

Sleeth prit un air dégoûté.

— Eh bien, quelle chance j'ai eue d'échapper à pareil destin ! Aimer quelqu'un plus que soi-même !

Trista le regarda droit dans les yeux.

— Il y a ceux, comme vous, Sleeth, qui ne briguent que l'argent et la reconnaissance sociale. Mais quel que soit le plaisir que l'on en tire, seul l'amour donne tout son sens à l'existence. Et je vous plains. Pas parce que vous n'avez pas été gâté par la nature, ou parce que vous caressez de futiles ambitions. Non. Je vous plains de n'avoir jamais aimé.

Comme Sleeth haussait les épaules avec dédain, Trista se tourna vers la vitre.

Et tandis que l'attelage abordait les faubourgs de Londres, elle ne cessa pas un instant de penser à son mari.

La porte du salon s'ouvrit à la volée et Nicholas apparut sur le seuil.

— Où est donc passé Maurice?

Sa voix résonna dans la pièce comme un coup de canon. Effarées, les deux femmes se levèrent d'un bond.

Clothilde St John fut la première à recouvrer le son de sa voix.

Ce qui ne l'empêcha nullement de garder la main posée sur le bras de sa compagne.

Celle-ci, en larmes, tenait un mouchoir de dentelle pressé contre ses lèvres.

Non que son désarroi eût quelque chose à voir avec l'entrée fracassante de Nicholas. Ou le fait que celui-ci eût surgi sans prévenir, interrompant ainsi les confidences, délicates et difficiles, qu'elle faisait à la belle et toujours attentive Clothilde.

Nicholas, cependant, ne parut guère ému par le regard larmoyant de la dame.

— Nicholas, quelle surprise! s'exclama Clothilde.

— Maurice est là? questionna Nicholas.

Passant devant les deux femmes, il balaya du regard le salon désert et poussa une exclamation de dépit.

— Sacrebleu, mais où est-il?

— Il y a déjà un certain temps que je n'ai pas vu M. Maurice, répondit Clothilde. Avez-vous essayé de vous rendre à sa résidence?

— Naturellement!

Nicholas se mit à arpenter la pièce, en proie à une grande agitation. Clothilde se tourna vers sa compagne pour lui chuchoter quelque chose à l'oreille. Celle-ci s'empressa aussitôt de s'éclipser, laissant Clothilde et Nicholas en tête à tête.

— Cette pauvre enfant est très malheureuse, dit-elle. Quoiqu'il soit difficile de la plaindre : les femmes de notre profession ont tout intérêt à se garder de tout scntiment si elles ne veulent pas avoir à souffrir. Elle se faisait une telle joie, hier soir, d'aller à Covent Garden avec son amant de cœur! Il loue une chambre au White, d'ailleurs, qui leur sert de nid d'amour. Mais il semblerait que la flamme du monsieur se soit quelque peu affaiblie. Après l'une des attractions, hier soir, il a tout simplement disparu. Sans doute aura-t-il succombé aux charmes d'une autre belle. Ce qui n'a sans doute rien d'extraordinaire... Et pour couronner le tout, ajouta Clothilde, il a prétexté aujourd'hui s'être fait mal au bras — je me demande bien comment — pour se décommander. Comme si elle allait le croire!

— Je comprends, Clothilde, et je compatis, déclara Nicholas. Mais je ne suis pas venu ici pour parler des malheurs de votre amie. Je dois à tout prix retrouver Maurice.

Nicholas secoua la tête.

— Il m'avait prié de passer chez lui pour m'entretenir d'une affaire d'importance qui ne pouvait pas attendre. Quand je me suis présenté à son domicile, son majordome a paru très étonné de me voir. Et il a été encore plus surpris que je lui demande de m'annoncer. Il a prétendu que Maurice venait de sortir et qu'il m'avait envoyé un message me disant de le rejoindre pour notre transaction avec Archibald Sleeth. Il ignorait où Maurice s'était rendu, mais il m'a suggéré d'essayer ici.

— Voilà donc la raison de votre visite! Vous avez regardé en bas, au moins?

— Pour l'amour du ciel, Clothilde! Vous pensez bien que je l'ai fait! Il n'y a pas moyen de mettre la main sur lui — nulle part. Qui plus est, *jamais* je n'ai reçu son second pli. Le porteur est parti juste avant que j'arrive! Dans le message que *j'ai* reçu, en revanche, Maurice m'écrivait de le rejoindre à son domicile...

Nicholas s'interrompit, frappé par une idée soudaine.

— Mais ce message émanait-il bien de lui? murmura-t-il. Après tout, il s'agit peut-être d'un faux!

Le sang se retira soudain de son visage.

— Bonté divine! Un piège! Pourvu qu'il ne soit pas trop tard!

Il tourna les talons, et quitta le salon sous le regard médusé de la courtisane.

— Nicholas! Où allez-vous? s'écria-t-elle.

La réponse de Nicholas lui parvint, incompréhensible.

— Je fouillerai la ville de fond en comble, s'il le faut ! Mon Dieu, faites qu'il ne soit pas trop tard !

Comme une furie, il emprunta le corridor. Dans l'escalier, il manqua renverser un homme qui montait les marches et s'excusa.

— Peter ! s'exclama-t-il. Que diable...

— Ah ! Lord Brennan ! Dieu soit loué, vous voilà !

Hors d'haleine, Peter fut obligé de s'interrompre pour reprendre son souffle. Il jeta un rapide coup d'œil en direction de Clothilde, laquelle s'était avancée sur le palier, et reporta son attention sur Nicholas.

— Il s'agit de Trista... Sleeth... Il s'est présenté au manoir peu de temps après votre départ. Il a prétendu venir de la part de la tante de Trista et a emmené votre femme dans la voiture du comte Catalani... Mais ils ne se sont pas rendus chez la comtesse.

Blême, Nicholas secoua Peter par les épaules.

— Où sont-ils allés ? Vite ! Où l'a-t-il emmenée ?

La colère de son maître fit peur à Peter qui se mit à balbutier.

— Aux d...ocks, dans un vieil entrepôt. Je... je les ai suivis. C'est le regard qu'a eu Trista juste avant que la voiture s'élance qui m'a décidé. Elle semblait tellement terrifiée, lord Brennan ! Et puis, j'ai vu le pistolet. Ce scélérat tenait votre femme en joue ! Enfin, Dieu merci, vous êtes là !

Dans tous ses états, Nicholas s'efforça de raisonner calmement.

— Sleeth était-il seul ? demanda-t-il.

— Oui.

— Le comte Catalani n'attendait pas aux docks ?

— Je ne l'ai pas vu, lord Brennan. Je n'ai pas vu d'autre voiture non plus. Mais à dire vrai, je n'ai pas très bien regardé. J'avais l'œil rivé sur l'attelage du comte de crainte qu'il arrive malheur à Trista.

Un sourire effleura les lèvres de Nicholas et il donna une bourrade au jeune homme.

— Vous êtes un brave garçon, Peter. Je m'en souviendrai. Maintenant, écoutez-moi bien. Il y a plusieurs missions dont je voudrais vous charger...

18.

Trista bougea en vain pour se libérer. Le foulard avec lequel Sleeth l'avait ligotée à un pilier lui cisaillait les poignets. Comme si ce n'était pas suffisant, il avait aussi jugé bon de la bâillonner à l'aide d'un mouchoir d'une douteuse propreté.

Ce triste individu ne laissait rien au hasard.

Et, à en juger par la conversation qui se déroulait un peu plus loin, il était passé maître dans l'art d'escroquer les gens.

Trista l'entendait discuter dans l'entrepôt avec un homme.

D'après ce qu'elle avait cru comprendre, Sleeth avait donné ici rendez-vous à son client afin d'y régler une affaire : l'homme était supposé remettre une certaine somme d'argent, convenue d'avance, en échange d'un lot de marchandises que Sleeth devait lui procurer.

L'inconnu était apparemment disposé à s'acquitter de sa part du marché, il disait avoir apporté les fonds. Mais il ne voulait pas payer tant que le fournisseur de Sleeth ne se serait pas manifesté et que la cargaison promise n'aurait pas été livrée.

De son côté, Sleeth ne cessait de répéter que son client serait là d'un instant à l'autre, et il insistait pour voir l'argent, de manière, déclarait-il, à le compter — ce à quoi l'autre était catégoriquement opposé.

Aucun des deux ne semblait vouloir en démordre. De la manière, toutefois, dont Sleeth haussait le ton, Trista avait le pressentiment qu'il ne faudrait pas longtemps avant qu'il sorte le pistolet qu'il gardait caché sous son manteau. Le naïf qui avait eu l'imprudence de traiter avec une crapule comme Sleeth aurait eu tout intérêt à filer sans demander son reste s'il tenait à avoir la vie sauve.

Trista frissonna. Le lieu où Sleeth la gardait prisonnière était humide, sombre, insalubre, parfaitement sinistre. Comble de l'horreur, des rats y avaient élu domicile. Trista mourait de peur à l'idée qu'une de ces sales bêtes approche. Elle scrutait l'obscurité autour d'elle quand une porte s'ouvrit, laissant filtrer un rai de lumière. Des profondeurs obscures où il se trouvait s'éleva la voix de Sleeth.

— Quel bon vent vous amène, monsieur le comte? Que me vaut l'honneur...

— Ne faites pas l'imbécile, Sleeth. Je ne suis pas venu vous rendre une visite de courtoisie, loin de là! Je viens de me rendre compte que vous me teniez très mal informé et je suis venu vous poser quelques questions.

Les pas du comte résonnèrent lourdement sur le plancher vermoulu.

— Imaginez un peu ma déconvenue lorsque le palefrenier de Brennan a sonné chez moi, reprit-il sèchement. Oui, Brennan me l'a envoyé. Cela vous étonne aussi, n'est-ce pas ? Le garçon m'a annoncé que vous aviez tout à coup décidé de modifier vos plans.

Le comte changea brusquement de ton.

— Que se passe-t-il, Sleeth ? Si jamais vous essayez de me duper, je vous préviens que je vous ferai pendre !

— Vraiment ?

La réponse de Sleeth fut suivie d'exclamations affolées.

— Sleeth ! Que diable cela signifie-t-il ?

— Pour l'amour du ciel, monsieur, je vous en prie ! Posez ce pistolet !

— Je rangerai cette arme quand j'en aurai envie. En attendant, vous allez m'écouter, bande d'imbéciles que vous êtes. Par ici ! Les mains en l'air... Et vous, Maurice, ayez l'amabilité de pousser votre sac de ce côté. Un si beau sac, qui contient une si jolie petite somme ! Il serait dommage qu'il s'égare, n'est-ce pas ?

— Vous perdez la tête, Sleeth, dit le comte. Jamais vous ne parviendrez à vos fins.

— Vous commencez à me fatiguer, Catalani. Et j'en ai assez de ramper devant des gens de votre espèce ! De la manière dont vous dilapidez le reste de votre fortune, vous ne valez même plus que je me donne la peine de vous faire chanter, mon cher comte ! Vous n'avez plus un sou. Et plus beaucoup de relations non plus, depuis quelque temps. Je serais idiot de maintenir notre association.

Sleeth ricana.

— Qui plus est, Maurice et votre ami Brennan avaient découvert notre jeu. Très certainement depuis le début. Ils étaient de mèche. N'ayez pas l'air aussi stupéfait, monsieur le comte. Ils nous avaient tendu un piège. Maintenant, si vous voulez apprendre dans quel but, posez la question à Maurice. J'ai pour ma part d'autres motifs de préoccupation.

— Je n'arrive pas à le croire, murmura le comte. Comment diable savaient-ils?

— Permettez-moi de vous éclairer un peu, comte, déclara Maurice. Avez-vous jamais entendu parler d'un certain Oswald Sleeth ? Peut-être était-il de vos amis, il y a de cela quelques années ?

— N-non... Je ne pense pas.

— Un associé, alors?

— Je... je...

— Bonté divine, comte! s'exclama Sleeth. Vous voyez bien qu'il est au courant de votre histoire avec Oswald! Pourquoi le nier?

— Comment a-t-il pu en être informé? Vous m'aviez assuré être le seul à en avoir eu connaissance, Sleeth. Le document...

— Ce n'est pas un document, comte, qui a révélé la part active que vous aviez prise dans la faillite de Trent Shipping, répondit Maurice.

C'est Oswald Sleeth lui-même qui, après quelques verres de cognac, s'est chargé de m'expliquer avec force détails par quel biais vous aviez réussi à redresser l'état de vos finances. A mon avis, votre chance a commencé à tourner il y a bien longtemps — du jour, en fait, où vous vous êtes associé avec Oswald Sleeth. Et il semblerait que depuis vous n'ayez guère eu la main plus heureuse dans le choix de vos complices.

— Taisez-vous, vieille baderne! lui intima Sleeth.

— Inutile de vous énerver, Sleeth. C'était une simple remarque. Néanmoins, comte, poursuivit Maurice, permettez-moi de vous dire que vous avez commis une erreur en vous attaquant à Trent Shipping.

— C'est Oswald qui avait eu cette idée, pas moi! Il m'a affirmé que la disparition d'une petite compagnie de ce genre passerait inaperçue. Selon lui, le propriétaire était un vieillard qui n'en avait plus pour très longtemps.

Maurice partit d'un petit rire.

— Sauf que ce vieillard avait peu auparavant confié les rênes de l'entreprise à son gendre, Jason Brennan. Brennan, oui. Vous avez parfaitement entendu. Il ne s'agit pas d'une simple coïncidence, comte. Jason Brennan était le père de Nicholas. Et c'est la famille de Nicholas que vous avez ruinée. Ils ont été obligés de quitter le pays. La mère de Nicholas en est morte, et Jason n'a pas beaucoup tardé à la suivre. C'est pour cela que Nicholas Brennan s'est juré de les venger. Et je l'y ai aidé.

— Vous?

La voix de Dominic vibra à travers le hangar.

— Mais d'abord, qui êtes-vous?

Le vieil homme gloussa tout bas.

— Je suis Maurice Renaurd. En d'autres termes, votre beau-père, Catalani. Le père d'Esmée. Peut-être vous aura-t-elle parlé de moi?

Trista n'écouta pas la réponse de Dominic. Les jambes vacillantes, elle se laissa aller contre une solive.

Ce vieux gentleman était donc Maurice Renaurd? Le père de sa mère? Le grand-père que des querelles familiales l'avaient jusqu'ici empêchée de connaître?

Trista eut l'impression que la tête lui tournait. Nicholas avait-il la moindre idée de l'identité de celui avec qui il avait fomenté ce complot? Et Winston, son propre père? De quoi était-il au courant, dans cette affaire?

— Quand j'ai appris que ma fille avait épousé un homme que je savais être un escroc, reprit Maurice, je me suis donné pour mission de le démasquer. Toutefois, mes relations avec Esmée étant ce qu'elles étaient, je me suis douté que jamais elle ne me croirait si j'apparaissais après tant d'années pour dénigrer son nouveau mari. Il me fallait donc trouver un moyen. Brennan, que personne ne connaissait vraiment, a réussi à s'introduire dans votre cercle. Sa remarquable habileté aux cartes, conjuguée à votre remarquable maladresse, vous a mis dans une situation embarrassante. C'est alors que nous avons compris que nous tenions l'occasion de vous piéger. Jusque-là, nous n'avions pas encore de plan bien établi. Avec vos ennuis, cependant, il nous est apparu de lui-même. Inutile de vous expliquer combien j'ai été heureux de vous entendre vous disputer avec Sleeth au sujet du chantage qu'il exerçait apparemment sur vous. Ceci nous a beaucoup aidés. D'autant que vous vous êtes retrouvé financièrement aux abois beaucoup plus vite que nous ne l'espérions. Tellement aux abois, en fait, que vous vous êtes précipité dans le piège que nous vous avions tendu. Avec la participation de Sleeth, bien sûr, qui a mordu à l'hameçon en pensant pouvoir rééditer le coup d'Oswald. Sauf que cette fois, c'était ma compagnie qui servait d'appât, et Archibald Sleeth d'intermédiaire.

— Je ne veux pas le croire! C'est une plaisanterie! Je ne resterai pas ici une seconde de plus...

— Asseyez-vous, Catalani. Et pas question que vous nous quittiez pour l'instant.

Sleeth éleva la voix et Trista devina qu'il brandissait son pistolet.

Dominic eut un petit rire étranglé.

— Et *vous*, Sleeth, vous vous étiez rendu compte de tout cela?

Sleeth ne parut pas s'émouvoir. Sa voix demeura tout aussi impassible.

— Non. Je m'étais seulement rendu compte du fait que Brennan et ce dénommé Renaurd étaient complices. J'ignorais quel but ils poursuivaient.

Et de vous à moi, je vous dirai que je m'en moque éperdument.

L'exclamation de Dominic résonna dans tout l'entrepôt.

— Expliquez-moi un peu ! Comment l'avez-vous su ? Et pourquoi ne pas m'avoir mis au courant ?

— Nous verrons cela plus tard.

— Ecoutez-moi bien, maître chanteur à la petite semaine !

Dominic semblait avoir le plus grand mal à se contrôler.

— Notre marché ne tient plus ! Vous avez compris ? En ce qui me concerne...

Sleeth émit un petit ricanement et Trista l'entendit qui s'avançait vers elle.

— Taisez-vous, Catalani. C'est moi qui commande, ici, au cas où vous l'auriez oublié. Et s'il est nécessaire de vous le rappeler, ce n'est pas moi, mais *vous* qui avez escroqué la famille de Brennan. Ce que vous venez pratiquement d'avouer à Renaurd, et par la même occasion, à Brennan. Quant à votre histoire de chantage... Eh bien, ce sera simplement ma parole contre la vôtre, n'est-ce pas ? Vous ne m'êtes plus d'aucune utilité. Figurez-vous que j'ai un nouvel atout dans mon jeu.

Aussi furtif qu'une ombre, Sleeth se retrouva à côté de Trista. Il la détacha du poteau, mais lui laissa les poignets ligotés et son bâillon dans la bouche.

Puis, l'agrippant par un bras, il la propulsa entre Renaurd et Dominic.

Trista se tourna vers ce grand-père qu'elle n'avait encore jamais rencontré.

Très digne, et d'une rare élégance en dépit de sa silhouette légèrement voûtée, le vieil homme semblait pour l'heure si ému qu'il fut obligé de s'appuyer à une caisse.

Comme leurs regards se croisaient, Trista lut tant de peine et de regrets dans celui de son grand-père, qu'elle esquissa instinctivement un pas vers lui.

Sleeth, toutefois, ne l'entendit pas de cette oreille. Il la retint par le bras.

— L'heure des retrouvailles n'a pas encore sonné, lady Brennan.

— Par tous les diables! s'écria Dominic. Où avez-vous l'intention d'en venir, Sleeth?

Trista observa son oncle. De toute évidence, ses récents revers de fortune l'avaient éprouvé. Il aurait eu besoin d'une coupe de cheveux et on aurait dit qu'il avait dormi tout habillé tant ses vêtements étaient froissés. Peut-être était-ce le manque de sommeil, d'ailleurs, qui était à l'origine de son teint blême et des cernes qui ombraient ses yeux.

Malgré toute la froideur avec laquelle il la toisait, Trista ne put s'empêcher d'éprouver de la pitié pour lui.

A côté, Sleeth jouait avec son arme avec une expression de triomphe.

— J'ai pensé, déclara-t-il qu'il serait plus correct de convier lady Brennan à notre petite réunion, déclara-t-il. C'est elle, après tout, qui, en toute candeur, m'a permis de découvrir ce que Brennan et Renaurd tramaient. Sans cette chère enfant, j'aurais eu toutes les chances de terminer mes jours en prison. En votre compagnie, cher comte.

Méprisant, Sleeth considéra son complice.

— Mais j'ai eu une bien meilleure idée, reprit-il. Trista fait un otage idéal. Et son mari est beaucoup plus riche que vous ne le serez jamais. Je suis sûr et certain qu'il acceptera de payer une coquette somme pour revoir sa femme saine et sauve. Et nul doute que je n'aurai guère de mal non plus à le persuader que vous êtes à l'origine de l'enlèvement de sa femme. C'est vous seul qui passerez le restant de votre existence en prison. Pendant que je mènerai la belle vie avec la petite fortune que je vais empocher. C'est aussi simple que cela, Catalani, même si je n'avais pas pensé vous mettre dans la confidence avant, disons, un certain temps. J'avoue que je n'avais pas prévu que Brennan bousculerait ainsi mes plans en se chargeant de vous prévenir.

Le visage rouge brique, Dominic semblait à deux doigts de la crise d'apoplexie.

— Je... vous... Espèce de canaille ! tonna-t-il. Si vous croyez que Brennan vous laissera vous en sortir aussi aisément, vous êtes encore plus naïf que je ne l'ai été ! En fait...

Jetant un coup d'œil anxieux au pistolet braqué sur lui, le comte ravala sa salive et se ravisa subitement.

— Pourquoi ne pas envisager une autre solution, Sleeth ? poursuivit-il. Tous les deux. Vous et moi... Nous pourrions emmener Trista à l'étranger, en Afrique, par exemple, où il nous serait possible d'en tirer un bon prix. J'ai entendu parler de certains marchés d'esclaves... Inutile de vous dire ce que nous rapporterait une aussi jolie fille. Beaucoup plus que son mari ne sera disposé à payer. Réfléchissez, Sleeth. Ce sera beaucoup mieux pour tout le monde.

Sleeth dévisagea Dominic. Puis il éclata de rire.

— Vous êtes incroyable, comte. Pardonnez-moi, mais je n'ai plus très envie de collaborer avec des gens de votre acabit. Je ne suis pas responsable des malversations que vous avez commises. Il ne saurait être question que je vous facilite la tâche en vous aidant à quitter le pays. Brennan nous aurait abattus avant que nous soyons sortis de Londres. Par ailleurs...

Comme Sleeth lui effleurait la joue, Trista se détourna avec une moue de dégoût.

— Je crois que vous n'avez pas bien mesuré ce que cette fille représente pour Brennan.

Une idée parut soudain lui traverser l'esprit. Il se retourna d'un bond et jeta un coup d'œil inquiet aux montagnes de caisses derrière lesquelles un homme aurait aisément pu se dissimuler.

Un instant terrifié à l'idée d'échouer si près du but, il se fut toutefois vite ressaisi.

— Brennan ? lança-t-il d'un ton narquois. Je sais que vous vous cachez. Vous attendez votre chance, peut-être ? Dans ce cas, permettez-moi de vous rappeler que j'ai un pistolet braqué sur votre charmante épouse.

Suivit un lourd silence.

Trista se raidit comme Sleeth lui promenait l'arme le long des côtes.

Désemparée, elle parcourut l'entrepôt des yeux dans l'espoir d'apercevoir quelque chose, un signe, un mouvement indiquant que Nicholas allait voler à son secours...

Un vent de panique souffla sur la jeune femme quand elle sentit les doigts de Sleeth se refermer sur les rondeurs de sa gorge.

— Une véritable beauté, susurra Sleeth. Très agréable à caresser. J'ai du mal à croire que vous prendriez le risque de perdre un si joli petit lot...

Les chose se passèrent si vite que Trista ne fut jamais certaine de l'ordre exact dans lequel elles se succédèrent.

Un éclair meurtrier traversa le regard de son grand-père qui, proférant un juron, s'élança sur Sleeth.

Aussitôt Dominic en profita pour essayer de s'enfuir. Il écarta violemment le vieillard de son chemin et se rua vers la sortie. Ce fut, pour le comte, le dernier coup du mauvais sort. Une seconde avant qu'une myriade d'étincelles crève l'obscurité, Sleeth leva son arme.

Force fut à Trista de reconnaître que l'homme était un fin tireur. La balle atteignit sa cible en plein cœur; le comte s'écroula.

Au même moment, Nicholas jaillit de l'ombre et se jeta sur Sleeth. On aurait pu croire que le malheureux Archibald ne ferait pas le poids contre son agresseur, mais les deux hommes roulèrent tous deux au sol et il fallut quelques secondes avant que Nicholas réussisse à prendre le dessus.

A moitié étourdi, Sleeth cligna des paupières. Puis il sentit la pointe d'une lame lui taquiner le menton et il crut que l'Américain allait le tuer.

Les propos de lord Brennan, conjugués au son menaçant de sa voix, ne firent que le conforter dans ce sens.

— Donnez-moi seulement une raison ! criait-il. Juste une...

Trista sortit du refoncement dans lequel elle s'était réfugiée.

La voyant apparaître, Nicholas diminua sur-le-champ la pression de son poignard et Sleeth réprima un soupir de soulagement.

Il l'avait échappé belle, cependant, car Nicholas avait été à deux doigts de lui régler son compte. Il attrapa Sleeth par le devant de sa veste, le mit debout et le confia aux deux policiers qui venaient d'arriver dans le hangar.

Tandis que l'un passait les menottes à un Sleeth plus que récalcitrant, l'autre s'approcha du comte et s'agenouilla auprès de lui.

Après un rapide examen, le policier se leva.

— Dieu ait son âme, déclara-t-il froidement. Il n'y a plus rien à faire pour lui.

Pendant qu'il lui ôtait ses liens et son bâillon, Trista se laissa aller contre la poitrine de Nicholas. Dès qu'il l'eut libérée, il la serra dans ses bras à lui couper le souffle et s'empara des lèvres qu'elle lui offrait.

— Tu ne m'en veux pas d'avoir fait échouer ton plan? lui demanda-t-elle quand il finit par relâcher son étreinte. Si je n'avais pas parlé aussi inconsidérément...

— Ne dis rien, ma chérie.

Nicholas l'attira de nouveau à lui.

— Comment pourrais-je t'en vouloir? Tu es ma vie, tout ce qui compte à mes yeux. Le reste n'a que peu d'importance.

— Heureusement que tu es venu, dit-elle dans un soupir. Explique-moi comment tu as réussi à nous retrouver si vite.

— J'y suis parvenu grâce à ton cher et fidèle Peter. Un brave garçon, force m'est de le reconnaître.

Du doigt, Nicholas souleva le menton de Trista.

— Quand tu es partie avec Sleeth, quelque chose, dans ton expression, l'a inquiété. Il a eu l'impression que tu avais peur. Alors il vous a suivis. Puis il est parti à ma recherche et m'a rejoint au White. Je lui dois beaucoup. C'est un jeune homme remarquable.

— Serait-ce que tu admets l'avoir trop sévèrement jugé?

— Peut-être un peu.

Il plongea les yeux dans ceux de Trista.

— Ce qui ne n'empêche qu'il est toujours très amoureux de ma femme. Je vais me dépêcher de lui trouver une place sur l'un de mes bateaux en partance pour les Etats-Unis. C'est ce qu'il souhaite aussi, de toute façon.

Tournant la tête, Trista découvrit son grand-père adossé à une caisse. La gorge serrée, elle se dégagea de l'étreinte de son mari et alla prendre la main du vieillard.

Bouleversée, elle contempla les doigts noueux qu'il avait entrelacés aux siens. Que pensait-il en cet instant? se demanda-t-elle? Tant d'années s'étaient écoulées, un tel fossé les séparait. Son grand-père était pour elle un étranger…

Un étranger dans les yeux duquel se lisaient l'espoir qu'il avait de voir sa famille enfin réconciliée et une immense tendresse pour la petite-fille qu'il venait de retrouver.

— Savez-vous qui je suis, grand-père?

Le regard voilé de larmes, Maurice acquiesça d'un signe de tête.

— Oui, Trista. Tu es la fille de ma chère Hélène. Pardonne à un vieil homme ses erreurs, ma chérie. Pardonne-moi toutes ces années d'absence.

Emue, Trista le prit par les épaules.

— Comment pourrais-je ne pas vous pardonner, grand-père?

Nicholas approcha, interrompant à regret ces retrouvailles.

— J'ai encore quelques problèmes à régler, Trista, déclara-t-il. Il faut que je m'occupe de Catalani et que je m'assure que Sleeth ne trouve pas un moyen de s'échapper. Maurice va te conduire chez ta tante. Peter attend dehors avec la voiture du comte.

Nicholas se tourna vers Maurice.

— Et puis, il vaut mieux que je vous laisse en famille, ajouta-t-il.

— N'oubliez pas que vous en faites partie, Nicholas.

Le vieil homme lui serra la main.

— Il y a longtemps que j'aurais voulu vous le dire. Surtout après votre mariage avec ma petite-fille.

— Eh bien, je sais, à présent, dit Nicholas avec un sourire.

— Vos efforts n'auront pas été inutiles, Nicholas, murmura Maurice Renaurd.

— J'espère en avoir la certitude d'ici à la fin de la journée. Maintenant, partez vite, tous les deux. Esmée vous attend.

19.

Trista ferma la porte derrière elle et descendit l'escalier.

Elle contempla un instant sans le voir le vaste hall de l'hôtel des Catalani. De la chambre lui parvenait encore l'écho assourdi des sanglots d'Esmée. Des sanglots de douleur et de chagrin. Peu importait que le comte eût été une fripouille ; sa femme allait le regretter.

Mais Esmée sanglotait aussi de joie, après avoir retrouvé le père que, des années durant, elle avait refusé de voir et qui, assis à présent à côté d'elle, s'occupait de la consoler du mieux qu'il pouvait.

Au bas des marches, Trista s'arrêta pour céder le passage à Emerson qui montait du thé à sa maîtresse.

Le domestique, en veine de confidence, s'adressa à Trista.

— De vous à moi, mademoiselle, déclara-t-il, monsieur le comte ne nous manquera pas beaucoup. Il rendait madame affreusement malheureuse. Soyez tranquille, la comtesse ne le pleurera pas longtemps.

Et, hochant la tête, Emerson esquissa un sourire et poursuivit son chemin.

Comme elle reprenait elle aussi le sien, Trista aperçut Peter qui rôdait à proximité de la cuisine. Tout à coup, la porte s'ouvrit et Aileen, la domestique, apparut. Rougissante, elle s'éloigna non sans avoir jeté un coup d'œil à Peter.

Le voyant embarrassé, Trista s'approcha du jeune homme.

— Je suis sûre que la cuisinière sera ravie de te préparer quelque chose à manger, Peter. C'est le moins que nous puissions faire pour te remercier. Sans toi…

— Non, Trista, ce n'est pas moi, mais la rapidité avec laquelle ton mari a réagi qui a permis d'éviter le pire.

Peter recula d'un pas.

— C'est quelqu'un de bien. Le meilleur des hommes, en fait. Pour être sincère, et puisque tu ne voulais pas de moi pour époux, c'est sûrement lui que je t'aurais choisi. Te l'a-t-il dit ? J'embarque sur son prochain bateau ! Je vais être marin !

Un sourire aux lèvres, Peter lui adressa un signe de la main avant d'entrer dans la cuisine.

Au même instant, la porte d'entrée claqua et Bianca apparut, un bras glissé sous celui de Kendall Barry.

La nièce du comte parut fort mécontente d'apercevoir sa cousine.

— Que diable fais-tu ici, Trista ? lança-t-elle d'un ton dénué d'aménité. Non, ne me dis pas. Ton mari a fini par revenir à la raison et il t'a mise à la porte. Cela devait se produire tôt ou tard ! N'est-ce pas, Kendall chéri ?

Tirant un éventail de sa manche, Bianca donna une petite tape à Trista.

— Dommage pour toi, reprit-elle, mais je doute qu'il te faille compter sur la compréhension de mon oncle. Dès qu'il saura, tu peux être sûre qu'il s'empressera de te renvoyer chez ton père.

— Ce n'est malheureusement pas la raison de ma présence ici, Bianca. Si tu acceptais de m'accorder quelques minutes seul à seul. Sans vouloir vous offenser, Kendall, ajouta-t-elle à l'intention de son ancien soupirant.

La réponse de Bianca fusa avant que le malheureux Kendall ait eu le temps de réagir.

— Comme si tu t'étais jamais souciée de ne pas l'offenser ! Maintenant que tu te trouves dans l'embarras, comment oses-tu espérer la moindre sympathie de sa part après l'avoir aussi mal traité ? Tu dépasses les bornes, ma pauvre Trista !

Bianca adressa un coup d'œil enjôleur au jeune homme qui se tenait à son côté.

— Kendall est un si parfait gentleman, susurra-t-elle. Il a eu la délicatesse de me raccompagner en voiture quand nous sommes sortis de chez Darcy Langston. Dieu que ces thés et ces bavardages sont ennuyeux ! Les femmes de cette ville n'ont vraiment aucune conversation. On n'a pas idée...

L'Italienne battit des cils.

— Désolée, Trista, reprit-elle, mais il serait grossier de renvoyer Kendall. Si tu as quelque chose à me dire, dis-le-moi tout de suite ici même, devant lui. Et après, va-t'en.

— A ta guise.

Agacée, Trista se demanda pour quelle raison elle essayait de ménager sa cousine alors que celle-ci ne faisait pas le moindre effort pour cacher son antipathie.

— Il est arrivé un accident. Ton oncle Dominic est mort.

Que ce fût l'effet du choc ou pure comédie de sa part, Bianca porta une main tremblante à son front et s'effondra dans les bras de Kendall.

Voyant celui-ci tituber, Trista s'avança. Que Kendall n'eût pas la force de soutenir une femme avait quelque chose d'un peu étonnant, mais Trista n'eut pas le temps de s'appesantir sur la question. Déjà Emerson se précipitait vers eux.

Au moment, cependant, où il attrapait Bianca par la taille, celle-ci parut miraculeusement revenir à elle. Prenant appui sur l'épaule du domestique, elle se redressa et le laissa la conduire dans le salon.

Quant à Kendall, il faisait peine à voir. Une grimace de douleur lui déformait le visage et il tenait la main serrée contre lui. D'une couleur violacée, ses doigts, de même que le bras caché dans la manche du pardessus, semblaient avoir doublé de volume.

— Mon Dieu, Kendall ! s'exclama Trista. Dans quel état est votre main ! Que vous est-il arrivé ? Vous avez consulté un médecin ?

— Je m'y apprêtais lorsque j'ai rencontré votre cousine, murmura le jeune homme.

Il s'appuya sur Trista.

— J'ai l'impression que c'est plus grave que je ne

le pensais. Sans doute vaudrait-il mieux que je me fasse soigner sans tarder, mais je suis si faible, soudain...

— Seigneur ! Attendez, je vais vous aider.

Le prenant par son bras valide, Trista le soutint jusqu'à sa voiture.

Le cocher lui prêta main-forte et, à eux deux, ils réussirent non sans mal à le hisser à bord.

Livide, Kendall se tourna vers Trista.

— Peut-être accepteriez-vous de m'accompagner ? balbutia-t-il. Je... je crains de... m'évanouir.

Embarrassée, Trista jeta un coup d'œil en direction du perron. Devait-elle ou non prévenir qu'elle s'en allait ? songea-t-elle. Jugeant toutefois l'état de Kendall des plus préoccupants, elle n'hésita qu'un instant. Celui d'après, elle avait pris place en face de lui.

La voiture n'avait pas commencé à rouler, cependant, que Kendall semblait déjà aller beaucoup mieux.

Il recouvra ses forces et se redressa, soudain complètement rétabli. En l'observant, Trista ne put s'empêcher d'éprouver un malaise. Et à la seconde où leurs regards se croisèrent, elle sentit un frisson glacé la parcourir.

Ce fut peut-être la manière dont il serra les mâchoires. Ou le rictus qui donna à son beau visage une expression purement démoniaque.

Il ne dit rien. Il se contenta de la dévisager tandis qu'elle jetait un furtif coup d'œil à sa main violacée et qu'elle se rappelait les minutes d'épouvante vécues la veille dans le vestiaire de Covent Garden.

Cette voix âpre et rauque, vaguement familière... Le bras qu'il tendait pour la retenir et sur lequel la porte s'était refermée.

Trista était pétrifiée. Le sang lui battait aux tempes et elle contemplait, incrédule, celui qu'elle avait autrefois considéré comme un excellent parti. Celui qu'elle aurait presque envisagé d'épouser. L'assassin de Chorlis Beckwith.

Et, sans l'ombre d'un doute, elle allait devenir sa prochaine victime.

— V... vous...

La gorge nouée, Trista eut un haut-le-cœur quand, se penchant tout à coup vers elle, Kendall l'agrippa par le poignet.

— Quel choc, n'est-ce pas?

Il lui tordit le bras.

— S'il n'y avait pas eu votre maudite cousine avec sa manie de se faire toujours remarquer, j'aurais pu en finir avec vous au moment où cela m'aurait plu. Ce qui aurait été tout de même beaucoup plus agréable. Mais qu'à cela ne tienne, je m'arrangerai. Vous êtes d'une telle naïveté, ma pauvre Trista! Jamais je n'ai encore vu quelqu'un tomber aussi facilement dans les pièges qui lui étaient tendus.

La tête de Trista se mit à lui tourner.

— Pour... pour quelle raison? demanda-t-elle en bégayant.

Kendall lui tordit de nouveau le bras — jusqu'à ce qu'elle crie de douleur.

Il eut un petit sourire sadique.

— Est-ce ainsi que vous hurlez de plaisir, la nuit,

dans les bras de votre bâtard de *Yankee?* Dites-moi, crierez-vous de la même façon avec moi?

Terrifiée, Trista le dévisagea. Sous l'emprise de quelque démon intérieur, il avait les traits à ce point déformés qu'il en était méconnaissable.

Il était inutile d'essayer de le raisonner, aucune parole ne produirait sur lui le moindre effet, songea Trista tandis que Kendall continuait à l'observer avec attention.

L'homme était totalement imprévisible, susceptible de réagir à la moindre provocation. Un fou dangereux, qu'elle ignorait par quel biais prendre.

— Et n'allez surtout pas imaginer que vous pourrez tenter quelque chose.

De l'intérieur de sa redingote, Kendall tira soudain un fin poignard à manche d'ivoire. L'espace de quelques secondes, il promena distraitement son pouce sur le plat de la lame. Puis il fixa la jeune femme.

— Soyez sans crainte, belle Trista, ce n'est pas vous qui m'avez conduit à de telles extrémités. Quoique vous deviniez aisément ma rage lorsque j'ai découvert que c'était *moi* qui vous avais enfermée dans la cave avec Brennan. Un cruel coup du destin, vous en conviendrez. Sans le vouloir, je vous ai poussée dans les bras de Brennan, me donnant ainsi le rôle du fiancé éconduit. J'ai été tourné en ridicule. Et vous allez me le payer cher!

Très agité, Kendall battit la lame du poignard contre sa cuisse.

— A mes yeux, déclara-t-il d'un ton désinvolte, vous posséder ne sera que justice. Une manière de prendre mon dû, en quelque sorte.

Il haussa les épaules.

— Même si je suis obligé de m'accommoder du fait que vous avez perdu votre pureté.

Désemparée, Trista le regarda s'adosser à la banquette et la contempler d'un œil avide.

Et, durant tout le reste du trajet, il ne prononça plus une parole.

Quand la voiture finit par s'arrêter, Trista réprima un frisson. Elle jeta un coup d'œil apeuré autour d'elle, mais, l'attrapant par un bras, Kendall la força à descendre.

Il entraîna la jeune femme dans une impasse sombre et étroite.

— Je nous ai réservé un petit nid d'amour, ma chère Trista, ironisa-t-il. Rien que pour tous les deux.

Et comme, paralysée par la peur, Trista trébuchait sur un tas d'ordures, il ricana.

— Regardez où vous mettez les pieds, et ne vous avisez pas de provoquer une scène. Vous avez bien entendu ? Je serais sans doute très déçu d'en arriver là, mais si jamais vous esquissez le moindre geste, je vous tue. C'est compris ?

Avant que Trista ait eu le temps de répondre, Kendall la poussa brutalement contre une porte. Les yeux baissés sur son décolleté, il se serra contre elle.

— Je me demande d'ailleurs, reprit-il, si je ne vais pas m'offrir un petit avant-goût de vos charmes avant d'entrer. Cela nous donnerait davantage l'air d'être des amants, vous ne croyez pas ?

D'un geste sec, il déchira l'ouverture du corsage

de Trista. Puis quand il se fut délecté du spectacle, il pressa goulûment les lèvres contre la peau de la jeune femme.

En vain Trista s'efforça-t-elle de se tortiller pour lui échapper.

Faute d'y parvenir, elle le frappa sur sa main blessée. Et le regretta aussitôt car, réprimant un cri de rage, Kendall la gifla si violemment que sa tête heurta le mur.

— Je vous avais dit de rester tranquille ! rugit-il. Si cela ne vous suffit pas, je vous préviens que ce sera le poignard, la prochaine fois. C'est clair ?

L'attrapant par le bras, il ouvrit la porte et Trista se retrouva dans un vestibule.

— Par ici, lui intima Kendall. En haut des marches.

Le poignard qu'il cachait sous son manteau et la poigne dont il la tenait se révélant autant d'arguments de poids, Trista s'exécuta.

La joue brûlante, et le crâne douloureux, elle gravit lentement l'escalier, Kendall juste derrière elle.

Comme elle pensait à Nicholas, les yeux de Trista s'emplirent de larmes. Un sanglot lui échappa et, une fois encore, elle trébucha.

— Debout ! lui enjoignit Kendall en la tirant brutalement à sa suite.

Arrivée sur le palier sans autre incident, Trista se rendit compte qu'ils se trouvaient au White. D'une main de fer, Kendall Barry la contraignit à avancer, et, au fur et à mesure que se rapprochait le fameux « nid d'amour », Trista avait l'impression que son cœur allait exploser dans sa poitrine.

Puis Kendall lui tordit le poignet et, le temps de chercher ses clés, la poussa contre le mur. Lui brandissant son poignard sous le nez, il sortit un trousseau de sa poche, fit tourner le verrou et précipita Trista à l'intérieur d'une pièce.

Refermant la porte, il immobilisa la jeune femme contre le battant.

Les poings crispés, Trista lutta inutilement pour essayer d'échapper à son baiser. Le souffle rauque, il se pencha ensuite sur son décolleté.

— Arrêtez ! balbutia-t-elle, en larmes. Je vous en prie... Mon Dieu ! Nicholas !

Tout à coup, Trista eut l'impression d'être la victime d'une hallucination.

D'un recoin de la chambre, une voix s'éleva soudain, que la jeune femme aurait reconnue entre mille. Sans doute Kendall l'avait-il identifiée lui aussi car il tressaillit.

— Lâchez ma femme !

A ces mots, Kendall se tourna. Serrant Trista contre lui, il lui appliqua le poignard sous le cou et fouilla des yeux l'obscurité.

Une allumette craqua et sa flamme éclaira le profil de Nicholas. Assis dans un fauteuil à moins de quelques mètres de la porte, il alluma posément une bougie sur la table qui se trouvait à côté de lui, et la lumière se refléta sur l'acier noir du pistolet qu'il braquait en direction de Kendall.

Paupières mi-closes, Nicholas jaugea son adversaire puis son attention se reporta sur Trista.

Une fureur noire s'empara de lui lorsqu'il la vit en larmes, le corsage déchiré. Sa main serra convulsivement l'arme qu'il tenait et il s'exhorta au calme.

— Otez vos mains de sur ma femme ou je vous fais sauter la cervelle, jeta-t-il d'une voix cinglante.

Le calme de Nicholas ne fit qu'attiser la rage de Kendall. Ses doigts se crispèrent sur le manche du poignard tandis qu'il jetait autour de lui un regard fou.

— Espèce de sale *Yankee!* Etes-vous aveugle? C'est moi qui tiens un couteau sous le cou de votre femme! Et c'est vous qui allez m'écouter!

— Je ne crois pas.

Incrédule, Kendall observa l'expression impassible de l'Américain et resserra son étreinte autour de Trista.

Au cri étouffé qu'elle poussa, les yeux de Nicholas lancèrent des éclairs.

— Ah! Vous écumez, Brennan? Mais ce n'est qu'un début. Attendez un peu que j'aie troussé votre chère épouse devant vous! Vous allez voir!

Si Trista poussa une exclamation horrifiée, Nicholas se contenta de jouer avec son pistolet.

— Ne m'obligez pas à vous tuer, Barry. Lâchez ma femme. Tout de suite!

Kendall partit d'un rire hystérique.

— Vous avez perdu la tête, mon pauvre ami! Comment voulez-vous me tuer? J'ai un poignard. Et il repose contre le cou de votre précieuse épouse. Vous ne seriez pas stupide au point de prendre le risque qu'il lui arrive malheur!

— Le plus regrettable serait que vous sous-estimiez mes capacités de tireur.

— Vos chances de m'atteindre sont infimes! Vous pourriez très bien l'atteindre *elle*.

— A cette distance, les probabilités sont plutôt en ma faveur.

Une lueur de défi dans le regard, Kendall laissa lentement glisser le poignard jusqu'à la camisole de Trista.

D'un coup sec, il trancha les brides.

Le cœur serré, Trista l'entendit haleter derrière son épaule. Puis la pointe de la lame lui effleura le haut des seins et elle eut l'impression que la pièce se mettait subitement à tourner.

Au bord des larmes, elle tourna vers son mari des yeux emplis d'effroi.

— Je t'en supplie, Nicholas, arrête-le. S'il en va de ma vie, tant pis. Jamais je ne serai capable de supporter une infâmie pareille.

Kendall ricana sans pour autant cesser de promener la pointe de son poignard sur la peau de Trista.

— Allez-y, Brennan. Faites ce que la dame vous demande.

— Je vais compter. A trois, si vous ne l'avez toujours pas lâchée, je tire.

— Vous n'oserez pas!

Kendall jeta un coup d'œil au décolleté de Trista.

— Elle est bien trop ravissante.

— Un...

— Ce petit jeu ne vous avancera à rien, Brennan. Je l'aurai, ou elle mourra avec moi.

— Deux...

— Ne pensez pas que vous allez m'avoir aussi facilement, bâtard de *Yankee!* Je ne vous laisserai pas...

— Nicholas!

— Trois...

20.

Un mois s'était écoulé depuis l'enterrement de Barry Kendall...

Adossée au kiosque du jardin, Trista agitait paresseusement un éventail de dentelle.

Levant une main au-dessus des yeux pour se protéger du soleil de l'après-midi, elle parcourut un instant du regard les pelouses de son mari — leurs pelouses — avant de reporter son attention sur le trio qui, installé à l'ombre d'un orme. buvait de la citronnade.

Nul doute que malgré le sourire qu'elle arborait, Esmée maudissait la coutume qui l'obligeait à porter le deuil.

Le noir ne seyait ni à son teint ni à son humeur. D'aucuns, parmi la bonne société, estimaient que la comtesse avait su faire face avec un remarquable courage au coup du sort que lui avait infligé le destin. Trista, elle, n'était pas dupe. Esmée n'avait guère pleuré son mari, dont elle avait appris avec horreur toutes les malversations. En réalité, la mort de Dominic l'avait libérée de la crainte perpétuelle dans laquelle elle vivait.

Après s'être débarrassée de Bianca, qu'elle avait expédiée à Milan aux bons soins de la marquise — sort que la jeune Italienne redoutait par-dessus tout — Esmée s'était installée dans un coquet petit hôtel particulier au cœur de Londres. Nicholas lui avait d'ailleurs restitué les sommes que son défunt mari avait perdues au jeu en sa faveur et qui n'étaient pas négligeables.

Là, elle s'efforçait de se contruire une nouvelle vie sous l'œil tendre et attentif de son père, avec lequel elle s'était réconciliée. Elle avait fort à faire pour repousser les avances de soupirants qui souhaitaient rendre le goût de vivre à cette séduisante veuve.

Nul doute qu'Esmée ne resterait pas seule très longtemps.

La jeune femme jeta un coup d'œil à son grand-père. Difficile d'imaginer que ce frêle et charmant vieillard se fût montré, des années plus tôt, aussi intraitable avec les siens. Assis à l'ombre en compagnie de sa fille, il offrait l'image même de la sérénité.

Songeuse, Trista observa la jeune femme aux cheveux auburn, installée face à Esmée.

Isabel Kingsley, dont Winston était tombé si éperdument amoureux au cours de leur périple sur le continent, possédait un charme époustouflant. Et elle avait réussi à métamorphoser le père de Trista de façon incroyable. Trista s'en réjouissait. Comme elle était ravie de l'infinie tendresse qui se lisait dans les yeux d'Isabel chaque fois que celle-ci regardait Winston.

A en juger par les regards amoureux qu'ils échangeaient, il y avait du mariage dans l'air. Trista espérait seulement que la cérémonie aurait lieu avant que sa grossesse soit trop avancée et l'empêche de célébrer dignement les noces.

Pour l'instant, à voir son ventre à peine rebondi, personne n'aurait pu se douter qu'elle attendait un heureux événement.

Avec tendresse, Trista contempla son mari. Le simple fait de le regarder la troublait, l'émouvait. Son mari avait toujours aussi fière allure, et elle adorait le sourire en coin qu'il arborait de temps en temps. Elle se rappelait encore la joie qu'il avait manifestée lorsqu'elle lui avait dit être enceinte.

Il l'avait embrassée avec ardeur, et le souvenir des étreintes fougueuses qui avaient suivi la faisait encore rougir.

L'homme était un coquin, certes, mais c'était aussi pour cela qu'elle l'aimait. Passionnément.

Et il en aurait été ainsi même s'il ne lui avait pas sauvé la vie, allant pour cela jusqu'à tuer un homme. Que Nicholas eût aussi brillamment démasqué Kendall, le sinistre « assassin des boudoirs », était encore pour Trista une source d'étonnement.

La jeune personne que Clothilde consolait, lorsque Nicholas avait fait irruption au White, n'était autre que celle qui avait attiré l'attention de Trista, devant l'entrée de Covent Garden. La femme en rouge qui s'accrochait au bras de Kendall Barry. Avec une stupéfiante perspicacité, Nicholas s'était souvenu de son histoire, racontée par Clothilde.

Après avoir envoyé Trista et son grand-père chez Esmée, il était retourné au White. Là, la fameuse dame, en larmes, avait confessé que Kendall avait un comportement de plus en plus violent et qu'il était très préoccupé par l'idée d'épouser une jeune fille de la bonne société. Préoccupation qui avait apparemment tourné à l'obsession.

La jeune femme avait également révélé que Kendall louait une chambre au club et qu'il y passait pratiquement toutes ses nuits. Ceci, avait-elle expliqué, du fait que les relations de Kendall avec son père allaient en se dégradant. Celui-ci n'appréciait pas la vie de débauche de son fils et l'avait déjà plus d'une fois jeté dehors, rentré ivre d'une soirée mouvementée.

Nicholas avait demandé à voir la pièce. La dame avait hésité jusqu'à ce que Nicholas eût prétendu vouloir s'entretenir avec Kendall d'une affaire de la plus extrême importance. Incapable de refuser quoi que ce fût à un bel homme, la jeune femme s'était exécutée et avait laissé Nicholas attendre dans la chambre de Kendall Barry.

Pas un instant, cependant, Nicholas ne s'était attendu à ce que Barry arrive en tenant un couteau contre la gorge de Trista.

De quelle naïveté elle avait fait preuve! Trista s'en voulait encore de l'erreur impardonnable qu'elle avait commise. Une erreur, en tout cas, qu'elle ne reproduirait pas!

Son regard croisa celui de son mari, de l'autre côté de la pelouse, et elle sourit. Si elle l'avait mal jugé, au début, elle se savait désormais prête à le suivre jusqu'au bout du monde — et même en Amérique.

— Ah! Milady...

La voix de Polly tira Trista de ses pensées.

— Je vous cherchais! Savez-vous que le tout-Londres encense votre mari? On chante ses louanges et il passe pour un véritable héros depuis qu'il a démasqué l'assassin des boudoirs.

Trista eut un sourire amusé.

— Ma chère Polly, vous, mieux que tout autre, savez bien que j'ai toujours pensé qu'il sortait de l'ordinaire. Et c'est pour cela que je l'aime.

Et, une lueur espiègle au fond des yeux, Trista se leva pour aller rejoindre son époux.

LES HISTORIQUES

Déjà parus :

N°1 *LE PRÉCEPTEUR DE CLARISSA de Erin Yorke*

N°2 *CONTRE VENTS ET MARÉES de Patricia Potter*

N°3 *LE BAISER DU BANDIT de Mary Daheim*

N°4 *LES MARIÉS D'ALEXANDRIE de Erin Yorke*

N°5 *LISAVETA ET LE PRINCE BLANC de Susan Johnson*

N°6 *LA VÉRITÉ SUR SHELLY YORK de Isabel Whitfield*

N°7 *UN MARIAGE SCANDALEUX de Julie Tetel*

N°8 *LA FIANCÉE APACHE de Heather Graham Pozzessere*

COLLECTION LES HISTORIQUES.

LAISSEZ-VOUS PRENDRE AU JEU DE L'AMOUR ET DE L'HISTOIRE.

BULLETIN-JEU

A renvoyer avant le 30.04.93. à
HARLEQUIN "LES ROSES DE LA PASSION"
Cedex 2924
99292 Paris Concours

QUESTION N°1

A quelle page se trouve la rose cachée dans tous les livres des collections HARLEQUIN Rouge Passion du 15 mars ou Azur du 1er avril ?

____

QUESTION N°2

A quelle page se trouve la rose cachée dans tous les livres des collections HARLEQUIN Horizon du 15 mars ou Or du1er avril ?

____

QUESTION N°3

Combien de roses Harlequin figurent sur le coffret anniversaire ?

____

Nom ____________ Prénom ____________

Adresse ________________________

Code Postal ______ Ville ________________

Bureau distributeur ____________________

EXTRAIT DU REGLEMENT

Grand Jeu gratuit sans obligation d'achat du 15.03 au 30.04.93. ouvert à toute personne résidant en France métropolitaine, Dom Tom, Suisse et Belgique. Un tirage au sort, le 15.05, attribuera parmi les bulletins dûment remplis et comportant une réponse exacte à chacune des 3 questions posées, les 3 roses pendentif or (18 carats) et diamant, les 100 peignoirs de satin rose et les 200 bouquets de roses (valeur 225F) mis en jeu. 1 seul cadeau par foyer (même nom, même adresse). Réglement complet déposé chez maître Legoff et disponible à l'adresse du jeu ; remboursement du timbre de participation sur demande à la même adresse.

15e ANNIVERSAIRE
HARLEQUIN

COLLECTION HARLEQUIN

Parution du 1er avril

COLLECTION AZUR

SOUVIENS-TOI QUE JE T'ATTENDS, *de Penny Jordan*
En prenant un raccourci ce matin-là pour gagner quelques précieuses minutes, Moira ne se doutait pas que non seulement elle n'arriverait pas au travail à l'heure, mais qu'elle allait se retrouver plongée au coeur d'un passé qu'elle avait tenté d'oublier...

LES AMANTS DE L'HIVER, *de Sandra Field*
Jake Brande avait beau l'assurer du contraire, Liane savait qu'il ne l'avait suivie que pour lui enlever son enfant. Mais qu'il s'avise seulement de toucher à un seul cheveu de son petit garçon, et Liane la douce se métamorphoserait en tigresse...

LA BELLE IMPATIENTE, *de Susanne McCarthy*
Lorsqu'un cambrioleur s'introduit chez elle en pleine nuit, Olivia panique. Elle ne garde chez elle ni bijoux ni argent. Que peut-il bien vouloir?

DANS LE SECRET DES NUITS D'ORIENT, *de Sarah Holland*
Pendant le tournage du dernier clip vidéo de Bethsheba surgit Soliman El Khazir, seigneur et maître du désert. Une rencontre qui va bouleverser la vie de la jeune chanteuse...

L'ÉTRANGE MONSIEUR J., *de Carole Mortimer*
La profession d'agent immobilier mène à tout. Parfois même à l'Amour. Jordan ne va pas tarder à le découvrir...

À QUOI RÊVENT LES SIRÈNES ?, *de Mary Lyons*
Pour pouvoir racheter la galerie d'art dans laquelle elle travaille, Francesca n'a d'autre solution que d'implorer l'aide de Matthew Sinclair, son pire ennemi. Saura-t-elle résister à ses attaques et plus encore, à son charme ravageur?

PORTRAIT D'UN GENTLEMAN, *de Anne Weale*
On ne rencontre pas tous les jours la réplique vivante d'un chevalier du XVIIe siècle! Flora est immédiatement conquise par Roderick Anstruther. Reste à le séduire...

JOYEUX ANNIVERSAIRE, LYDIA !, *de Rosalie Ash*
Quinze jours à Saint Domingue, tous frais payés! Lydia n'en revient pas. La proposition de Luc Garcia est bien tentante... Mais qu'exigera-t-il en contrepartie?

COLLECTION OR

ENTRE LE JEU ET L'AMOUR, *de Peg Sutherland*
Lorsque Pete Fontenot rencontre Cheryl Steadman, il la surnomme la princesse des glaces et se demande même si elle est humaine...

LE PIANO DU RÊVE, *de Judith Arnold*
Alec Fontana aimerait bien savoir pourquoi sa mystérieuse voisine, qui est une célèbre concertiste, s'est refugiée dans ce coin perdu du Massachusetts...

SECRET D'UN ÉTÉ, *de Jenny Loring*
Une petite fille qui a peur d'un loup se choisit des parents. Le hasard désigne Matt Cheney et Lena Fielding... Enfin pas tout à fait le hasard...

SÉRIE ROYALE

LA FEMME DU LIEUTENANT ANGLAIS, *de Marlene Suson*
De retour de la guerre contre Napoléon, Stephen est inquiet des retrouvailles avec sa femme. Il l'a quittée juste après une nuit de noces dramatique...

L'HÉRITIER IMPRÉVU, *de Francesca Shaw*
Lorsque Henrietta apprend que l'héritier du domaine de Winterbourne est un lointain cousin, elle est désespérée...

ABONNEZ-VOUS À HARLEQUIN !

...et bénéficiez d'avantages exclusifs.

Abonnez-vous dès aujourd'hui pour 6 mois renouvelables à votre convenance. Vous recevrez un cadeau mystère pour vous souhaiter la bienvenue. Choisissez votre collection ci-dessous, et reportez-vous au bon d'abonnement au verso.

AZUR : la plus romantique de nos collections. Chaque livre comprend 160 pages et coûte 14,70 F au lieu de 15,50 F. Vous pouvez recevoir 4, 6 ou 8 romans Azur par mois.
(Frais de port : 5,90 F par mois)

ROUGE PASSION : la plus sensuelle de nos collections. Chaque livre comprend 160 pages et coûte 14,70 F au lieu de 15,50F. Vous pouvez recevoir 4 ou 6 romans Rouge Passion par mois.
(Frais de port : 5,90 F par mois)

HORIZON : la plus exotique de nos collections. Chaque livre comprend 160 pages et coûte 14,70 F au lieu de 15,50 F. Vous pouvez recevoir 4, 6 ou 8 romans Horizon par mois.
(Frais de port : 5,90 F par mois)

OR : la plus moderne de nos collections. Chaque livre comprend 288 pages et coûte 25,20 F au lieu de 26,50 F. Vous recevrez 3 romans de la collection OR par mois.
(Frais de port : 5,90 F par mois)

VOS AVANTAGES

1. Vos livres vous sont envoyés directement chez vous.
2. Vous bénéficiez de -5% de réduction.
3. Vous recevez un cadeau de bienvenue.
4. Vous recevez vos livres en avant-première, 15 jours environ avant leur sortie en librairie.
5. Vous bénéficiez de toutes les promotions spéciales réservées à nos abonnés.
6. Vous participez aux jeux et concours du Cercle des abonnés Harlequin.
7. Vous pouvez annuler ou modifier votre abonnement à tout moment.

Composé sur Euroserveur, à Sèvres
PAR LES ÉDITIONS HARLEQUIN
Achevé d'imprimer en mars 1993
sur les presses de la Société Nouvelle Firmin-Didot
à Mesnil-sur-l'Estrée (Eure)
Dépôt légal : avril 1993
N° d'imprimeur: 23113 — N° d'éditeur : 4529

Imprimé en France